MYSTÈRES DE L'AUBE

SORCELLERIE À RAVENWOOD, TOME 1

CARRIE ANN RYAN

MYSTÈRES DE L'AUBE

SORCELLERIE À RAVENWOOD, TOME 1

Carrie Ann Ryan

Mystères de l'aube
Sorcellerie à Ravenwood
Par Carrie Ann Ryan
© 2021 Carrie Ann Ryan
eBook ISBN : 978-1-950443-66-6
Print ISBN: 978-1-950443-67-3
Traduit de l'anglais par Sophie Salaun pour Valentin Translation

Pour plus d'informations, abonnez-vous à la LISTE DE DIFFUSION de Carrie Ann Ryan.
Pour communiquer avec Carrie Ann Ryan, vous pouvez vous inscrire à son FAN CLUB.

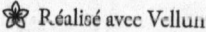 Réalisé avec Vellum

MYSTÈRES DE L'AUBE

Carrie Ann Ryan, auteure de best-sellers au classement du *New York Times*, nous livre une nouvelle série paranormale. Cette ville magique grouille de secrets, mais ceux qui y vivent doivent trouver un moyen de se protéger.

Quand Sage Reed se rend à Ravenwood, elle sait que la petite ville est à la hauteur de sa légende mystique, même si elle ne croit pas être une sorcière. Après avoir perdu son mari, elle est prête à changer, et la librairie de sa tante lui offre l'occasion idéale.

Rome Baker a ses propres secrets, dont certains sont même cachés dans cette ville où il habite. Mais lorsqu'une inconnue stupéfiante et intrigante lui sauve la vie au moment où elle croise son chemin, son ours intérieur comprend qu'elle est celle qu'il lui faut. Néanmoins, comme la ville est attaquée, il craint de manquer de temps pour lui montrer ce qu'ils peuvent partager.

Un nouvel ennemi se profile à l'horizon, tapi dans l'ombre, avec une histoire chargée de mensonges. Et si Sage et Rome ne font pas preuve de prudence, les nouveaux pouvoirs de la jeune femme ne seront pas les seuls à s'enflammer.

CHAPITRE 1

SAGE

JE PLISSAI les yeux en regardant le GPS, tentant d'en comprendre les instructions. Cela faisait à présent plus d'une heure que j'étais entrée en Pennsylvanie, et il fallait que je trouve la bonne sortie, celle qui me ferait quitter l'autoroute et emprunter l'une des nombreuses petites routes qui sillonnaient cet État. Il fallait que je rejoigne ma nouvelle maison, ou du moins ce que les autres auraient appelé mon nouveau chez-moi. Pour l'instant, je n'étais pas encore sûre de ce que cela signifiait.

Je serrai les mains sur le volant et me dis que tout irait bien. J'opérais un changement radical, et il y en aurait d'autres à l'avenir, mais c'était dans un but précis.

Parce que Ravenwood, en Pennsylvanie, m'appelait.

Je secouai la tête, fronçant les sourcils en vérifiant la prochaine sortie.

La ville ne m'appelait pas. C'était grotesque. Les villes ne contactaient pas les gens. Et je faisais de mon mieux pour ignorer les murmures étranges dans ma tête, cette attirance pour un endroit où je n'étais jamais allée, et auquel je n'avais même jamais songé avant. Je repoussai l'idée d'une

1

silhouette qui emplissait ma vision. Je n'étais pas non plus attirée vers quelqu'un. C'était stupide. Les seules personnes que je connaissais à Ravenwood étaient ma tante et Rowen, qui m'avait vendu le bâtiment où j'installais mon entreprise. Ravenwood était un lieu. Un endroit dont j'allais faire mon nouveau chez-moi.

Je ne pouvais pas retourner là où j'avais passé tant d'années. Je ne pouvais pas reconstruire ma vie sur les cendres d'un endroit où brûlaient encore les braises de mon chagrin et de ma douleur. Je fis de mon mieux pour chasser ces pensées de mon esprit, parce qu'elles ne m'aideraient pas.

Je déménageais dans un nouvel endroit, dans un nouvel État, dans une nouvelle maison.

Ravenwood était une petite ville au nord de Philadelphie, dont j'avais entendu parler uniquement parce que ma tante y vivait. Quand on leur demandait de nommer des villes de Pennsylvanie, la plupart des gens n'y pensaient même pas. Ma tante possédait une petite librairie appelée « Les Pages de Ravenwood » et évoquait souvent la chaleur qui rayonnait dans la ville et l'accueil réservé aux gens.

Rupert et moi avions toujours envisagé de venir depuis le nord de Norfolk, en Virginie, où nous avions vécu durant tout notre mariage, mais ça n'avait jamais marché. Entre le travail, nos projets incompatibles et la vie en général, nous n'avions jamais pu rendre visite à ma tante Penelope dans sa librairie. Avec le recul, je ne comprenais pas pourquoi. Ce n'était pas comme si le trajet était trop long, pas quand il s'agissait d'aller voir ma tante chez elle. En y repensant, j'avais l'impression que c'était comme si quelque chose nous avait repoussés. Et une fois encore, quelle idée étrange !

En général, ma tante venait nous rendre visite pendant les vacances, ou nous allions dans la famille de Rupert. La dernière fois que j'avais vu Penelope, c'était après les funérailles, quand elle était venue s'assurer que j'allais bien. Non pas que je puisse *vraiment* aller bien. Perdre son mari à l'âge de vingt-quatre ans, ce n'était pas normal.

Les gens ne cessaient de nous répéter que nous avions la vie devant nous, qu'ils avaient hâte de voir ce qui se passerait entre Rupert et moi. Ils voulaient qu'on s'épanouisse, qu'on ait des bébés, et qu'on fonde toute une famille dans notre ville de Virginie. Cela ne s'était pas concrétisé. Non, rien ne s'était déroulé comme prévu. Rupert n'était plus là. Et c'était arrivé si vite que j'avais du mal à reprendre mon souffle.

Une tumeur au cerveau l'avait emporté avant même que j'aie eu le temps de me faire à l'idée que je pouvais perdre mon mari. À présent, il était parti, et je n'avais plus rien. Ni sa famille ni ce qui restait de la mienne. Après la mort de Rupert, ses proches ne voulaient plus rien avoir à faire avec moi. Chaque fois qu'ils me regardaient, ils voyaient ma douleur *et* la leur gravées sur mon visage, et c'est pour cette raison qu'ils m'avaient repoussée.

Aujourd'hui, j'étais sur le point de prendre un nouveau départ, et il fallait que je me débarrasse de cette mélancolie envahissante qui plantait ses griffes dans ma chair alors que je luttais pour tenir le coup.

Je chassai mes pensées et fis de mon mieux pour respirer. C'était tout ce que j'avais à faire. Respirer.

Mon tableau de bord s'alluma, et le son d'un appel entrant emplit la voiture. Mes lèvres se retroussèrent en un petit sourire en lisant qui appelait, et je répondis.

— Tante Penelope, dis-je doucement, guettant la prochaine sortie tout en gardant mon attention sur la route.

— Tu arrives bientôt ? me demanda-t-elle de sa voix douce et apaisante.

Elle était toujours comme ça, comme si chaque fois que

j'étais près d'elle, elle me transmettait de la chaleur et de la magie. Pas de la vraie magie, bien sûr. Même si ma mère plaisantait souvent sur le fait que ma tante était une sorcière, je savais que ce n'était pas le cas.

La magie n'existait pas.

Et voilà, une fois de plus, j'avais des idées étranges.

— J'y suis presque. Je crois que c'est la prochaine sortie.

Ma tante garda le silence un moment avant de parler de nouveau.

— Prends la sortie, et assure-toi de rester sur la bonne route. Ne fais pas de détour et ne t'arrête pas, quoi qu'il se passe en route. Ravenwood t'attend.

Je fronçai les sourcils et regardai encore le GPS.

— Que veux-tu dire ?

Ses paroles étaient étranges. Mais d'un autre côté, depuis une heure, je n'avais moi-même que des pensées bizarres.

Nouvelle pause.

— Rien, chérie. Tu seras bientôt là. Enfin. Et Ravenwood t'accueillera chez toi. Tout comme moi.

— Je l'espère, marmonnai-je, sentant ma tension remonter face aux changements importants que je vivais. On est sûrs que vous avez besoin d'une boulangerie ? C'est une petite ville. Il doit déjà y en avoir une.

— Il y en avait une il y a quelques années, mais les gérants ont déménagé. Ces derniers temps, on se débrouille avec le supermarché et son rayon boulangerie. Non pas qu'ils ne soient pas corrects, mais il n'y a rien de tel que du pain et des douceurs venant d'une véritable boulangerie. De *ta* boulangerie. La ville a besoin de toi, Sage. Le bâtiment est prêt et aménagé selon tes demandes. Tu pourras bientôt démarrer.

Mon estomac se contracta, mais je souris malgré tout. Je

ne m'étais pas encore rendue à Ravenwood, parce que j'avais dû m'occuper des questions de succession et de la famille de Rupert. Mettre un terme à ma vie à Norfolk et quitter ma maison tout en essayant de monter une petite entreprise de boulangerie dans une ville où je n'avais jamais mis les pieds m'avait mise à plat. Je n'arrivais toujours pas à réaliser que j'étais en train de le faire, mais les choses se mettaient en place.

Peut-être que c'était nécessaire après que tout eut volé en éclats autour de moi. Le chagrin enroula ses longs doigts effilés autour de ma gorge, la serra : j'étouffai sous sa force.

— Ça va me faire du bien de te voir, lui dis-je d'une voix étranglée.

— J'ai hâte de te serrer dans mes bras à nouveau, ma Sage. À très vite, ma chérie. N'oublie pas : reste sur le chemin, et tu trouveras Ravenwood.

Elle raccrocha, et je fronçai les sourcils.

— C'était... particulier, murmurai-je.

Même si tante Penelope était quelqu'un d'assez inhabituel. Elle donnait en permanence des conseils d'une voix chaleureuse et pleine de sagesse.

Elle voulait que je rentre *à la maison*. C'était un mot tellement incongru ! Parce que pendant très longtemps, j'avais cru avoir un foyer. Pourtant, aujourd'hui, il n'était plus là. Il ne restait plus rien pour moi dans la petite maison que j'avais aimée avec Rupert. Rien du tout pour moi en Virginie.

Rupert n'était plus là, et tous les liens que j'avais avec la vie s'étaient estompés avec lui ; ou peut-être que la douleur les avait totalement brisés. La tumeur au cerveau l'avait emporté rapidement, même s'il dépérissait. Jamais plus je ne voulais avoir cette image en tête, même si cela ne faisait que quelques années que je l'avais perdu.

Je l'avais aimé, et je l'aimerais toujours, mais j'étais prête à avancer, à présent. J'avais passé ces deux dernières années à découvrir qui j'étais. Il fallait que je trouve qui je pouvais être sans lui, et en dehors de cet endroit qui abritait tous nos souvenirs.

J'avais traversé mon deuil d'une manière différente de la plupart des gens. Et je n'étais plus la même personne qu'avant. J'étais en train de trouver ma voie, et un foyer où m'installer.

C'était peut-être ça, la guérison. Je ne savais pas, mais je le découvrirais. Il le fallait. Et ce qui m'attirait vers Raven-wood me poussait à le faire.

Mon GPS m'indiqua de prendre la prochaine sortie.

Ravenwood me faisait signe.

Je sortis et m'engageai sur la route, le chemin mentionné par ma tante. À cet instant, des nuages noirs envahirent le ciel. Je fronçai les sourcils en levant les yeux, me demandant d'où sortait cet orage. Je n'étais pas au courant qu'une tempête était à l'horizon. Je n'avais rien vu, mais peut-être n'avais-je pas été assez attentive, ce qui n'était pas vraiment malin étant donné que je conduisais et que la journée avait été longue.

Le mois avait été long. Tout comme ces dernières années. Une longue agonie.

Je me renfrognai et secouai la tête quand la pluie commença à tomber sur le pare-brise. J'actionnai rapidement les essuie-glaces, leur son me parut quelque peu... rouillé. Cela faisait un moment qu'il n'avait pas plu.

— Cette tempête est sortie de nulle part, marmonnai-je.

Je ne me souvenais pas de l'avoir vue sur mon application météo ce matin-là quand j'étais partie, mais parfois, les orages apparaissent brusquement. C'était peut-être habituel par ici. Je n'en savais rien. Je ne savais rien de

Ravenwood. En dehors du fait que ma tante m'avait dit de venir.

Et comme je n'avais rien d'autre à faire, j'étais venue. À présent, j'étais là, en train d'arriver dans cette petite ville tandis que des éclairs zébraient le ciel au-dessus de ma tête. Je déglutis fort, mes jointures blanchirent pendant que je gardais le cap sur la route.

La pluie se mit à tomber plus fort, si bruyamment que je m'entendais à peine penser. Cela faisait longtemps que j'avais baissé la radio, et je n'entendais plus que le son de la tempête qui faisait rage dehors. Tempête que je n'avais pas vue avant qu'elle ne s'abatte sur moi.

Des nuages noirs se déchirèrent au-dessus de moi, et la pluie devint déluge. La route était si glissante que je crus que j'allais devoir m'arrêter, mais je ne savais même pas où je pouvais le faire. Les autres voitures seraient-elles en mesure de me voir ? Mes phares étaient allumés, même au milieu de la journée, mais on y voyait à peine. C'était comme si la nuit était sortie de nulle part.

Je déglutis fort à nouveau, un goût métallique dans la bouche quand la peur m'envahit.

Il fallait que je me concentre, que je traverse ça. Il me fallait un endroit pour me garer. Je n'avais nulle part où le faire, en dehors du talus, et il ne me paraissait pas sûr. Je devais trouver un coin où faire une pause sur la route, me ressaisir, et avec un peu de chance, l'orage passerait. Ensuite, je pourrais rejoindre ma tante et Ravenwood. Le vent secoua ma voiture, qui faillit déraper sur la route.

— Merde ! chuchotai-je, et je ralentis.

Il n'y avait pas d'autres véhicules, pas de lumières, et je n'avais aucune idée d'où j'étais. Je regardai mon GPS, qui n'affichait que du noir. Apparemment, il ne me retrouvait pas dans la tempête. Rien de tout cela n'avait de sens.

Je levai les yeux au ciel, freinai à fond même si je savais que c'était une manœuvre stupide sous cette pluie.

Un loup sombre se tenait devant moi, ses yeux dorés brillant dans la lumière de mes phares. Je criai, espérant de toutes mes forces ne pas l'avoir heurté.

Je partis en tête-à-queue sur la route détrempée, et fis de mon mieux pour maîtriser mon dérapage, mais je n'arrivais plus à m'orienter. Devais-je me servir de mes roues arrière ou avant ? Mes cours de conduite et tout ce que j'avais appris à l'auto-école sur le comportement à adopter en cas de tempête m'échappaient. Mes pneus crissèrent. Je revis les yeux du loup, qui retroussa ses babines, découvrant un croc.

Je clignai des yeux, perdue dans l'instant. Tout se figea autour de moi, et une chaleur m'envahit pendant que j'essayais de me concentrer. Que je tentais de voir ce qui se passait.

Le loup me regarda. Quand je cillai à nouveau, il n'était plus là.

Tout se passa très vite ensuite, et je gardai le silence, les mains sur le volant, essayant de ne pas faire de tonneau ni de dérapage dans la terre et l'herbe du bas-côté de la route, mais impossible d'arrêter ma voiture.

La route trempée, ma réaction excessive, la tempête et ce loup avaient créé cette situation.

Ma voiture dérapa latéralement dans l'herbe, et le bruit de mes roues qui éclatèrent lorsque je heurtai le talus résonna dans ma tête, me rendant presque sourde.

Je clignai des yeux, la bouche sèche alors que j'essayais de me stabiliser.

J'allais mourir. Je n'allais même pas arriver jusqu'à ma nouvelle maison. Je mourrais sur cette route sans personne autour.

Je serais seule. Après avoir passé tant de temps à me

demander qui je pourrais être en tant que personne qui se tient debout toute seule, je mourrais solitaire.

Enfin, ma voiture s'arrêta et je tentai de respirer, mon cœur battant si fort que j'entendais presque son *staccato* dans mon crâne.

Vite, je regardai autour de moi et m'inspectai.

Je n'avais pas la moindre égratignure. J'allais bien. Ma voiture, par contre... Je n'en savais rien.

Je ne voyais rien devant moi, même pas l'avant du véhicule. Étais-je censée éteindre mon moteur ? Il fallait que j'appelle quelqu'un. Je devais faire quelque chose. Je baissai les yeux sur mon téléphone et jurai : aucun signal.

Il n'y avait donc pas de réseau cellulaire à Ravenwood ?

Quelqu'un allait forcément arriver bientôt. Je devais faire autre chose que simplement rester assise. Quelqu'un allait venir m'aider. Ou peut-être pouvais-je affronter la tempête et aller chercher de l'aide. Non. Il fallait que je reste au chaud dans ma voiture, et ensuite, j'irais en ville quand l'orage se serait calmé.

C'était la chose intelligente à faire, non ?

Je regardai par la vitre l'arbre tombé devant moi, et laissai échapper un soupir de soulagement. Si j'avais glissé un mètre de plus, je l'aurais heurté, et je serais morte. Les branches étaient pointues. Elles auraient sûrement perforé la vitre... et moi avec.

J'avais réussi à ne pas les frapper directement. Il fallait que je considère ça comme une victoire.

Je regardai le chemin une fois de plus et me figeai. Un homme était allongé sous l'arbre. Je ne voyais pas bien. Mais il y avait *quelqu'un*.

Je sortis mon téléphone, qui à ce stade m'était aussi utile qu'une brique, et me ruai sur ma portière. Certes, il pleuvait, et pour autant que je le sache, il pouvait s'agir d'un tueur en série, mais je ne pouvais pas rester assise là à le regarder se noyer dans la boue. Et s'il était vivant ? Et s'il était blessé ? Il fallait que je trouve un moyen de l'aider.

Mes bottes glissèrent dans la boue alors que j'avançais vers l'homme tombé sous l'arbre.

— Excusez-moi ? l'appelai-je d'une voix tremblante par-dessus le bruit de la pluie. Bonjour ?

Aucune réponse. Je savais que c'était stupide. Ce n'était pas comme s'il pouvait me répondre en étant évanoui, voire pire. Je déglutis fort et m'avançai, avant de m'agenouiller à côté de l'homme. Son dos montait et descendait à mesure de ses respirations, et je vis du sang s'écouler d'une petite entaille à sa tête.

Il était vivant, mais je savais que je ne devais pas le bouger. Et s'il s'était blessé au dos ? Je ne savais pas *ce que* je devais faire.

Je me penchai en avant et passai doucement les doigts sur son front, jusqu'à sa tempe.

Il avait une grande barbe, des pommettes saillantes et le front plissé. Ses cheveux étaient plaqués en arrière, trempés de pluie, éclaboussés de boue. Il paraissait tellement fort, un peu intimidant, mais il était inconscient, et visiblement blessé.

Je ne savais pas comment l'aider. Pourtant, quelque chose en moi me hurlait d'essayer, au moins. De le ramener et d'essayer de le sauver. Jamais je n'avais ressenti ça avant, et je n'étais pas certaine d'apprécier. J'avais du mal à respirer. J'avais besoin d'aider cet homme. Il fallait que je fasse quelque chose.

— Excusez-moi ? chuchotai-je à nouveau en effleurant

une nouvelle fois sa peau de mes doigts.

Le choc glissa le long de mon corps et s'abattit sur mon bras. Je retombai dans la boue et reculai loin de lui. Soudain, il leva les yeux vers moi, cilla. Ils étaient d'un brun cerclé d'un or brillant qui semblait scintiller dans la faible lumière que laissait passer l'orage.

Il souffla et grogna.

C'était un vrai grognement.

Puis je regardai à nouveau ses yeux. Ils n'étaient plus bruns. Ils étaient totalement dorés.

Exactement comme ceux du loup que j'avais vu.

Ce n'était pas normal. Ce n'était pas possible. Je voyais des choses. J'avais dû me cogner la tête plus fort que je ne l'avais pensé, et tout ceci n'était qu'un rêve. Un délire. Parce que je ne me sentais pas bien. Pas avec cette chose qui palpitait en moi : l'envie soudaine de tendre la main et de toucher cet homme, de m'assurer qu'il était réel.

La foudre frappa si près que j'entendis un claquement dans mes oreilles. Je laissai échapper un couinement. L'homme sous l'arbre grogna, jura à mi-voix, et entreprit lentement de s'extraire de sous les grandes branches.

— Vous ne devriez pas... Vous ne devriez pas faire ça. Vous pourriez être blessé.

J'avais envie de tendre la main et de le toucher à nouveau, de l'aider. Quelque chose en moi me poussait vers lui, me donnait envie de l'envelopper de mes bras en lui disant que tout irait bien.

Je repoussai cet étrange désir.

— Je vais bien, grogna-t-il, inclinant la tête pour m'étudier, les narines dilatées. Apparemment, vous êtes celle qui m'a sauvé.

— Quoi ? demandai-je, le corps entier tremblant sous le coup de la chaleur et du choc.

Je n'arrivais vraiment pas à respirer. Que se passait-il ?

Il tendit le bras comme pour me toucher, puis laissa retomber sa main. J'avais envie d'avancer, mais je n'y arrivais pas. Nous restâmes ainsi à nous regarder comme si nous étions les deux seules personnes au monde, au milieu d'une tempête. Ça n'avait aucun sens.

— C'est bon, petite sorcière. Je crois bien que vous m'avez fait un sacré choc, mais maintenant, je suis réveillé et je vais bien. Nous devrions sortir de cette tempête.

Je reculai, les yeux écarquillés. *Petite sorcière* ? Pourquoi m'avait-il appelée comme ça ? Je baissai les yeux sur mes mains et faillis couiner à nouveau, mais je n'avais plus le moindre souffle. On aurait dit que mon bras avait été brûlé par la foudre, et des lignes blanches d'énergie glissaient jusqu'à ma poitrine et mes flancs.

Mes hanches étaient douloureuses et me brûlaient. Je tirai sur ma chemise, la soulevai. L'homme devant moi haussa les sourcils et croisa mon regard.

— Vous allez bien ?

Il avança cette fois, avec un profond grognement de colère et de... possession ?

Je secouai la tête, essayant de reprendre mon souffle. Comme si je me réveillais d'un rêve, je me rendis compte que ce que j'avais cru réel semblait être faux.

Mes souvenirs se réalignaient, et je n'arrivais pas à leur donner un sens. Une partie de moi se souvenait de m'être réveillée plus jeune avec un tatouage abstrait autour des hanches, comme une ceinture, représentant des poissons et des vagues. Je n'avais aucune idée de pourquoi je m'étais fait tatouer. Je ne me souvenais pas d'avoir passé du temps avec l'artiste, mais je m'étais persuadée que j'avais dû le faire, parce que les tatouages n'apparaissaient pas de nulle part. Rupert ne l'avait jamais aimé, mais il *m'appartenait*. Il m'avait appelée, et je savais que j'en avais besoin. Ça n'avait aucun sens. Seulement, à présent, je me souvenais de la réalité. Un jour, je m'étais réveillé avec cette ancre sur mon corps... comme si j'étais destinée à l'avoir.

Pourquoi avais-je cru que j'étais allée le demander dans un salon de tatouage ?

Peut-être parce que c'était la réponse rationnelle.

Seulement, il n'y avait rien de rationnel dans ce que j'avais sous les yeux.

Les vagues s'agitaient contre mes hanches, se déplaçant autour de mon corps comme dans un courant. Les poissons nageaient dans et hors des vagues, se frayant un chemin à travers l'eau pour replonger ensuite.

Peut-être que je m'étais *vraiment* cogné la tête.

Mon tatouage bouge.

L'homme me regarda, puis son regard passa derrière mon épaule.

— Je vais bien, dit-il, mais ce n'était pas à moi qu'il s'adressait.

Je me tournai vers l'endroit où il regardait, et je restai bouche bée, prête à hurler. Puis la chose qui avait vibré en moi, cette hallucination qui m'avait traversé le cerveau, me frappa à nouveau. Je tombai la tête la première dans la boue. J'entendis l'homme devant moi grogner une fois encore, marmonnant un juron en s'approchant de moi.

Je ne pensais qu'à la créature derrière moi. Ce grand ours brun que je n'avais pas remarqué avant. J'étais certaine qu'il m'achèverait si la brûlure qui me transperçait le corps ne s'en chargeait pas avant.

Ensuite... il n'y eut rien.

Rien que des questions.

Et le mal.

Et l'obscurité.

CHAPITRE 2
ROME

Je baissai les yeux sur la femme que je tenais dans mes bras, ses longs cheveux fluides couleur miel, et déglutis fort. Mon ours grattait la surface, il voulait jeter un coup d'œil, savoir exactement qui nous avions trouvé. Nous connaissions tout le monde à l'intérieur des limites de Ravenwood. Nous ne connaissions pas cette fille. Mon ours voulait aussi autre chose, mais je n'arrivais pas à savoir quoi.

Je levai les yeux vers mon frère pendant que Trace reprenait sa forme humaine.

— Bien joué de l'avoir terrorisée ! marmonnai-je.

La pluie commença à se calmer, et le vent faiblit lentement jusqu'au point de n'être plus dominant.

Trace me regarda en cillant, totalement nu après sa transformation, mais il ne paraissait pas s'en soucier.

— Tu saignais et tu avais l'air d'avoir mal. Je n'allais pas prendre le temps de me retransformer avant de savoir que tu étais en train de guérir. Et si tu avais eu besoin de moi dans ma forme la plus forte ?

Il grogna en regardant autour de lui.

— Qui est-ce ? Elle sent fort la magie, mais je ne l'ai jamais vue avant.

Je secouai la tête, ravi de sentir son pouls sous mes doigts.

— Je ne sais pas, répondis-je. Elle m'a sauvé la vie.

Trace haussa un sourcil.

— Et comment a-t-elle fait ça ? Avec un sort ?

Je savais que Trace était réticent vis-à-vis de la plupart des sorcières, mais cela avait sans doute plus à voir avec son ex qu'avec le pouvoir qui coulait dans les veines de la petite sorcière. Il aimait la magie et la respectait. Toutefois, aimer une sorcière qui souffrait à cause de ses dons avait tendance à marquer profondément un homme, tout comme la magie avait laissé des cicatrices chez son ex.

— Je ne sais pas ce qu'elle a fait. Cet arbre m'est tombé dessus sans prévenir, et j'avais du mal à m'en extraire, marmonnai-je.

— Tu as laissé un arbre te tomber dessus ?

Je n'appréciais pas le ton de mon frère. Je lui jetai un regard noir.

— Je n'ai pas *laissé* un arbre me tomber dessus ! La foudre l'a frappé et il m'a heurté de plein fouet. Ce n'est pas comme si j'avais été en train de me frotter le dos sur lui et que je m'étais subitement empalé !

— Je ne sais pas, je pourrais faire des blagues sur les besoins des ours, mais je vais m'abstenir. La tempête se calme. Je n'avais pas réalisé que la météo annonçait un temps pareil, dit Trace en levant les yeux vers le ciel.

Je suivis son regard et secouai la tête.

— Ce n'est pas le cas, dis-je en baissant les yeux sur la femme dans mes bras. Ça pourrait avoir un rapport avec la nouvelle sorcière en ville. Ou une autre chose qui ne voudrait pas d'elle ici. On a vu des choses plus étranges se produire à Ravenwood.

— Elle ne devrait même pas être ici, dit une troisième voix alors que je levais les yeux vers mon autre frère, Alden, qui arrivait dans la petite clairière.

Je croisai le regard de Trace, qui me fit un léger signe de tête. Il n'avait pas réalisé qu'Alden était là aussi. Génial ! Nous étions triplés, et même si nous étions de force quasi égale, en tant qu'*alpha* de la meute, j'étais légèrement plus puissant. Alden détestait ça. Comme Trace était un *bêta*, Alden n'avait pas de titre.

Peu importait qu'il soit aussi respecté que nous en matière de pouvoir. Il en voulait toujours plus.

Et il détestait les sorcières. Trace ne grognait devant une sorcière que pour des raisons qui lui étaient propres, mais Alden les *détestait*. Je ne savais pas pourquoi.

— Alden, elle est blessée.

Je la rapprochai de moi pour voir si elle avait d'autres blessures.

— Elle s'est évanouie en voyant un petit ours avancer vers elle, ricana Alden. Ce ne doit pas être une sorcière très puissante si elle s'évanouit à la vue d'un métamorphe.

Sa lèvre se releva en un grognement tandis qu'il parlait, et je secouai la tête.

— Je ne sais pas si c'est le cas, répondis-je. De la magie émanait d'elle. Et quoi qu'elle ait en elle, ça m'a fait sortir de l'étourdissement qui m'a frappé quand je suis tombé. Sans elle, je me serais noyé dans cette fosse de boue.

Ce n'était pas la manière la plus honorable de mourir. Mais elle avait été là quand j'avais eu besoin d'elle.

— Tu es si faible que tu ne peux même pas te réveiller après un petit sort ? Pfff ! dit Alden, soupirant et gloussant.

Trace ouvrit la bouche pour grogner ou dire quelque

chose qu'il allait probablement regretter plus tard, et je secouai la tête. Il y avait des manières de gérer Alden. Même si, pour l'instant, je n'avais pas envie de m'en préoccuper.

— Vous pensez qu'on devrait l'emmener à Rowen ? leur demandai-je en regardant la sorcière évanouie.

— On ne va pas s'approcher de cette sorcière, grogna une nouvelle fois Alden.

Je laissai mon ours glisser dans mes yeux, l'or brillant suffisamment pour illuminer la zone, même dans la semi-obscurité de la tempête.

— Surveille tes paroles. Rowen a fait plus pour nous que n'importe qui d'autre dans cette ville.

— C'est à cause de Rowen que notre ville est maudite, rétorqua Alden d'un ton sec. Je n'ai pas à me montrer gentil avec le parasite qui tue Ravenwood.

Trace se mit à grogner, tremblant de tout son corps ; ses griffes lui sortirent au bout des doigts.

Je jurai et me relevai, la femme toujours dans mes bras. Je laissai de côté ce que je ressentais en la tenant près contre ma poitrine, comme si ç'avait toujours été sa place. J'avais envie de la cacher à mes frères, de la garder tout près et de m'assurer que le monde sache qu'elle était *à moi*. Mais ça n'avait aucun sens.

— Arrêtez ça, ordonnai-je. Nous n'avons pas le temps pour ça. Trace, va voir Rowen et raconte-lui ce qui s'est passé, la tempête, et que nous avons trouvé une sorcière. Je la ramène à la maison.

— Tu l'emmènes au repaire ? s'enquit Alden, dont les yeux dorés scintillaient, car son ours était à la surface.

— Je l'emmène chez moi.

Mon ours refusait qu'elle aille ailleurs, et il faudrait que je réfléchisse à cet état de fait plus tard. Et franchement, mon côté humain n'était pas mieux placé en termes de possessivité à cet instant.

— Ça fait quand même partie du repaire, *alpha*, répondit-il d'un ton narquois.

Mon ours se redressa, il avait envie de s'élancer. Il était mon triplé. Je n'allais pas me battre et prouver ma domination maintenant. Pas si je ne voulais pas avoir à gérer une situation bien plus grave.

— Ma maison est ma maison. Et bien qu'elle fasse partie du repaire, elle est toujours à moi. Je vais m'assurer qu'elle aille bien et qu'elle se réveille en se sentant en sécurité. Rowen peut venir me voir si nécessaire.

— Je la ramènerai, annonça Trace, dont le regard passait entre nous. Laurel aussi ? s'enquit-il, prenant soin d'utiliser un ton neutre.

Je croisai le regard de mon frère. Mon ours s'éloigna de la femme dans mes bras pour se concentrer sur la douleur dans les yeux de Trace.

— Si nécessaire. Si elle le peut. Si *toi,* tu le peux.

Il y avait énormément de non-dits dans ces mots, mais je savais que Trace avait compris. Il m'adressa un petit signe de tête, jeta un regard noir à Alden, puis trottina en direction des arbres. Il allait sans doute reprendre sa forme d'ours. Ainsi, il ne courrait pas nu en ville. Il pourrait se rendre à l'un des endroits où nous gardions des vêtements dans la zone avant d'aller retrouver Rowen. Non pas qu'elle se soit formalisée si un métamorphe se présentait nu dans sa boutique. Elle avait l'habitude. C'était Ravenwood.

Je me raclai la gorge en regardant Alden.

— Je m'en vais, maintenant. S'il te plaît, ne te mets pas en travers de mon chemin. Tu pourrais aider en sortant sa voiture du fossé.

Il n'y avait pas d'ordre dans mes paroles, je ne m'adressais pas à lui en tant qu'*alpha*. Je voulais qu'il m'aide car il était mon frère. Alden ricana.

— Je ne vais pas aider une sorcière, dit-il en m'adressant un nouveau regard furieux.

Puis il s'enfuit, toujours dans sa forme humaine. Il ne s'était pas présenté nu, alors à moins qu'il ait apporté des vêtements avec lui, c'était sous sa forme humaine plutôt que sous sa forme de guerrier ou de métamorphe qu'il nous avait trouvés.

La forme guerrière, à mi-chemin entre l'ours et l'homme, était difficile à maintenir, et seuls Trace et moi étions capables de la maîtriser. Nous ne nous en servions qu'au cours des combats. Et même là, pas toujours. Il fallait énormément d'énergie pour la maintenir, et c'était éprouvant pour l'organisme. Et c'était bien plus confortable d'être totalement ours ou humain. Cela demandait des efforts à Alden pour accéder à sa forme guerrière. Je n'étais même pas certain qu'il s'en serve.

Quand il fut hors de vue, je rapprochai la femme de moi et inspirai. Mon ours se réjouit, me donna un coup de coude : il voulait sortir, voir. Je laissai mes yeux briller, autorisant ma bête à faire surface. Mes narines s'évasèrent, son doux et enivrant parfum de rose m'enveloppa. Elle se mêla à la mienne, la forêt et la rose agissant comme un ancrage à quelque chose que je n'osais respirer. Je me secouai.

Je baissai les yeux sur la femme inconsciente dans mes bras, la sorcière, dont je soupçonnais qu'elle ignorait tout de notre espèce. Je jurai.

Compagne.

Mon ours ne pouvait pas parler, ne pouvait pas communiquer avec moi, mais je savais quel mot il avait envie d'employer. Quel mot il avait *besoin* d'employer.

Compagne.

Cette femme pouvait être ma compagne. Le sol se déroba sous mes pieds tandis que les dieux me regardaient d'en haut. Je l'avais trouvée. Après tout ce temps, je l'avais *trouvée*.

Et à présent, je devais la garder. Une femme qui semblait tout ignorer de notre monde et qui paraissait être une sorcière du cercle perdu de Ravenwood.

Je jurai une nouvelle fois et la rapprochai de moi alors que je courais vers la maison. J'étais en train de me promener, observant la tempête que personne n'avait aperçue à l'horizon. Je n'avais pas ma voiture. Je n'avais même pas mon téléphone, puisque la foudre l'avait calciné. Il fallait que j'appelle Jaxton, mon ami et solutionniste, pour m'aider à nettoyer ce qui s'était passé ici.

La ville de Ravenwood était unique, et nous devions faire en sorte qu'elle le reste.

Je rentrai chez moi sans que personne me remarque. Dans une petite ville, cela signifiait soit que je n'avais pas attiré l'attention, soit que j'avais simplement eu de la chance. Dans tous les cas, c'était une bonne chose. Je ne voulais pas encore répondre à des questions sur l'identité de la femme que j'avais dans les bras, et j'avais le sentiment que Rowen serait du même avis.

J'entrai, refermai la porte derrière moi et déposai doucement la femme sur le canapé. Je la regardai respirer calmement. Elle ne semblait pas blessée. Je soupçonnais qu'elle devait être épuisée par cette magie qui s'était déversée d'elle en moi. Je ne connaissais et ne comprenais que les choses les plus basiques en matière de magie de sorcières. Je serais ravi quand Rowen arriverait.

Je sortis un téléphone de rechange (j'en avais plein, vu que j'avais tendance à les casser souvent à cause de ma force) et appelai Jaxton.

Le faucon métamorphe me répondit rapidement.

— Rome ? Tu es dehors dans cette tempête ?

— J'ai l'impression qu'elle s'est dissipée, du moins d'après ce que je peux en dire. C'est une longue histoire dont je te parlerai plus tard. Mais Jaxton, il y a une nouvelle sorcière en ville.

Jaxton garda le silence un moment, et je sus que son esprit suivait probablement le même chemin que le mien.

— Les trois ? Le nouveau cercle ?

Tout le monde n'était pas au courant de la malédiction de Ravenwood ni de son besoin d'un cercle, mais Jaxton si. Tout comme moi. Trace et Alden pensaient savoir, mais ils n'avaient pas toutes les informations. Ils n'étaient ni *alpha* ni *leader* ailé. Ils ne réalisaient pas que les véritables ténèbres étaient en approche. Nous le leur dirions bientôt. Il le fallait, avec l'arrivée de cette femme. Cette tempête avait une signification, et il fallait que la ville soit préparée, pas paniquée.

Je me raclai la gorge.

— Je ne sais pas. Trace est parti chercher Rowen et peut-être Laurel.

— C'est une bonne idée ? s'enquit sèchement Jaxton.

— Pour Laurel ? Probablement pas. Mais on manque cruellement de sorcières dans cette ville.

— Nous en avons peut-être gagné une. Que veux-tu que je fasse ?

— J'ai besoin que tu récupères sa voiture, ses clés et tout ce que tu pourras trouver d'autre là-bas, et voir si tu peux remorquer le véhicule jusque chez toi.

— D'accord. Quoi d'autre ?

— Assure-toi que je n'aie rien oublié pendant le nettoyage. Cette tempête est sortie de nulle part, et je ne crois pas qu'elle soit naturelle.

— La magie fait des étincelles. Même les jeunes ont du mal à conserver leur forme humaine.

Je jurai à mi-voix.

— Si c'est le cas, il va falloir que j'aille voir le reste du repaire.

— On peut s'en charger. Fais-moi savoir si tu as besoin d'autre chose.

— Bien.

— Ensuite, nous verrons ce qu'en dit Rowen.

Jaxton resta silencieux pendant une minute avant de s'éclaircir la gorge :

— J'ai peut-être entendu quelque chose par Penelope, commença-t-il.

Je me retins de rire.

— Tu as peut-être entendu parce que tu étais sous ta forme de faucon, en train d'écouter ? Ou bien tu étais dans sa librairie à faire semblant de lire ?

— Je ne te ferai pas le plaisir de te répondre, répliqua-t-il sagement. Penelope a dit que sa nièce venait en ville. Celle qui ouvre cette boulangerie.

Je jurai.

— Merde ! J'avais oublié.

— Je suppose que tu ferais bien de contacter Penelope, aussi. Apparemment, sa nièce est arrivée.

Jaxton raccrocha, sans doute pour se mettre au travail, et je baissai les yeux sur la femme sur mon canapé.

Elle était magnifique, et d'après ce que j'en avais vu, ses yeux étaient perçants. Elle avait de longs cheveux ondulés, avec des reflets quasi roses, ce qui n'avait pas vraiment de sens avec ses mèches couleur miel. Mais j'aimais tout ce qui contenait du miel. Ses yeux étaient noisette, et quand elle avait soulevé sa chemise, le regard apeuré, j'avais vu la magie de sorcière sur toute sa peau. L'encre de son corps s'était déplacée par vagues. Elle devait avoir une affinité avec l'eau. Pourtant, elle m'avait semblé totalement confuse. J'étais terrifié à l'idée qu'elle ait acquis son pouvoir au beau milieu d'une forêt, à la lisière de Ravenwood, sans aucune autre sorcière pour l'aider.

Il fallait que Rowen arrive rapidement.

— Elle n'arrivera jamais assez tôt, marmonnai-je pour moi alors que les yeux de la femme s'ouvraient.

Elle regarda autour d'elle, les yeux écarquillés de peur. Elle s'assit rapidement, manquant de tomber du canapé. Je tendis la main pour la stabiliser, mais elle s'éloigna de moi. Ce qui fit grogner mon ours.

Jamais nous ne pourrions faire de mal à notre compagne.

Je repoussai cette idée. Ce n'était pas parce que mon ours l'aimait bien qu'elle était ma compagne. Mais elle en avait l'odeur, et je voulais savoir ce que cela signifiait. Je n'y pensai plus. Nous n'avions pas de temps pour ça, pas maintenant, et sûrement plus jamais.

— Où... où suis-je ? Que s'est-il passé ? haleta-t-elle.

Je déglutis péniblement, regrettant que Rowen ne soit pas là. Elle aurait pu aider. J'allais sûrement tout gâcher.

— Tu t'es évanouie dans la forêt. Je t'ai ramenée chez moi.

Je déglutis fort à nouveau, puis me rappelai le sang sur mon t-shirt et partout sur ma tête. Je n'avais pas eu le temps de me nettoyer après la chute de l'arbre. J'étais bien trop occupé à m'assurer qu'elle allait bien.

La peur envahit la pièce, l'odeur masquant son parfum naturel de rose. J'étais à deux doigts du haut-le-cœur.

— Ne me fais pas de mal. S'il te plaît. Laisse-moi partir.

Elle balaya la pièce du regard, comme si elle cherchait une arme ou une sortie.

Je secouai la tête, mon ours était amusé par sa férocité.

— Je ne vais pas te faire de mal. Tu m'as sauvé de cet arbre. Tu te souviens ?

— Peut-être, dit-elle en fronçant les sourcils. Comment suis-je arrivée ici ?

— Je t'ai portée.

Elle écarquilla les yeux.

— Où sommes-nous ?

— Tu es à Ravenwood, dis-je doucement. Tu sais ce que ça veut dire ? l'interrogeai-je, tâtant le terrain.

— Que veux-tu dire ? *Je suis à Ravenwood*... Oh, mon Dieu, il faut que j'appelle ma tante ! Et que je récupère ma voiture. Que s'est-il passé, déjà ? Pourquoi suis-je ici ?

Elle balaya mon salon du regard, paniquée, et j'entendis son cœur s'emballer. J'avais envie de tendre la main, de la stabiliser, de la plaquer contre moi et de la revendiquer comme mienne. Retenir une envie de s'accoupler, c'était comme essayer d'avaler des clous, mais je finis par y arriver.

Je la voulais.

Je ne connaissais que son visage, sa férocité et sa douceur.

Et je la voulais.

Foutue envie de s'accoupler !

— Je t'ai amenée ici pour m'assurer que tu allais bien. Ta tante devrait bientôt être là.

J'espérais ne pas mentir. Que Jaxton et Rowen s'en chargeaient. Les connaissant, tous ceux dont la présence était nécessaire ici étaient probablement déjà en route.

— Je suis désolée, je ne suis pas comme ça, d'habitude. Je suis tellement confuse ! dit-elle en se passant la main sur le visage.

À cette vue, mes lèvres esquissèrent un sourire. Elle était

adorable quand elle était confuse. Mais je n'étais pas persuadé que le lui dire aiderait en quoi que ce soit.

— Je suppose que oui. Laisse-moi t'apporter de l'eau.

Elle leva les yeux vers moi et m'adressa un petit sourire. Je considérai cela comme un progrès.

— Merci. Je crois... C'est une journée bizarre jusqu'à maintenant. J'ai besoin... où est mon téléphone ?

Je me figeai et soupirai.

— Tout ce que tu avais était dans ou près de ta voiture. Mon ami récupère tout.

Elle écarquilla les yeux et son odeur tapissa de nouveau ma langue.

— Non, c'est bon. Ça va.

Elle tenta de se lever, les genoux tremblants.

— Qu'est-ce qui ne va pas chez moi ? Tu m'as droguée ? Attends. Désolée. C'était grossier. Tu m'as sauvée. Ou c'est moi qui t'ai sauvé ? Et je crois que mes tatouages bougeaient. Ils sont apparus d'un coup quand j'avais dix-huit ans, mais... Je crois que je dois m'asseoir.

J'avais envie de crier, mon ours grognait à l'idée qu'on puisse faire du mal à une femme innocente, mais je n'en fis rien. Je m'apprêtais à dire quelque chose quand la porte s'ouvrit derrière nous, m'interrompant. La femme devant moi pivota et faillit tomber une fois encore. J'agrippai ses hanches pour la stabiliser. Elle tenta de s'éloigner de moi.

J'ignorai la sensation de son corps contre moi, le sentiment qu'elle était à sa place. Heureusement, elle n'était pas trop collée à mon corps, sinon elle se serait rendu compte *à quel point* c'était sa place.

Merde !

— Cet homme-là s'appelle Rome. Il n'essaie pas de te faire du mal, lui dit Rowen depuis le seuil de la porte.

L'orage avait disparu depuis longtemps, le soleil brillait

derrière elle à présent, et elle était dans l'ombre. Ses cheveux bruns retombaient en ondulations, ses mèches effilées soulignant ses yeux gris qui brillaient de magie alors qu'elle se tenait devant nous. Elle ressemblait à une guerrière avec sa taille et la force de ses courbes pécheresses, comme les avait appelées un jour l'un de mes amis.

— Quoi ? Que se passe-t-il ?

— Sage, dit Rowen, et je me raidis.

Je ne connaissais pas son nom. Sage. J'aimais.

— Comment me connaissez-vous ?

— Je suis Rowen, une amie de ta tante. Penelope est en route.

— Oh ! vous êtes la propriétaire du magasin. Je vous connais. Vous m'avez aidée avec ma boutique. Je suis désolée, dit Sage en secouant la tête.

Elle leva les yeux vers moi et m'adressa un doux sourire.

— A-t-elle dit que tu t'appelais Rome ? Je suis tellement perdue ! Euh... merci.

Elle regarda mes mains sur ses hanches. Je serrai une fois, rapidement, et ses yeux s'assombrirent alors que je la laissais partir.

Mon ours grogna. Je n'avais pas envie de la lâcher, mais tenir Sage de la sorte aurait sans doute été jugé insolite par quiconque, et *a fortiori* par une sorcière qui ne semblait pas savoir qu'elle en était une.

— C'est un plaisir de te rencontrer, lui dis-je, les yeux rivés sur elle.

Rowen s'éclaircit la gorge, avec une expression à la fois curieuse et complice dans le regard.

— Intéressant, murmura-t-elle. Penelope voudra avoir une discussion, Rome.

— Rien n'est encore établi, grognai-je, même si je savais que mon ours avait déjà pris sa décision.

— De quoi êtes-vous en train de parler ? nous demanda Sage, son regard passant de l'un à l'autre.

Rowen laissa échapper un soupir.

— Ce n'est pas tout à fait ainsi que j'envisageais cette discussion, mais je sens la puissance dans l'air. Tu as déjà été déclenchée. C'est intéressant. Le fait même que je puisse le dire signifie que le sort qui nous enveloppait tous et te tenait à l'écart semble avoir été levé.

Rowen pointa sur moi un regard accusateur, et je secouai la tête.

— Je n'étais au courant de rien. Un arbre m'est tombé dessus, expliquai-je, un peu irrité.

Rowen écarquilla les yeux, mais elle sourit un peu.

— Encore une histoire à la Ravenwood.

— De quoi parlez-vous, bon sang ? répéta Sage.

Je soupirai.

— Rowen ?

La sorcière afficha un sourire plein de gentillesse et de puissance.

— Sage Reed, anciennement Sage Prince, bienvenue à Ravenwood. Tu as beaucoup de choses à savoir.

Avant que je ne puisse dire quelque chose ou que Sage ne fasse quoi que ce soit, Penelope passa en courant devant Rowen et enlaça sa nièce. Je m'écartai à contrecœur de celle-ci, mais je savais que c'était ce qu'il y avait de mieux à faire.

— J'étais si inquiète ! Tu vas bien ?

— Tante Penelope ! Je vais bien.

Même moi j'entendais le malaise et l'inquiétude dans la voix de Sage. « *Bien* », cela pouvait signifier tant de choses !

— C'est ce que tu dis, mais je veux qu'on t'examine. Rowen va aider.

— Rowen ?

Sage s'écarta, et la confusion se lut sur son visage.

Penelope soupira en me regardant, puis haussa un sourcil avant de tourner les yeux vers l'autre sorcière.

— Il semble que nous ayons beaucoup de choses à nous dire, chérie. Ne t'en fais pas. On va s'occuper de toi.

Elle fronça les sourcils, et son regard oscilla entre Rowen et moi.

— Pourquoi je ne le lui ai pas dit avant ? Ça n'a aucun sens que je puisse parler aussi librement aujourd'hui.

Rowen plissa le nez.

— J'ai l'impression que ce satané sort était bien plus puissant qu'on ne le pensait.

Sage nous regardait tous, perdue, mais personne ne dit mot, personne n'expliqua rien. Pas encore.

Et je n'étais pas certain de pouvoir le faire.

Parce que plus je restais là, plus mon ours grognait, et plus une certitude s'imposait à moi.

Qui que fût cette sorcière, et quel qu'en soit l'impact pour Ravenwood, j'avais fait quelque chose qui allait irrémédiablement changer ma meute.

J'avais trouvé ma compagne.

Et elle n'avait aucune idée de ce qui l'attendait.

CHAPITRE 3

SAGE

J'ÉTAIS DEBOUT à regarder ma tante, le corps endolori, mes tatouages me brûlant les chairs, et je ne pus m'empêcher de me retourner pour regarder l'immense mastodonte d'homme derrière moi. Ses cheveux hirsutes étaient retombés devant ses yeux. On aurait dit qu'il les avait coupés lui-même. Il portait une grande barbe qui mangeait la plus grande partie de son visage jusqu'à ce qu'il sourie ou vous regarde droit dans les yeux. Il était massif, charpenté, et je ne pus m'empêcher de me demander pourquoi je m'étais crue capable de le soulever quand il était coincé sous cet arbre. Et pourtant, il se tenait là comme si un chêne géant ne lui était pas tombé dessus. Il m'avait amenée ici chez lui seul, et je me demandai une fois encore s'il n'était pas un tueur en série.

Pourtant, je n'arrivais pas à détacher mon regard de lui.

Plus je le regardais, plus il me faisait penser à un ours. Ce qui me rappela exactement *pourquoi* je m'étais évanouie.

— Il y avait un ours... Il y a des ours ici ? m'enquis-je avant de regarder ma tante et cette femme magnifique qui se

31

tenait encore dans l'embrasure de la porte, Rowen. Que se passe-t-il ?

Ma voix partit légèrement dans les aigus.

Ma tante soupira.

— Je ne voulais pas te présenter à Ravenwood de cette façon, chérie.

Ça ne m'aidait pas. Mon cœur s'emballa. Il me fallait des réponses. Ou un verre. Peut-être une sieste. Je ne savais pas vraiment quoi, mais dans mon malaise, je divaguais.

— Que veux-tu dire ? Des tempêtes surgissent de nulle part et des ours gambadent dans la ville en permanence ? Les gens se font assommer par des arbres et paraissent se porter à merveille ensuite ? Pourquoi crois-tu que cette femme puisse m'aider ? Viens, tante Penelope. Allons-y. Je me suis peut-être cogné la tête, ou je ne sais quoi. Il faut qu'on y aille.

La superbe femme dans l'embrasure de la porte soupira en s'avançant.

— Je déteste quand les gens me disent que je dois me calmer, alors ce ne sont pas les mots que j'utiliserai avec toi. Mais je suis sûre que Rome peut nous faire du thé.

Je levai les yeux vers la femme aux cheveux noirs, avec une frange et des pommettes qui devaient pouvoir couper du verre. J'avais mal à la tête et l'impression de ne pas suivre.

— Vous êtes qui, déjà ?

— Voici Rowen. La femme dont je t'ai parlé. C'est la propriétaire de l'un des magasins en ville. Celui à côté de ta nouvelle boulangerie. C'est elle qui te loue le *cottage*.

C'est vrai. Nous en avions déjà parlé, mais cela ne répondait pas à ma question sur la raison pour laquelle elle était là maintenant. Ma tante me serra la main si fort que mon pouls s'emballa. Je les regardai tous les trois et déglutis avec peine. Une douleur se déclencha sur ma hanche et je poussai un cri, m'écartant de ma tante.

— Qu'est-ce qui ne va pas ?

Ma tante adressa un regard furieux à Rome. Ce qui me parut un peu étrange, étant donné que personne ne savait ce qui se passait.

— C'est son ancre, dit Rowen comme si elle s'ennuyait. Tu devrais t'asseoir. Ce sera plus facile de discuter de tout ça si tes genoux ne flanchent pas, et que tu ne t'évanouis pas à nouveau.

Je plissai les yeux en regardant l'autre femme.

— M'évanouir à nouveau ? Ne faites pas comme si je m'étais pâmée ou que sais-je encore. Il y avait un loup... et un ours. Et, je ne sais pas... il s'est passé quelque chose. J'ai aussi pu être blessée dans la tempête.

L'homme massif à côté de moi s'éclaircit la gorge.

— Je devrais probablement te remercier de m'avoir aidé. Tu m'as en quelque sorte... réveillé en sursaut, dit-il d'une voix douce et grave.

Je levai les yeux vers lui à ce moment-là. Il grimaça, et je remarquai le regard noir que lui jeta Rowen.

Que se passe-t-il ?

— Ce serait plus facile si nous faisions tout ça dans le bon ordre, dit Rowen avant de refermer la porte derrière elle et de se diriger vers la petite cuisine dans le coin.

— Que voulez-vous dire ? Quel ordre ?

Je grimaçai une fois de plus sous la brûlure de ma hanche. Je baissai les yeux et remontai légèrement ma chemise. Mes yeux s'écarquillèrent et ma bouche s'assécha. Mes genoux faiblirent effectivement, et je me laissai tomber sur le canapé en regardant les vagues s'écraser contre ma hanche, pendant que les petits poissons nageaient dans les crêtes et en sortaient, agitant leur queue comme s'ils me faisaient signe. Rome fut à mes côtés en un instant. J'eus envie de lui tendre la main, mais repoussai cette idée. Il laissa retomber sa main comme s'il avait pensé la même chose.

Je m'humectai les lèvres et regardai ma tante, les yeux écarquillés.

— Je crois que j'ai besoin de voir un médecin. J'ai officiellement perdu la tête. Exactement comme l'ont dit les parents de Rupert.

— Nous allons tout t'expliquer, Sage. Je te le promets.

Tante Penelope regarda Rome.

— S'est-elle cogné la tête ?

Rome secoua la sienne.

— Non, je l'ai rattrapée à temps. Mais je crois qu'entre ce qui s'est passé avec son tatouage et le fait de voir Trace sous forme d'ours, c'était un peu accablant. Elle s'est évanouie, alors je l'ai amenée ici.

— Tu aurais dû l'emmener chez moi, dit Rowen. J'ai des choses à lui montrer qui rendront la transition plus facile. Et mon thé est meilleur. Tu pourrais tout aussi bien servir du Lipton.

Je levai les yeux quand Rowen arriva à grandes enjambées, ses cheveux flottant derrière elle. Elle était magnifique, sûre d'elle, et semblait capable de briser quelqu'un avec ses poings.

— Est-ce que Laurel devrait être avec nous ? s'enquit Penelope, et je les regardai toutes les deux, me demandant quand elles allaient me parler *à moi* plutôt que de me regarder ou de se jeter des regards par-dessus moi.

Le regard de Rowen se fit plus intense.

— Laurel peut être où elle veut. Mais je ne pense pas que ce soit ici.

— Une fois de plus, tu as tort sur ce point, n'est-ce pas ?

lança une rousse aux lèvres pulpeuses avec une légère cicatrice au-dessus de l'œil droit en entrant dans la pièce. Tu dois être la nouvelle petite sorcière.

Rowen jura à mi-voix.

— On n'en est pas encore là.

J'en eus assez et me levai d'un bond, ignorant la douleur.

— Je ne sais pas ce qui se passe ici, mais nous partons. Tante Penelope ? C'est une secte, ou quelque chose comme ça ? Non, je ne veux pas savoir.

— Vous n'avez même pas commencé si elle pense qu'il s'agit d'une secte. Ou peut-être que si, ajouta la femme prénommée Laurel en s'appuyant sur l'encadrement de la porte.

Un grand homme aux cheveux bruns hirsutes, qui ressemblait trait pour trait à celui derrière moi, la suivait, les yeux plissés.

— Bon sang, Trace, tu n'as pas besoin d'être là pour ça, gronda Rome, et mon regard passa des uns aux autres.

Mon cerveau se mit à faire des rapprochements, et l'image complète qui m'apparut ressemblait au genre de films qui me donnaient des cauchemars. Des sorcières ? Des ours ? De la magie ? Des tatouages qui bougeaient ? Si j'étais réveillée et que je n'étais pas en train de perdre la tête, alors j'étais sûrement tombée sur quelque chose dont je ne voulais pas faire partie.

— Trace. L'homme dont tu as dit qu'il était sous sa forme d'ours. Qui te ressemble trait pour trait...

J'inspirai pour me calmer.

— Je ne sais pas ce qui se passe. Je suis sûre que vous êtes tous des gens charmants, mais apparemment, j'ai fait une erreur. S'il ne s'agit pas d'un rêve, et si je ne peux pas tourner les talons et me retrouver chez moi, je vais sortir maintenant. Tante Penelope, j'aimerais que tu m'accompagnes. J'ai besoin de comprendre ce qui se passe. Je ne sais pas ce que je fais ici, mais visiblement, venir à Ravenwood était une erreur.

Rowen soupira, claqua des doigts, et la porte se referma brusquement derrière Trace et Laurel.

J'écarquillai les yeux. Elle avait *claqué des doigts* et la porte s'était fermée. Il n'y avait pas de courant d'air, pas un souffle de vent. C'était tout simplement *arrivé*.

Je me pinçai, la douleur fut vive.

Non. J'étais réveillée.

Soit je perdais la raison, soit c'était ma conception de ce qui était réel qui était bien trop surréaliste pour avoir un sens.

Rowen secoua la tête.

— Tout le monde, arrêtez ! On va faire ça rapidement, Sage. Ce n'est pas comme ça que ça devait se passer. Je n'avais pas réalisé que les effets de ton arrivée en ville changeraient tout aussi brusquement. Je ne m'attendais pas à la tempête. Je ne m'attendais pas non plus à ce que nous ayons l'impression de voir enfin les choses clairement. Un sort réduit en poussière.

— Je suis *choquée*. Il y a quelque chose auquel tu ne t'attendais pas ? Tu ne connais pas toujours l'avenir ? demanda Laurel, et honnêtement, je n'avais pas envie de connaître l'histoire entre elles.

Elles se regardaient avec une telle… émotion. Et pourtant, il planait aussi autre chose… beaucoup de malheur. Et comme je m'y connaissais en deuil, je n'allais pas poser la question.

— Nous devrions être dans ma boutique, ou même à la librairie pour ça. Pas dans ta maison, dit Rowen en regardant Rome.

— Je m'excuse.

Je tournai le regard vers le grand homme sans pouvoir m'empêcher de plonger dans ses yeux marron foncé. Ils semblaient m'attirer, et je savais que ce devait être dû à la blessure à la tête. Celle dont je n'avais aucun souvenir. Même si je m'étais dit que j'étais prête à regarder de nouveau les hommes et que j'en avais trouvé d'autres attirants depuis Rupert, ce n'était *pas* le moment.

— Tu devrais écouter Rowen, me dit Tante Penelope, qui tendit la main et me toucha la joue. Je te promets que tout prendra sens. Même si ce n'est pas ce à quoi nous nous attendions, c'est Ravenwood. Rien ne se passe comme prévu.

Rowen se plaça dans ma ligne de mire et croisa mon regard. Ses yeux étaient d'un gris étonnant, une couleur que je n'avais jamais vue auparavant. Je ne pus faire autrement que me concentrer sur eux, et m'interroger sur elle.

— Tu sais déjà que mon nom est Rowen. Je suis la dernière des Ravenwood.

Je tentai de suivre. Comme je n'avais pas l'impression qu'ils me laisseraient partir de sitôt, autant suivre le mouvement. Je voulais des réponses, même si elles n'avaient pas de sens.

— Ravenwood. Comme dans le nom de la ville ?

Laurel soupira.

— Si on part d'aussi loin, je vais avoir besoin d'un verre, et le thé ne suffira pas.

— Je m'en occupe ! dit Trace en se rendant dans la cuisine.

Rowen me tendit une tasse à café remplie de thé et je baissai les yeux dessus.

— On ne t'a pas droguée. Bois une gorgée.

Rowen fit une pause.

— Je te promets qu'il n'y a absolument rien de particulier dans cette tasse.

Le grand homme barbu et très sexy près de moi ricana.

— Je dirais que je suis blessé, mais tu as raison. C'est du thé pas cher.

— Tu me blesses, Rome, dit Rowen, les yeux brillants.

C'était le premier signe de sens de l'humour que je voyais chez elle depuis son arrivée ici. Quant au sourire de Rome ? Il illuminait tout son visage, et je faillis fondre sur place. Il aurait fallu que cet homme soit fourni avec une alerte de sécurité.

Qu'est-ce qui n'allait pas chez moi ?

— Comme Laurel l'a si bien dit, il faut qu'on revienne en arrière, tout au début, commença Rowen. Maintenant, bois une gorgée, la chaleur t'aidera.

Ma tante Penelope m'adressa un doux sourire et me fit signe de boire. Je me dis… pourquoi pas ? Si c'était la fin, que j'allais me retrouver intronisée dans une secte et tuée, pourquoi ne pas boire un thé ? Il fallait que je fasse confiance à ma tante.

Le breuvage était noir, un peu fort, mais le goût n'était pas mal. Elle avait aussi ajouté beaucoup de miel, et c'était délicieux.

— C'est très bon. Merci. Merci, ajoutai-je à l'attention de Rome.

— Mon thé est merdique, mais le miel est bon.

Un grognement nous parvint depuis la cuisine. Le frère de Rome ?

— Le miel est toujours bon dans nos maisons.

Je regardai Rome à nouveau, mais il se contenta de hocher la tête.

— Je t'expliquerai plus tard. Ou peut-être que ça aura

un sens dans quelques minutes, quand Rowen t'aura expliqué tout le reste.

— Pour l'instant, rien n'a de sens.

— Avec un peu de chance, ce sera bientôt le cas.

Rowen bougea quand les autres entrèrent dans la pièce. J'étais entourée d'étrangers et de ma tante, et je me demandais quand j'allais me réveiller de ce rêve très étrange.

— Je suis la dernière de ma lignée familiale. La dernière de mon cercle.

Je cillai.

— Un cercle. Comme le truc des sorcières ? Je veux dire, c'est merveilleux pour toi, je crois que chacun devrait pratiquer selon son cœur et ses croyances, mais je ne vois pas bien quel est le rapport avec moi.

— Ça a à voir avec bien plus que toi, chérie, dit Laurel, à qui je jetai un regard étrange.

Elle secoua la tête.

— Peut-être que ça aura plus de sens si je te montre, dit Rowen en levant la main.

Je plongeai dans son regard gris, puis baissai les yeux sur sa paume avant de lâcher la tasse.

Le thé chaud se répandit sur mes bottes et sur le parquet en bois massif. Rowen secoua la tête alors que le tourbillon dans sa main disparaissait. Il n'y avait plus de tornade. Rome jura dans mon dos avant d'attraper le torchon que lui lançait Trace.

— Je m'en occupe, dit-il. Peut-être qu'on ne devrait pas donner de boisson chaude aux gens quand on essaie de changer le monde, marmonna-t-il en essuyant mes pieds. Tu es blessée ?

Je baissai les yeux et doucement, maladroitement, je lui tapotai l'épaule alors que j'essayais de comprendre ce que je venais de voir. J'étais vraiment gênée. Cependant, dès que ma main toucha son corps, il se raidit, et je sentis comme une décharge dans mon bras. Je tremblai et m'écartai immédiatement.

— Je suis vraiment désolée. Je vais bien. Vraiment. Je porte des chaussures. Merde ! Est-ce que ça va tacher ?

— C'est pour ça que je n'ai ni moquette ni tapis. J'ai tendance à faire des dégâts. Tout va bien. Respire.

Il me surplomba et je soufflai.

Rowen soupira.

— Ça fait longtemps que je n'ai pas fait ça. Je suis navrée.

Je m'obligeai à ne pas regarder Rome bouger, et à ne pas me préoccuper de l'inquiétude de ma tante, et observai Rowen à la place.

— Fait quoi ?

— Montrer à quelqu'un que la ville de Ravenwood est spéciale.

Spéciale. Le mot me paraissait approprié. S'il fallait prétendre que c'était réel, autant s'y mettre complètement. Et honnêtement, quelque chose me tiraillait à l'intérieur qui me disait d'*écouter*. Je ne comprenais rien, mais c'était comme si je me rappelais quelque chose qu'on m'avait obligée à oublier il y avait bien longtemps.

— Comment as-tu fait ça ? Qu'est-ce que c'était ?

— C'est de la magie. Je suis une sorcière avec une affinité pour l'air. Même si je suis capable de travailler avec tous les éléments, je le fais principalement avec l'air. Et je ne suis pas la seule sorcière dans cette pièce.

Elle jeta un coup d'œil à Laurel, et je regardai l'autre femme.

Laurel soupira et secoua la tête.

— Oui, je suis une sorcière, mais je n'ai pas le même

type de pouvoir que Rowen. Alors tu ne verras pas de petite boule de feu dans ma main.

— Du feu ? Du feu magique ? La magie, c'est réel ? demandai-je d'une voix rendue haletante par la douleur dans ma poitrine. Les tatouages sur ma peau me brûlaient légèrement alors qu'ils continuaient à bouger sur mon corps. Je pris une grande inspiration et tentai de suivre. Rome s'agenouilla devant moi et m'agrippa la main. D'une certaine manière, il me stabilisait, et je n'y comprenais rien. Je le regardai droit dans les yeux et soufflai un grand coup.

— Que se passe-t-il ?

Il me fixa alors, et je respirai son odeur intense de forêt, je me sentis en sécurité. Comme si à partir de maintenant, je n'étais plus seule.

— Repenses-y. Réfléchis à toutes ces fois, quand tu étais plus jeune, où tu voulais une chose si fort qu'elle finissait parfois par se produire. Ou quand tu avais besoin de quelque chose et que soudain, quelqu'un te venait en aide. Repense à ce tatouage sur tes hanches, cette eau qui coule autour de toi. Pense à cette affinité qui t'appelle.

— Qui es-tu ? lui demandai-je en le regardant fixement.

Je voulais avancer. Je voulais connaître cet homme.

Et ça m'effrayait.

Les gens ne tombaient pas amoureux au premier regard. Ça n'arrivait jamais. Qu'est-ce qui n'allait pas chez moi ?

— On en discutera une autre fois, dit-il en s'éclaircissant la gorge.

Il s'éloigna, laissant retomber ma main, et je le dévisageai, me posant des questions sur les regards que tous me jetaient et échangeaient entre eux. Ils étaient au courant de quelque chose que je ne savais pas, et je détestais être tenue dans l'ignorance.

— Merde ! jura Trace à mi-voix.

Quand Rome secoua la tête, j'eus envie de dire quelque chose, mais il fallait d'abord que je revienne sur ce qu'avait dit Rowen au début. Je demanderais à Rome et à son frère de quoi ils parlaient plus tard.

— Tu dis que je suis une sorcière ? l'interrogeai-je. Tu te moques de moi.

Rowen releva la tête, les yeux sombres et remplis d'éclairs pendant un instant.

— Oui, je suis en train de dire que tu es une sorcière. Et que tu es venue à Ravenwood dans un but précis. Pas simplement pour la pâtisserie, même si elle sera bien utile à cette ville. Cet endroit est spécial, Sage. Tu sais que tu es une sorcière. Tu le sens. C'est pour cette raison que tu ne t'enfuis pas en courant en ce moment. *Tu sais*. Au fond de toi, tu le sais. Et il te faudra peut-être un certain temps pour le comprendre, pour réaliser que tu n'es pas en train de rêver et que tu es une sorcière qui a un but ici. Cette raison, c'est de faire partie de notre cercle. Ravenwood est un endroit particulier. Notre ville sait que la magie existe. Elle connaît et protège ce secret à tout prix. Il y a bien plus que des sorcières en ville, mais j'appartiens à la famille des fondateurs. Nous sommes les protecteurs. Et nous avons besoin de toi. Car la ville de Ravenwood sait que la magie est puissante, mais pas toujours juste. Et tu étais ici au moment du grand devenir.

Je la regardai fixement, le cœur battant la chamade, et pourtant... aucune trace de panique. Je tentais de trouver un sens à ses paroles, tandis que tout le monde hochait la tête en me regardant. J'observai l'encre qui glissait le long de mes bras en partant de mes hanches. J'avais tant perdu ! J'avais perdu mon cœur, mon mari. Tout ! Si j'étais effectivement en train de perdre la tête, ça ne ferait qu'une chose à ajouter à la liste.

— Oh, allez, montre-lui d'autres choses ! Fais un truc. Quand tu te montres hautaine et puissante comme ça, ça lui donne juste l'impression qu'elle perd la boule.

Je regardai Laurel, qui haussa les épaules.

— Je ne peux pas te montrer le feu, c'est trop douloureux, surtout en dehors de la pleine lune. Balade-toi dans la ville et tu verras. J'ai beau détester l'idée, tu es ici pour une bonne raison. Alors, bienvenue à Ravenwood, sorcière. Apparemment, nous sommes un cercle de trois. Quoi que nous devions être.

— Vous êtes en train de dire que je suis une sorcière. Et que cette ville en regorge. Je sais que je peux te *voir* te servir de ta magie. Je vois mes tatouages bouger. Ça fait beaucoup. Vous comprenez ?

Rowen sourit.

— Tu ne vas pas comprendre grand-chose de ce qu'on raconte pour le moment, mais peut-être que si on te laisse un peu tranquille, ta tante pourra t'expliquer. Après tout, c'est aussi une sorcière.

Je posai les yeux sur ma tante.

— Quoi ?

Tante Penelope tira sur sa chemise, et ses joues prirent une jolie teinte rosée.

— Pas dans la même mesure que les autres. Je suis le genre de sorcière qui se sert des plantes. Je ne possède pas les mêmes pouvoirs que toi.

— Les mêmes que moi ? répétai-je.

— Sage, murmura-t-elle en s'agenouillant devant moi, tu as consenti à ce qu'il y ait de l'encre sur ton corps, mais tu n'as pas subi de séances pour les avoir, n'est-ce pas ?

Je croisai son regard et déglutis fort.

— Que veux-tu dire ? lui demandai-je, apeurée.

Je savais ce qu'elle voulait dire. Dès que les tatouages s'étaient mis à bouger, j'avais vu à côté de quoi j'étais passée.

— Tu m'as dit que tu étais attirée par les vagues sur tes hanches, que tu les avais fait faire sur une impulsion un soir, mais ce n'est pas la vérité, n'est-ce pas ? Elles sont apparues un jour, n'est-ce pas ?

— Je ne sais pas de quoi tu parles, murmurai-je.

— Bien sûr que si. Et il faut que tu voies. Tu dois croire. Parce que Ravenwood a besoin de toi, Sage.

— Besoin de moi pour quoi ? l'interrogeai-je, et la nausée me prit à l'idée que ce n'était peut-être pas un rêve.

— Nous avons besoin de toi pour la fin, commença Rowen. Et le début. Et partout entre les deux. Ravenwood t'a appelée, et à présent, tu es chez toi. Tu es ici pour la protéger.

— Quel qu'en soit le prix, ajouta Laurel, et je les dévisageai tous.

Je ne criai pas, mais je vis l'eau monter dans l'aquarium devant moi. Les autres suivirent mon regard, et une fois de plus, j'eus l'impression que ma vie avait changé.

Et cette fois, ce n'était que le début.

CHAPITRE 4

ROME

L**ORSQUE** P**ENELOPE FIT DISPARAÎTRE** Sage de chez moi, Rowen et Laurel sur les talons, j'eus l'impression d'avoir été percuté par un semi-remorque. J'étais perdu et je restais sur ma faim. Mon ours s'agitait dans tous les sens, il cherchait l'odeur de Sage. Son contact. Je n'avais jamais désiré une femme autant qu'elle, et je venais tout juste d'apprendre son nom.

Mon satané ours avait perdu la tête.

J'avais envie de courir après elle et de la protéger de tous ceux qui osaient se mettre sur son chemin. Mon ours avait envie de se transformer, de rugir et de faire savoir à la ville entière (non, au *monde entier*) qu'elle était *à moi*. Que je la protégerais à tout prix. Je savais que les métamorphes avaient la capacité de trouver leur compagnon en un instant, mais en général, il fallait du temps à notre bête intérieure pour tomber amoureuse de quelqu'un. Pour vraiment comprendre l'âme de l'autre personne, et parfois même de plus d'une, jusqu'à ce qu'elle sache qui pourrait être son compagnon.

Et pourtant, cela ne s'était pas produit cette fois-ci. Absolument pas.

Trace se tenait devant la porte, appuyé contre l'encadrement, et me regardait fixement, les bras croisés sur la poitrine. Il était ma réplique exacte, mon frère le plus proche, et à cet instant, j'eus l'impression de le voir pour la première fois. Comme si je voyais *tout* pour la première fois maintenant après avoir tenu Sage dans mes bras.

— Tu veux me dire pourquoi tu agis si bizarrement ? Cet arbre t'a fait beaucoup de mal quand il t'est tombé dessus ?

Je secouai la tête, essayant de m'éclaircir les idées, puis je me frottai les tempes. Rien ne m'aidait, et je n'avais pas l'impression que quoi que ce soit le puisse jusqu'à ce que j'aie Sage. Et ce serait un problème puisqu'elle découvrait à peine le monde paranormal. Sans parler du fait qu'elle ne savait même pas qui j'étais, et était totalement étrangère au concept des âmes sœurs.

— Le choc a été rude, vu que je me suis évanoui quelques instants, mais je vais bien, maintenant. Je crois.

Mieux valait évoquer l'arbre plutôt que le destin, les liens et l'idée que mon monde venait de basculer sur son axe.

Trace me jeta un regard qui en disait long.

— Tu dis ça, et pourtant, je ne te crois pas. Que s'est-il passé ?

Je me passai les mains dans les cheveux et repoussai mon ours pour pouvoir réfléchir.

— Je n'ai pas le temps. Il faut qu'on aille au cercle de meute. Tu sais que les autres attendent.

— Tu es l'*alpha*. Tu peux prendre un moment.

— Tu crois que papa ferait attendre sa meute pendant qu'il essaie de rassembler ses idées ?

Trace secoua la tête.

— C'est l'idée. Il est l'*alpha* de tous les métamorphes des Amériques. Il peut faire ce qu'il veut, merde !

Je soupirai en regardant mon triplé. Notre père était l'*alpha* des Amériques et régnait depuis le nouveau fief de notre famille, à l'extérieur de Montréal, au Québec. Trace et moi avions décidé de rester à Ravenwood quand la meute au Canada avait eu besoin d'un *alpha*. Par conséquent, nous avions conservé la position d'*alpha*, et notre triplé était resté avec nous. Personne ne l'avait vu venir puisque Alden n'était pas un fan de Ravenwood, mais les triplés étaient malgré tout restés ensemble. Alden n'était pas quelqu'un de mauvais en soi, mais il voulait plus de pouvoir qu'il n'en avait, et m'en voulait d'être l'*alpha*, et que Trace soit mon *bêta*. Alden était le troisième dans la ligne de commandement, et s'accrochait à peine à ce poste.

Si quelqu'un le contestait au prochain cercle de meute, j'avais le sentiment qu'Ariel prendrait la place d'Alden. La seule raison pour laquelle elle ne l'avait pas encore défié, c'était parce qu'elle avait une famille et qu'elle aimait la position qu'elle occupait au sein de la meute. Mais si Alden ne cessait pas de se comporter comme un abruti, elle pourrait bien s'interposer et occuper la troisième place, *sa* place selon moi. Mais pour le moment, je ne pouvais pas intervenir et lui dire de prendre le relais ni insister pour qu'Alden se retire. Je ne pouvais que garder un œil sur la situation, mais je ne pouvais ni ne voulais pas forcer un défi. Mais s'il n'y faisait pas attention, je devrais prendre une décision et gérer le problème, même si je n'en avais aucune envie. Certains appréciaient que les triplés occupent la tête de la meute. Cela semblait naturel. Je n'étais pas certain d'y croire, mais je n'avais pas envie d'écarter mes frères du pouvoir. Ou de quoi que ce soit.

— Tu penses encore à Alden et Ariel ?

Mon regard croisa celui de Trace.

— Quoi ?

— Tu as encore le front soucieux. Cette ligne entre tes sourcils qui me dit que tu songes à Alden et Ariel. Elle va devoir le défier bientôt. Pour la paix de notre meute.

Je soupirai et me rendis à la cuisine : j'avais besoin d'un verre. L'alcool ne faisait pas long feu dans notre organisme, du moins pas assez pour nous faire quoi que ce soit, mais il existait des bières au miel fabriquées par des ours qui faisaient plutôt pas mal l'affaire. Notre organisme consumait l'alcool bien trop vite à mon goût, mais il me fallait quand même une bière.

— Que s'est-il passé là-bas avant que je ne te trouve ? Les autres ne sont pas là, tu peux me le dire. Tu peux me faire confiance.

J'ouvris deux bières et tendis une bouteille à Trace.

— La confiance, ce n'est pas le problème. Comprendre ce qui m'arrive, c'est ça, le souci.

— Et qu'est-ce que c'est ? m'interrogea Trace en buvant une gorgée de sa bière.

— Je ne sais pas.

Je soupirai. Mon frère me fixait à sa manière déconcertante, et je savais pertinemment que s'il était assez patient, je finirais par lui cracher le morceau. Lui aussi, et c'était bien là le problème.

— Je me baladais dehors, je vérifiais le périmètre à cause de l'inquiétude de Rowen, et quelqu'un a dit qu'une tempête se préparait.

Trace hocha la tête.

— Tu crois que si Rowen s'est sentie bizarre, c'est parce que la nouvelle sorcière est enfin arrivée ?

Je secouai la tête ; j'avais une certitude, au moins.

— Non, elle savait que Sage était en chemin depuis un moment maintenant, même si elle n'a jamais mentionné son nom. Jamais Rowen ne s'est sentie mal à cause de ça. Mais on dirait qu'il y a quelque chose de différent dans l'air, maintenant. Ça a peut-être à voir avec la raison pour laquelle nous devons renforcer le cercle. Ce truc qui va nous obliger à intensifier nos patrouilles.

Je soupirai et expliquai finalement les ténèbres en détail, chose que j'aurais dû faire il y avait bien longtemps.

Trace plissa les yeux, mais hocha la tête.

— Je savais que c'était plus qu'un sentiment. Il y a une véritable malédiction autour de la ville, et quelque chose arrive pour nous détruire.

— Il faut qu'on le dise à la meute, dis-je doucement.

Les sorcières avaient fondé Ravenwood, mais il n'y avait pas que des ours et des sorcières qui vivaient dans ses limites. La ville savait que la magie et tout ce qui va au-delà existaient. C'était un secret de polichinelle que la ville, y compris les humains qui y vivaient, protégeait farouchement. Les métamorphes étaient les bienvenus ici, et pouvaient se promener sous la forme qu'ils désiraient. Les sorcières pouvaient pratiquer ouvertement la magie, même si Rowen était la seule véritablement puissante qui reste dans les confins de la ville. Certaines sorcières comme Penelope avaient des aptitudes minimales, elles ne faisaient pas partie du cercle de sorcières, car ça aurait été dangereux pour elles, leur pouvoir étant lié à leur force vitale. Mais elles avaient assez de pouvoir pour protéger leurs maisons, ou transmettre leur essence et leur chaleur dans des biens. Et elles pouvaient aider avec un petit sort de guérison, ou seconder Rowen dans certaines de ses tâches.

Je savais que Laurel avait des relations compliquées avec le cercle pour des raisons qui lui étaient propres, et qu'elle ne pouvait donner autant que quand elle était plus jeune. Je ne lui tenais pas rigueur de n'avoir pas envie de pratiquement se tuer à chaque fois qu'elle se servait de la magie.

La ville de Ravenwood protégeait ses habitants et ses secrets, mais depuis longtemps, Rowen savait que *quelque chose* se tramait. En tant que notre chef officieux, car notre maire n'était qu'une façade destinée aux humains, Rowen savait quand quelque chose se profilait à l'horizon et nous menaçait tous.

— Et la tempête est arrivée de nulle part ? me demanda Trace.

Je hochai la tête, revenant à notre conversation.

— Tu l'as bien vu. Nous ne savions pas du tout que ça allait arriver, et encore moins qu'elle frapperait aussi fort. La foudre est tombée sur un arbre, et je ne me suis pas dégagé du chemin assez vite.

Trace haussa les sourcils.

— Ce devait être un sacré arbre, vu que tu es le plus rapide de nous tous.

Cela me fit ricaner.

— Je ne pense pas que Frank soit d'accord.

Les yeux de Trace étaient pleins d'humour, son ours donnant au bord de ses iris un éclat doré.

— Frank a presque soixante-dix ans. Je ne pense pas qu'il soit aussi rapide qu'avant.

Je ris.

— Ce vieux jaguar est encore sacrément rapide. Mais pas aussi rapide que ce guépard qui a traversé la ville une fois.

— Il fait trop froid ici pour eux, mais lui aime cet endroit, même si c'est douloureux pour ses vieux os, dit Trace en imitant la voix de Frank.

Je soupirai en vidant le reste de ma bière.

— Il faut qu'on aille au cercle de meute.

— On ira dès que tu m'auras raconté le reste de l'histoire. La foudre a frappé un arbre qui t'est tombé dessus. Je ne comprends toujours pas comment c'est arrivé.

— Moi non plus. Nous savons tous les deux que cette tempête n'était pas naturelle.

Mon frère soupira.

— Non, de toute évidence. Vu qu'elle est arrivée juste au moment où cette nouvelle et jolie petite sorcière s'est pointée, ça doit avoir un rapport avec le cercle.

Je fronçai les sourcils.

— Tu la trouves jolie ?

— Bon sang, oui ! Tu as vu ces grands yeux et cette petite bouche pulpeuse !

Trace haussa les sourcils, et je me rendis compte qu'un grondement s'échappait de ma poitrine.

Je me raclai la gorge.

— Désolé.

— Eh bah ça alors ! Voilà qui répond à ma question.

— Ça ne répond à rien du tout, grognai-je, énervé après mon ours et moi.

— Tu n'as pas l'intention de dire à ton cher vieux triplé que tu viens de trouver ta compagne ?

Je me figeai et posai la bouteille vide, le cœur battant la chamade. Mon ours rôdait au fond de moi.

— Ce n'est pas certain.

Mon ours me poussa. J'avais besoin de courir, de m'étirer, de faire *tout* sauf parler de ça. Parce que mon ours voulait sa compagne, et que je ne savais rien d'elle. Un accouplement n'était pas censé se dérouler de cette manière. Je n'étais pas censé tomber amoureux d'une étrangère qui m'avait déjà sauvé la vie, même accidentellement.

— J'ai vu ta réaction, et je sens ton ours qui se presse

sous ta peau en ce moment. Tu réalises que s'accoupler avec une sorcière en ce moment est sûrement la pire chose que puisse faire ton ours, n'est-ce pas ? me demanda Trace d'un ton sec. Que fais-tu de ces ténèbres, du cercle de sorcières et de notre meute ?

— Et tu t'y connais en matière de sorcières, n'est-ce pas ? lui assénai-je, poussé par mon ours, avant de jurer à mi-voix. Désolé, ajoutai-je rapidement.

Trace leva une main, et posa sur moi des yeux pleins de pitié.

— Oh, ne t'inquiète pas ! Laurel et moi sommes amis. N'aie pas l'impression que tu mets les pieds dans le plat pour ça, murmura-t-il. Tout le monde dans la meute ne sera pas d'accord avec ce qui pourrait se passer si tu complètes le lien d'accouplement avec Sage.

— On ne sait même pas si ça va se faire, répliquai-je d'un ton sec. Il faut que Sage et moi soyons d'accord pour le lien et le marquage. Il ne s'agit pas seulement de ce que veut mon ours. Je peux l'ignorer pour le moment.

— Ça ne fera que te rendre plus agité, et tu as déjà assez de problèmes pour contrôler ton ours. De plus, avec les factions qui s'agitent autour de la position d'Alden et de ta manière de gérer, ça ne va pas être facile.

— C'est bon. Allez. Je ne sais pas ce que je vais faire, mais je ne peux pas rester là à me demander ce qui pourrait arriver. Je ne la connais même pas.

— Non. Et elle va avoir beaucoup de choses à gérer, mais elle est *vraiment* jolie.

Je plissai les yeux.

— Es-tu en train de me pousser à la revendiquer, ou tu veux que je te balance mon poing dans la figure ? lui demandai-je d'une voix tranchante.

— Ne t'en fais pas pour moi, dit-il en s'arrêtant, le

regard plein de sympathie. Tu sais que je ne suis pas le genre de personnes dont tu dois t'inquiéter.

— Je sais, répondis-je en soupirant. Allez. Il faut qu'on aille retrouver les autres.

— Allons-y, alors, dit Trace, et je le suivis dehors, dans la forêt derrière ma maison, à la périphérie de Ravenwood.

Le repaire comprenait le cercle de meute et était taillé dans le flanc de la montagne, une série complexe de grottes qui nous protégeaient au plus fort de la guerre, lorsque la ville avait été créée. Au fil du temps, on l'avait moins utilisée pour sa fonction première et plus pour l'entraînement et pour servir de lieu de séjour à nos ours lorsqu'ils avaient besoin d'hiberner, même si notre manière de le faire était légèrement différente de celles de nos congénères dans la nature. De nombreux types de métamorphes habitaient à Ravenwood, mais les ours étaient majoritaires. Jaxton et les faucons étaient de plus en plus nombreux, mais pas autant que les ours. Un seul jaguar et un guépard vivaient parmi nous. Nous avions eu quelques chacals, des loups et des pumas, et même un ou deux blaireaux qui restaient entre eux. C'était mieux ainsi pour tout le monde.

Les ours étaient les plus nombreux, et notre principal repaire des États-Unis se trouvait ici. Tandis que mon père avait la responsabilité des deux continents de cet hémisphère, mon territoire atteignait presque la taille de la Pennsylvanie. Cependant, il y avait des *alpha*, des *leaders* ailés et des chefs pour chaque groupe de métamorphes. Mon clan, c'étaient les ours de ce territoire. Par conséquent, ma voix dominait celle des autres quand il s'agissait des métamorphes en tant que communauté.

Nous prîmes la direction du cercle de meute et vîmes d'autres congénères se promener. Aujourd'hui, il s'agissait d'une discussion informelle. Sinon j'aurais été plus nerveux que je ne l'étais déjà. Cependant, entre la tempête, ma blessure et la fuite d'Alden, j'avais du mal à me concentrer autant que j'aurais dû. Avec le cercle en plein bouleversement et la rencontre de Sage ? J'étais incapable de me concentrer.

Et ce n'était pas une bonne chose pour un *alpha*.

— J'aurais dû le savoir, grommela Trace à côté de moi.

Je tournai les yeux pour voir ce qu'il fixait.

Alden se tenait au centre du cercle, parlant comme s'il avait le droit de diriger la réunion. Heureusement, la plupart des membres de la meute l'ignoraient, poursuivant leurs propres conversations, mais sa petite faction, ceux qui estimaient qu'Alden devait être leur *alpha*, l'écoutait avec avidité. Notre triplé était l'ours le plus politique de notre meute. C'était lui qui allait le plus souvent rendre visite aux autres *alpha* dans le pays, et qui retrouvait le plus souvent notre père.

Mais ce n'était pas le plus fort, et c'était ça qui faisait un *alpha*. Pourtant, la jeune génération n'y croyait pas forcément. Elle n'avait jamais connu de guerre de métamorphes comme celle à laquelle mon père avait mis fin. Elle n'avait pas été témoin de l'horreur, du sang versé. Elle n'avait pas ressenti la terreur. Elle avait envie de suivre l'ours le plus élégant et le plus sophistiqué, pas celui qui était capable de les protéger contre la magie et l'inconnu.

— Merci d'avoir attendu mon arrivée, grognai-je en laissant transparaître mon ours dans ma voix.

Ceux qui n'avaient pas écouté Alden grognèrent contre mon frère ou l'ignorèrent complètement, avant de se mettre au garde-à-vous. La petite équipe d'Alden me jeta un regard furieux, mais ses membres détournèrent rapidement les yeux. Aucun d'entre eux n'était assez fort pour m'affronter dans le cercle ni croiser directement mon regard. Bien. Il fallait qu'ils se rappellent qui était leur *alpha*. Je ne gouvernais pas par la force brute. Je menais par les griffes, les crocs et l'ours en moi. Et cela signifiait que je refusais de tuer quiconque s'opposait à moi, mais qu'ils ne devaient quand même pas oublier qui était leur *alpha*, et ce même s'ils n'étaient pas toujours d'accord parce qu'ils ne comprenaient pas ce qui risquait de se passer. Ce n'était le cas d'aucun d'entre nous. Pas vraiment.

— Ah, c'est sympa de ta part de te montrer !

Alden tira sur la manche de sa chemise. La plupart des gens portaient des jeans et des t-shirts. Lui était vêtu d'une chemise, d'un pantalon de ville et de belles chaussures en cuir. Je ne comprenais pas pourquoi il s'habillait ainsi au milieu de la forêt, mais c'était son choix. Il n'y avait rien de mal à avoir de la classe. Mais il s'en servait pour regarder les autres de haut. Je n'arrivais pas à comprendre comment il pouvait être notre triplé, à Trace et moi, un tiers de nos âmes et être si différent de nous.

— Je te chauffais la place, frangin.

Alden me fit un clin d'œil, et je me retins de soupirer.

— La tempête semble s'être dissipée, annonçai-je en l'ignorant. Est-ce que tout le monde va bien ?

— Tout va bien, répondit Ariel en s'avançant, bras croisés sur la poitrine. Tu étais du côté de la ville qui a essuyé le plus gros de la tempête. Ravie de voir que tu vas bien.

Son regard se porta sur mon front, où la coupure avait déjà guéri, et je sus qu'Alden avait sûrement raconté à tout le monde que j'avais été blessé. Génial ! Rien de tel que d'avoir l'air d'un ours faible devant les autres.

— Elle est arrivée de nulle part, et elle a frappé plutôt fort, surtout à l'endroit où je me trouvais. Je suis ravi que tout le monde semble s'en être sorti indemne.

J'aurais dû leur accorder mon attention à tous en premier. Le fait que j'aie fait passer Sage et mes problèmes en premier m'inquiétait. Ce n'était pas chose aisée que de se concentrer sur tout en même temps, mais il le fallait si je voulais rester un bon *alpha*. Et même si je savais à présent qui pouvait être ma compagne, ça ne changeait rien au fait que j'étais le *leader* de ces gens. Ils avaient besoin de moi. Et il fallait que je me concentre sur eux.

Parce sur ce qui pourrait ne jamais être.

Mon ours grogna car il voulait s'enrouler autour de mon cœur. J'ignorai ce sentiment. Je n'avais pas de temps à consacrer à ça.

Je n'avais pas l'impression que mon ours s'en souciait.

— Venez, évaluons les dégâts et voyons ce que nous pouvons faire.

Les autres commencèrent à prendre la parole à tour de rôle, passant en revue tout ce qui s'était passé depuis notre dernier cercle, pendant qu'Alden restait à l'écart. Je gardais un œil sur lui, et je savais que Trace faisait de même. Bientôt, nous aurions à gérer le problème des triplés, mais pas tout de suite. Pour l'instant, je devais m'assurer que tout le monde était en sécurité.

Je regardai de l'autre côté du cercle et souris en voyant trois oursons rouler vers moi sous leur forme animale. Je m'agenouillai et les serrai fort, observant leurs petites pattes s'agiter dans l'air.

Les autres rires, tirèrent la langue, secouèrent la tête. Nous poursuivîmes nos discussions sérieuses sur les mesures à prendre pour nettoyer après la tempête et sur les autres affaires à traiter. Pendant ce temps, trois de nos plus jeunes membres se roulaient par terre, leurs minuscules corps d'ours tellement petits comparés aux adultes qui les entouraient.

— Vous perturbez la discussion, les prévins-je au bout d'un moment.

La plus petite, Honor, me fit un signe avec sa petite patte avant de grimper sur ma jambe. Jackson et Henry s'enroulèrent autour de mes pieds, alors je me laissai tomber au sol et permis aux oursons de me grimper dessus. Qu'un *alpha* soit à terre au milieu d'un cercle de meute aurait pu sembler étrange à certains et ne pas évoquer la force, mais mon père m'avait toujours enseigné que la puissance d'un *alpha* dépendait de la façon dont il prenait soin de sa meute.

Les oursons triplés bâillèrent largement avant de s'endormir dans mes bras, où ils se sentaient parfaitement en sécurité et protégés. Leurs parents étaient sur le côté, secouant la tête. Ils me faisaient confiance avec leurs bébés parfaits. Je me disais que cela signifiait que j'étais sur la bonne voie dans mon rôle d'*alpha*.

— On se réunira de nouveau d'ici quelques jours, leur dis-je au bout d'un moment.

Je me relevai, les trois oursons enroulés autour de moi : Honor contre mon cou, Jackson et Henry sur mon torse.

— Restez vigilants. Quelque chose se prépare, et nous le savons tous.

— On s'en occupe, dit Ariel.

Trace hocha la tête avec force.

— Nous allons rester vigilants.

Je m'avançai pour rendre les oursons à leurs parents avec un petit sourire quand Honor laissa échapper un petit couinement. Je secouai la tête et répondis à quelques questions de plus avant de m'éloigner avec Trace.

— Je suis content que les oursons soient venus, dis-je au bout d'un moment.

— Ils avaient l'air de savoir que tu avais besoin d'un câlin, dit Trace.

57

Je ris.

— Si tu prononces les mots « câlin d'ours », je vais te faire du mal.

— Vous êtes tous des ours, et ils te faisaient des câlins. Mais je vais m'abstenir. La meute va bientôt ressentir le malaise de ton ours. Ils sauront que quelque chose a changé. Il se pourrait que ce soit déjà le cas d'Alden.

Je hochai la tête fermement.

— Et si ceux qui ne veulent pas d'une sorcière dans la meute l'apprennent en premier, Sage pourrait être en danger, dis-je au bout d'un moment, serrant les poings sur les côtés tandis que mon ours grondait en moi.

— Nous la protégerons, mais tu devrais peut-être la prévenir de ce qui se passe, de sorte qu'elle sache pourquoi elle a besoin d'une protection. C'est une nouvelle sorcière, et elle ne semble même pas comprendre son pouvoir, ni même le fait que la magie existe. Ce n'est probablement pas le meilleur moment pour que tu lui dises : « Au fait, on est faits l'un pour l'autre, et tu seras à moi pour toujours. »

— Non, même pas un petit peu, dis-je avant de lâcher un juron et de grogner encore. Quelque chose arrive, je le sens. Et pourtant, la seule chose que je souhaite, c'est d'aller voir si Sage va bien, et de m'assurer qu'elle est en sécurité.

— Je ne t'envie pas, mon frère. Pas même un peu.

J'ouvris la bouche pour dire quelque chose, mais mon téléphone sonna. Je regardai l'écran et répondis.

— Jaxton, quoi de neuf ? Tout va bien ?

— Je me suis occupé de la voiture de ta petite sorcière, et Laurel va venir la récupérer. Même si ce n'est pas pour te parler de ça ou de la tempête que je t'ai appelé.

Je me figeai, pris de malaise.

— Qu'est-ce qui ne va pas ?

— Pendant que je vérifiais l'étendue des dégâts, j'ai fait

un survol et j'ai vu quelque chose dont il faut que nous parlions.

— Qu'est-ce que c'est ? demandai-je encore.

— Quelqu'un a dérangé les tombes. Suffisamment pour que je ne pense pas qu'il reste quoi que ce soit d'enterré. Nous avons un problème.

Je jurai. Je savais que Jaxton ne faisait que constater l'évidence.

Parce que si quelqu'un avait dérangé les tombes, nous avions plus qu'un problème.

Nous étions face à la mort elle-même.

Et elle était ici. Elle attendait.

CHAPITRE 5
SAGE

MÊME SI J'AVAIS dormi la nuit précédente, j'avais l'impression de sortir d'un brouillard. Et pas seulement à cause de tout ce qui s'était passé la veille. C'était comme si un voile s'était levé devant mes yeux, et que tout ce que j'avais cru réel pendant des années prenait une teinte différente aujourd'hui.

Ce que Rome, un homme auquel je ne voulais pas penser en ce moment, avait dit était juste. Chacun de ces petits moments où j'avais fait un vœu et forcé le changement me revint. Chaque fois que j'avais besoin d'aide, que je pensais à mon tatouage... chaque fois que j'avais vu du coin de l'œil quelque chose qui ne me paraissait pas réel.

La magie... La magie existait ?

Pourquoi je n'arrêtais pas de penser à Rome ? Pourquoi avais-je l'impression d'avoir besoin de le voir ? Comme s'il était ce qui m'avait manqué pendant tout ce temps. Rien n'avait plus de sens.

Après les événements chez Rome, tante Penelope m'avait emmenée chez elle et installée dans sa chambre d'amis. J'avais fini par réussir à m'endormir. Je n'y aurais pas

61

cru. À présent, j'étais dans sa cuisine, portant un pyjama que je n'avais pas souvenir d'avoir enfilé, et je regardais ma tante.

— Tout ceci est réel, murmurai-je en la regardant avant de poser les yeux sur le tatouage qui ne bougeait plus sur mes hanches.

Tante Penelope soupira et me tendit une tasse de café.

— Oui. J'avais espéré te parler de Ravenwood et de ses bizarreries un peu plus lentement, mais la tempête et ta rencontre avec Rome ont tout changé.

Je souris presque en l'entendant parler de « *bizarreries* ». Des métamorphes, de la magie et des sorcières ? Cela me paraissait être bien plus que des étrangetés. Mais mon cerveau s'accrocha au nom de Rome, et je cillai en me rappelant le reste de la journée.

— Je ne comprends pas. Je l'ai touché, et c'était comme si j'avais pris une décharge. Comme s'il était une ligne électrique en panne. Pourtant, ça n'a aucun sens.

Ma tante sourit d'un air entendu. Elle était magnifique et faisait une bonne dizaine d'années de moins que ses cinquante ans avec son joli carré noir qui encadrait son visage. Elle avait mes yeux, *les yeux des Prince*, comme elle les appelait. Et même si je n'en avais rien su jusqu'à la veille, il y avait de la magie là-dessous.

— À mon avis, pour que cette métaphore fonctionne, il faut que ce soit *toi*, la ligne électrique en panne.

Je secouai la tête, essayant de suivre cette conversation anormale qui semblait lui paraître si naturelle. Il y avait tellement de choses que j'essayais de comprendre ! C'était comme si j'avais vécu deux vies pendant toute mon existence. Il fallait que je les réunisse.

— Il a été blessé. Et ensuite, il m'a ramenée chez lui d'une manière ou d'une autre.

— Les ours peuvent faire ça, dit tante Penelope en buvant une gorgée de son café.

Je cillai.

— Des ours, comme dans... ?

Ils s'étaient déjà désignés en ces termes avant, mais j'avais espéré qu'il s'agissait d'une sorte d'argot que je ne connaissais pas, et pas d'autre chose qu'il faudrait que je découvre par moi-même.

— Rome est un ours métamorphe. Comme toute sa meute. Ou peut-être sont-ils un clan. Je pense que la manière de les désigner dépend de l'ours auquel tu parles, mais c'est une meute, du moins de ce côté de l'équateur.

Je laissai échapper une respiration, essayant de garder mon calme. Si je paniquais, je ne ferais que me faire peur, et sûrement à ma tante. Je pouvais le faire. J'étais capable de me montrer rationnelle au sujet de l'irrationnel.

— L'ours que j'ai vu... ce n'était pas seulement dans mes rêves ?

— Non, mais je ne sais pas qui tu as vu. Ce pourrait être Trace ou Alden, vu que les frères sont toujours ensemble. Ce sont des triplés. Rome a deux frères très beaux qui lui ressemblent comme deux gouttes d'eau. Comme tu le sais bien, vu que tu as déjà rencontré Trace.

Mes ovaires faillirent exploser rien que d'y penser, et je me retins de froncer les sourcils. Je devais contrôler mon attirance pour cet inconnu très sexy, très grand et très *ours*.

— Je me souviens de Trace. Je ne sais pas si j'ai rencontré Alden. Donc, ils peuvent se transformer en animaux et ne mangent pas les gens ? Et je suis une sorcière ? D'où l'eau qui bouillonne partout et mon besoin de m'évanouir, c'est bien ça ? Oh, et mes tatouages apparus de nulle part et qui bougent ! Et tout ça est supposé avoir un sens.

— Je crois que ça va finir par avoir un sens pour toi. Il y

a des raisons pour lesquelles je suis toujours restée avec toi, Sage, et pas seulement parce que je t'aime. Tu es comme mon propre enfant, ma nièce favorite.

Je ricanai en dépit de la chaleur qui envahissait mon cœur.

— Je suis ta seule nièce.

— D'accord, tu m'as eue. Mais il faut que tu comprennes que tu es venue à Ravenwood pour de multiples raisons, et pas seulement parce que tu avais besoin de prendre un nouveau départ. Et pas non plus parce que je voulais que tu sois là. C'est parce que c'est ta maison.

Je déglutis péniblement, puis baissai les yeux sur mes mains en reposant ma tasse de café.

— Je n'ai pas envie de te croire, et pourtant, à moins d'être en proie à un délire collectif avec vous ou de ne pas m'être réveillée d'un coma, j'ai vu des choses hier que je n'explique pas. J'ai vu le vent dans les mains de Rowen. J'ai vu cet ours venir vers moi. Et j'ai senti la douleur dans mon flanc quand mes tatouages ont bougé. Les tatouages ne sont pas censés bouger.

— Les tiens le font. C'est ton ancre.

— Mon ancre ? répétai-je.

— Tous ceux de notre monde, le surnaturel et le magique, ont des ancres. La mienne, c'est celle-ci.

Elle releva la manche de son chemisier pour révéler un minuscule pissenlit planté dans la terre, mais éclatant dans le vent. Mes lèvres remontèrent en un sourire, et l'émerveillement me submergea.

— La tienne, ce sont ces vagues sur tes hanches et les poissons abstraits qui nagent autour de ton corps. Ils t'ancrent à l'eau avec laquelle tu as une affinité. Les autres auront l'air, la terre ou le feu quelque part sur leurs corps, tatoués sur leur peau pas à l'aide d'une aiguille, mais par la

magie avec laquelle ils sont nés. Elle se manifeste généralement vers l'âge adulte et constitue un moment important
dans la vie d'un sorcier ou d'une sorcière. Les métamorphes
ont également des ancres qui représentent leur forme
animale, mais je ne sais pas exactement quand elles apparaissent sur leur corps, car ils sont capables de se transformer
à un jeune âge. Évidemment, les jeunes sorcières et sorciers
peuvent pratiquer la magie, alors peut-être que leurs
tatouages ne sont pas du tout liés à leur pouvoir et à leur
force. C'est un moment personnel pour ceux qui ont une
ancre.

Je ne pus contenir une envie de voir à quoi ressem-
blaient l'ancre et l'ours de Rome. Après tout, il était la
première personne que j'aie rencontrée dans ma nouvelle
maison, en dehors de ma tante. Lui-même était une ancre.

Du moins, c'était ce que je me disais.

— Ça signifie que Rome a un ours sur lui quelque part.
Un qui est apparu un jour.

Je suivais le fil, je faisais avec, parce que je ne savais pas
quoi faire d'autre. J'avais vu la magie, et je ne pouvais pas
laisser mes yeux continuer de me mentir. Mes tatouages
étaient apparus un jour, et je m'étais dit que j'avais dû me les
faire faire un soir de beuverie. Et pourtant, jamais ils ne
m'avaient fait mal. Je n'avais même pas eu besoin d'aider à
leur cicatrisation. Ils étaient simplement apparus.

Je m'étais menti à moi-même comme j'avais menti à
Rupert en disant que c'était quelque chose que j'avais choisi
de faire. Seulement, à ce moment-là, ça ne m'avait pas
semblé être un mensonge.

Comme je croyais en beaucoup de choses, j'avais
toujours su que la magie pouvait être réelle dans l'abstrait. Je
me disais que c'était quelque chose de lointain et d'excen-
trique. Pas quelque chose que j'avais en moi. Je n'étais pas

encore certaine d'y croire vraiment. Rowen semblait toute-puissante, omnisciente, et je l'avais vue utiliser sa magie.

J'avais vu l'encre sur ma chair se mettre à danser sur mes hanches et mes flancs, redescendre sur mes bras.

Ce n'était pas le fruit de mon imagination.

Si je voulais rester saine d'esprit, il fallait que je croie, du moins à ce délire collectif.

Parce que ce serait douloureux de le combattre plus.

— Il y a tellement de choses que tu dois comprendre, Sage ! dit tante Penelope en soupirant, avant de boire une autre gorgée de son café. Et j'espère te raconter tout ça. Même si Rowen et Laurel seraient sûrement plus douées pour ça.

— Alors, ce sont toutes deux des sorcières ? lui demandai-je en tentant de ne pas perdre le fil.

— Oui, bien qu'il y ait certaines choses dont je ne peux pas parler, car ce n'est pas à moi de partager cette histoire. Ce ne sont pas mes secrets.

— Il m'a paru y avoir quelque chose entre elles.

Je me raclai la gorge. Laurel semblait tellement en colère. Et pourtant, Rowen aussi. Je sentais pratiquement la douleur qui émanait d'elle. J'avais toujours été douée en matière d'émotions et de sentiments. J'étais empathique, du moins dans le sens où j'étais en général capable de comprendre ce qui brisait intérieurement les autres. En perdant Rupert, je m'étais brisée en mille morceaux, en essayant de tenir le choc d'émotions. Pourtant, le chagrin émanant de tout le monde avait failli me noyer.

J'avais quitté la Virginie pour de nombreuses raisons, mais à présent, j'avais l'impression de rentrer à la maison. À mes yeux, ça n'avait aucun sens. Et pourtant, il le fallait. Bizarrement, tout ceci devait avoir une logique.

Ma tante soupira après avoir bu sa gorgée de café.

— Ces deux-là n'ont pas eu la vie facile. À vrai dire, la vie n'a pas été facile pour cette ville depuis un moment.

— Que veux-tu dire ? lui demandai-je, soudain tendue.

— Il y a beaucoup de choses que Rowen et les autres voudront te raconter, mais autrefois, cette ville comptait beaucoup plus de sorcières. Avec le temps, la magie a commencé à s'estomper. Notre ville fait de son mieux pour protéger ceux qui nous entourent, mais le destin ne le permet pas toujours. Il y a tellement de types de créatures surnaturelles ! Des ours, des loups, des dryades. Tellement ! Mais ce sont des sorcières qui ont fondé cette ville, même si la plupart de celles qui restent sont dormantes, comme moi.

— Je ne sais pas ce que ça veut dire.

— « Dormantes » signifie que j'ai des pouvoirs, que je suis douée avec les plantes, pour trouver le bon livre pour la bonne personne grâce à ma seule intuition. Mais je n'ai pas le même pouvoir élémentaire que les sorcières fortes comme Rowen. Comme Laurel avant.

— *Avant* ? répétai-je, et je ressentis au fond de mes veines de l'inquiétude pour la jeune femme que j'avais rencontrée.

— Effectivement. Mais comme je te l'ai dit, c'est à elle de raconter son histoire. Rowen est la plus forte de nous tous et nous protège du mieux qu'elle peut. Mais elle ne peut pas faire grand-chose sans un cercle complet de puissance. Elle a tant perdu, et je sais qu'elle est à bout de forces. Elle fait de son mieux, mais maintenant que tu es là, eh bien, je m'étais dit que *peut-être* tu étais celle dont elles parlaient. Celle qu'elles espéraient. Mais je ne savais pas que tu serais aussi forte.

Je cillai.

— Je ne suis pas forte, tante Penelope. Pas même un peu. Je me suis brisée quand Rupert est mort.

— Je sais que tu détestes le mot « *forte* », parce que c'est ainsi que les gens te qualifient quand ils te voient essayer de faire ta propre vie, de renaître des cendres que tu as dû devenir après la perte de ton mari. Et je vais essayer de ne pas utiliser ce mot quand il s'agit de toi. Mais ce pouvoir qui est en toi ? Je ne trouve pas d'autre mot pour le décrire. Il y a tant de potentiel !

— J'ai des tatouages qui bougent, et il me semble avoir mis le bazar avec de l'eau chez Rome. Je ne sais pas de quel genre de force tu parles.

— Tu verras.

— Oh que oui ! dit Rowen depuis l'embrasure de la porte.

Je cillai, et manquai tomber en bougeant rapidement pour lui faire face.

— Tu as surgi de nulle part ?

Des images de sorcières de séries télévisées qui faisaient ce genre de choses ou débarquaient en remuant le nez ou en clignant des yeux emplissaient mon esprit.

J'aurais pu jurer que Rowen était capable de lire dans mes pensées, car elle sourit.

— Non, j'ai utilisé la porte. Ta tante ne l'a pas fermée à clé.

Tante Penelope leva les yeux au ciel.

— Tu as dit que tu étais en route, et tu es capable de crocheter n'importe quelle serrure de cette maison plus vite que n'importe qui de ma connaissance. Peut-être pas Laurel. Elle a toujours eu un don pour ça.

Rowen soupira.

— C'est vrai. Mais tu devrais quand même verrouiller tes portes, juste au cas où. On ne sait jamais ce qui peut arriver, de nos jours.

— Tante Penelope m'a parlé des ténèbres, dis-je, me

demandant quand j'étais tombée dans ce cauchemar que je croyais réel à présent.

— Oui, il y a ça. Et bien que cette ville croie en sa magie et puisse se protéger, des étrangers passent par là et ne comprennent pas ce qu'ils voient. Mes protections peuvent les maintenir, et protéger ceux qui sont sous notre pouvoir, mais il me faut un cercle complet pour le renforcer. Pour l'instant, Jaxton doit faire un peu de ménage une fois de temps en temps.

— Jaxton ? N'est-ce pas l'homme qui, selon tante Penelope, a ma voiture ?

— Oui, c'est un solutionniste. Un peu comme Rome.

— Rome. Le métamorphe.

Rowen me sourit et secoua la tête.

— Tu as envie de croire, mais ce n'est pas encore le cas. Tu es sur le point de le faire. Tu vas voir d'autres choses. Il te faudrait peut-être rencontrer une ou deux dryades pour comprendre le véritable sens de notre ville. Je sais que ce n'est pas la manière dont nous voulions que tu rencontres notre peuple, que tu sois accueillie dans ta ville, mais si tu gardes l'esprit ouvert et que tu essaies de croire, ce sera plus facile pour nous tous.

— J'attends toujours de me réveiller, avouai-je.

— Je m'en doute. Pendant que tu patientes, suis le rêve et allons nous promener en ville. Je peux te montrer ta boulangerie, ma boutique, et la librairie aussi.

— J'aimerais voir Les Pages de Ravenwood.

— Ma boutique s'appelle *Into The Wood*, ça signifie « dans le bois », ajouta Rowen. Je ne suis pas loin de toi, et Les Pages de Ravenwood, la librairie de ta tante, est située entre nous.

— As-tu pensé à un nom pour ta boutique ? m'interrogea tante Penelope. Je sais que tu attendais cette dernière partie, alors tu n'as même pas encore d'enseigne ou de papier à en-tête.

Je soupirai et grimaçai.

— J'ai un nom. Et j'ai du papier à lettres. J'attendais de te les montrer en personne.

Je ne savais pas pourquoi. Peut-être avais-je attendu pour une bonne raison, comme tout ce qui se passait ici.

— Je pense que le nom est assez joli, dit Rowen, et j'écarquillai les yeux.

— Je te l'ai envoyé par mégarde quand on communiquait par *mails* à propos du cottage ?

— Non, c'est sûrement juste qu'elle sait, répondit tante Penelope en levant les yeux au ciel. Alors ? Qu'est-ce que c'est ?

— Ravenwood Sweets. Rien d'extraordinaire, mais je suis venue ici pour prendre un nouveau départ dans une nouvelle ville et me créer un nouveau foyer. Je me suis dit qu'il fallait inclure le nom de cette nouvelle maison dans l'endroit que je construis.

— J'adore ! Et tes pâtisseries sont merveilleuses. Elles me mettent toujours de meilleure humeur.

Le regard de Rowen s'intensifia.

— Je me demande quel genre de sortilège tu as introduit dans tes recettes sans même le savoir.

Je secouai la tête.

— Je ne mets pas de sortilèges dans mon pain. Ce n'est pas ce que je fais. N'est-ce pas ? l'interrogeai-je d'une voix paniquée. Oh, mon Dieu ! Et si je faisais du mal à quelqu'un ?

— Tu ne pourrais pas. Ton âme est pure. Tu ne ferais jamais de mal à quelqu'un avec ta magie sans le savoir. Ce n'est pas ainsi que ça fonctionne. Quant au fait d'incorporer de la magie dans tes pains et pâtisseries ? Tu ne le fais sûrement pas sciemment, mais j'ai le sentiment que tu as fait de la magie toute ta vie sans t'en rendre compte. Pour une raison que j'ignore, la malédiction ou le sort t'ont peut-être éloignée de nous, mais ne pouvaient pas tout écarter de toi.

— Je ne suis pas sûre d'aimer ce que tu dis. J'aimerais savoir ce que je faisais.

— Une sorcière non formée peut être dangereuse, certes. Une sorcière non entraînée avec un pouvoir comme le tien ? C'est immense. On va se débrouiller. On y arrive toujours.

— Tu es en train d'effrayer cette jeune fille.

Je regardai ma tante.

— Je crois qu'il faut que je suive le mouvement, lui dis-je, me remémorant l'accident... et l'homme massif que j'avais rencontré, et apparemment sauvé. Rome va vraiment bien ? Un arbre lui est tombé dessus.

Rowen scruta mon visage comme si elle voyait quelque chose qu'elle ne comprenait pas.

— Il va bien. Ils guérissent rapidement. Je suis sûre que tu le verras dans les parages.

— Parce que c'est une petite ville ? lui demandai-je, sans savoir pourquoi j'insistais. Ni pourquoi je voulais en savoir plus sur lui.

— Peut-être.

Je commençais déjà à me lasser des manières mysté-rieuses de Rowen. J'avais vu la magie qu'elle maîtrisait, je l'avais vue sur ma peau. Peut-être que j'avais besoin de croire. Mais j'avais l'impression d'avoir deux temps de retard, quelle que soit ma progression, et cette Rowen semblait être au courant de tous les secrets, mais refusait de me les dire.

Je laissai ma tante derrière moi travailler sur de la paperasse, avec la consigne d'apprendre à connaître la ville, de suivre Rowen et de lui faire confiance.

J'aimais ma tante de manière inconditionnelle. J'avais peut-être besoin de céder et de découvrir ce qui se passait.

J'avais vu des choses, des trucs que je ne pouvais pas expliquer. J'avais peut-être besoin de croire.

La ville de Ravenwood était organisée comme n'importe quelle petite ville de Pennsylvanie, avec une rue principale et une rue coloniale perpendiculaire aux commerces. Le logement de ma tante était l'une des maisons originales et bien entretenues de Ravenwood Drive. Rowen avait indiqué qu'elle vivait à l'autre bout de la rue, le long d'une grande route pavée qui serpentait dans la forêt, mais qui était toujours techniquement située sur Ravenwood Drive. D'autres maisons semblaient être là depuis la création de la ville, bien entretenues, mais respectueuses d'un certain code montrant qu'elles étaient uniques, et peintes de couleurs sombres. Certaines avaient des tourelles. Beaucoup avaient des fenêtres circulaires qui me faisaient penser à des maisons de Hobbits ou même de sorcières. Ce qui me fit ricaner, vu qui me tenait compagnie.

— J'aimerais bien savoir à quoi tu penses.

— Je ne sais pas si c'est vraiment très intéressant, répondis-je en secouant la tête.

— Ne te rabaisse jamais. C'est déjà valable pour tout le monde, mais encore plus pour une sorcière.

— Tu n'arrêtes pas de m'appeler comme ça, et pourtant, tout ce que j'ai fait, c'est regarder mes tatouages bouger sur mon corps, et faire monter le niveau de l'eau de l'aquarium, manquant de tuer les poissons de Rome.

Rowen secoua la tête.

— Tu vas bientôt comprendre. Tu es une Prince, après tout.

Mon cœur se serra très légèrement.

— Non, je suis une Reed, maintenant.

Rowen attrapa ma main, qu'elle serra.

— Je suis désolée pour ta perte. Ta tante m'a dit du bien de Rupert.

Cela me fit sourire. Je ne pleurais ou ne criais plus en pensant à mon défunt mari. Même si je n'étais pas guérie, pas totalement, car une veuve ne peut jamais l'être, j'avais tourné la page. J'étais sur la voie du bonheur. Sans sa famille, qui avait toujours pensé que je n'étais rien. Et sans cette ville qui ne me connaissait pas du tout.

— Il était incroyable. Et même si je suis *née* Prince, je suis une Reed, aujourd'hui. Ma mère a gardé son nom de jeune fille, mais pas moi. Je ne veux pas me considérer comme une Prince et oublier Rupert, si ça a du sens.

L'autre femme hocha la tête.

— Ça en a. Et je comprends. Mais tu peux honorer les deux noms pour savoir d'où tu viens. Sur les deux avenues, pour voir où tu vas.

— C'est difficile de voir où je vais. Et parfois, le passé semble terriblement embrouillé.

— Les Prince étaient l'une des trois familles fondatrices de Ravenwood. Les Ravenwood eux-mêmes, mes ancêtres, ont construit cette ville, mais deux autres familles sont arrivées peu après : les Prince et les Christopher. Laurel est une Christopher.

Je posai les yeux sur elle.

— Nous sommes toutes les trois issues des familles fondatrices ?

— Comme c'était écrit. Le dernier cercle devrait être celui des trois familles, celles qui nous feront avancer dans la lumière.

— On dirait que tu parles d'une prophétie ou de quelque chose du genre.

Je tentai d'insuffler un peu d'humour dans ma voix, mais n'y parvins pas.

— Il y a beaucoup de choses écrites, mais on ne voit pas tout.

— Maintenant, tu parles comme un biscuit chinois, dis-je ironiquement.

— Tu sais, c'est exactement ce que j'ai toujours dit, lança Laurel en marchant vers nous, ses bottes cliquetant sur les pavés. Elle aime paraître sage et avisée, et pourtant, elle ressemble parfois à un biscuit rassis.

— On ne va pas commencer aujourd'hui. J'essaie de présenter la ville à Sage.

— Tu lui as parlé des familles fondatrices et de certaines entreprises de la rue principale. Tu lui as présenté la ville ?

— J'aimerais voir ma boulangerie, si c'est possible.

— On peut faire ça. D'abord, Les Pages de Ravenwood. Laurel y travaille.

Je regardai l'autre femme.

— Ah oui ?

— Parfois. J'aide mon frère pour certaines choses, mais c'est en ligne, alors j'aide aussi ta tante de temps en temps.

Je remarquai que Rowen s'était raidie à la mention du frère de Laurel, mais je ne posai pas de questions. Ce n'était pas mon rôle. Et honnêtement, je n'avais pas assez de cerveau disponible pour m'inquiéter de quoi que ce soit d'autre à cet instant. J'avais bien assez à faire pour essayer de croire en la magie et intégrer tout ce que les habitants de Ravenwood me balançaient. Je n'avais pas besoin d'y ajouter les sentiments de quelqu'un d'autre. Même si c'était plus facile à dire qu'à faire. Rowen était tellement crispée qu'on avait l'impression qu'elle étouffait à côté de moi. De temps en temps, ses sentiments s'échappaient par une petite fissure dans sa façade. C'était infime, mais je le sentais quand même. Laurel, d'un autre côté, rayonnait. La colère et la douleur l'enveloppaient comme un poing. De temps en temps, une flamme d'énergie jaillissait hors d'elle comme si la douleur criait.

Et alors même que je pensais ces mots, je me demandai si j'avais su qui j'étais au cours de ma vie. Il avait fallu que je fasse mes premiers pas dans cette ville pour comprendre exactement ce que j'avais ressenti durant toutes ces années.

Je passai devant les femmes et levai les yeux vers le bâtiment sur notre droite. Je souris.

— Ça ressemble aux photos, dis-je en souriant.

— Ta tante a fait un fabuleux travail. Je trouve toujours les livres que je veux. C'est comme si elle savait ce que je dois lire chaque matin.

— C'est ce que font les sorcières dormantes, répondit Laurel en levant les yeux au ciel. Tu peux y aller, maintenant, mais ta tante n'arrivera que plus tard dans la journée. Tu devrais probablement l'attendre. Elle aura envie de te faire visiter les lieux.

Je hochai la tête, les yeux rivés sur le bâtiment de deux étages avec ses teintes bleues, son extérieur en bois crème et son beau porche d'entrée. Chacune des boutiques semblait être une vieille maison datant de la fondation de la ville transformée en cours de route. Tout était pittoresque et remontait à une époque lointaine, avec quelques ajouts du siècle actuel, tels que des panneaux indiquant la présence de wifi et des lampadaires.

J'adorais. Cet endroit m'attirait. Il me parlait, comme si j'étais enfin chez moi. Mais je ne comprenais pas comment je pouvais ressentir une telle chose aussi vite.

— Ton bâtiment est le prochain, et ma boutique est juste après.

— Oui, la sorcière avec une boutique de magie. Comme c'est surprenant ! ironisa Laurel, et Rowen la regarda en plissant les yeux.

— Sois gentille ou va-t'en. Nous présentons la ville à Sage. Je ne peux pas le faire si tu te comportes comme une sorcière.

Rowen me donna l'impression d'avoir envie d'utiliser un autre mot à ce moment-là, mais elle se retint.

— Attends, tu as une boutique de magie ? Je croyais que tu étais propriétaire d'une boutique de souvenirs ?

— Nous sommes dans une ville de magie. Il y a beaucoup de souvenirs. Cependant, c'est *effectivement* ma boutique de sorcière. Avec de la magie pour tout le monde, mais pas celle dont ils pensent avoir besoin.

— Oh ! dis-je en cillant.

— Je vends des bijoux, des plantes, des livres, des pierres et beaucoup d'autres choses que tous les milieux peuvent utiliser. Nous sommes dans une ville remplie de surnaturel, alors je vends des choses qui aident les métamorphes, nos dryades, même les faë qui sont parmi nous. Et je vends aussi des objets pour les touristes qui n'ont aucune idée de ce qu'ils achètent. Des choses qui ne leur feront pas de mal.

Des métamorphes. Des sorts. Des faë. Cela faisait beaucoup de mots qui ne semblaient pas avoir leur place dans une conversation au sujet de la réalité. Et pourtant, nous étions là. Et il m'était impossible de retourner à cette normalité que j'avais cru vivre. Ça n'arriverait pas.

— J'ai l'impression d'avoir beaucoup de choses à rattraper.

— Ta tante aura bien un ou deux livres pour toi. Au moins des choses transmises par la lignée des Prince. Et entre la librairie et la boutique de Rowen, tu trouveras tout ce dont tu as besoin. Ne t'en fais pas si tu te sens larguée. Tu n'as pas grandi ici, mais on va te faire un rattrapage. C'est le genre de choses qu'on fait.

Je regardai Laurel et eus l'impression qu'elle voulait dire quelque chose d'autre, mais elle s'en abstint. Elle avait affirmé qu'elle ne faisait pas de magie, mais elle semblait bien s'y connaître. Je ne pus m'empêcher de me demander ce qui était arrivé.

— Tu vas rencontrer dans cette ville un tas de gens qui voudront apprendre à te connaître. Certains auront des secrets, mais c'est comme dans toutes les petites villes. Tu fais partie du cercle, ou tu en feras bientôt partie. Ce qui signifie qu'on t'en demandera beaucoup.

— J'essaie de tout intégrer. Je ne sais pas ce que ça veut dire.

— Tu comprendras, répondit Laurel. Malheureusement, tu n'auras pas le choix. Comme chacun d'entre nous.

— Laurel, l'avertit Rowen, avant de se figer et de lever les yeux. Déesse !

— Quoi ? demandai-je, et Laurel jura avant de sortir une épée de nulle part.

J'écarquillai les yeux.

— Pourquoi... pourquoi as-tu une épée ?

— Parce que je ne suis pas capable de faire la magie dont je veux me servir, et qu'il faut savoir improviser. Passe derrière moi. Tu ne vas pas aimer ce qui va se passer.

Alors que je me retournais pour tenter de comprendre de quoi elle parlait, les ténèbres descendirent sur nous. Une fumée enveloppa les rues, rampant à travers les grilles, autour des avant-toits. Et alors, quelqu'un cria.

CHAPITRE 6

ROME

Je levai les yeux en entendant le cri, sous les coups de mon ours qui me poussait. Le tatouage sur ma poitrine se réchauffa avant que l'ancre ne descende le long de mon bras, puis remonte sur mon cou en me grattant. Des griffes me sortirent au bout des doigts, et je grognai, soufflant un peu. Si je n'y prenais pas garde, la bosse de ma nuque se dresserait, et j'effraierais les passants, même si les gens ordinaires ne sauraient pas ce qu'ils voyaient.

Les protections liées à la magie et à l'âme de Rowen faisaient de leur mieux pour dissimuler la plus grande partie de la magie aux yeux des étrangers. Certains d'entre eux se retournèrent pour regarder une dernière fois par-dessus leur épaule, mais ils ne verraient ni métamorphes ni magie.

Toutes les mesures de protection et les sortilèges destinés à empêcher les gens de regarder et de voir, en plus d'autres magies, signifiaient que la ville représentait un fardeau considérable pour Rowen.

C'était pour ça qu'elle avait besoin de son cercle. Pour cette raison que Sage avait été convoquée. Une convocation en gestation depuis des années, et qui ne s'était réalisée que maintenant : il fallait que nous comprenions pourquoi.

Et pourtant, je n'arrivais pas à penser à ça à cet instant.

Je me précipitai hors de l'atelier de mécanique de Jaxton après avoir regardé la voiture de Sage, et grognai. Mon ours poussa plus fort, il voulait adopter sa forme de guerrier, mais je m'abstins, du moins pour le moment, conscient de la nécessité d'évaluer la situation avant de dépenser autant d'énergie. C'étaient des réserves dont je pourrais avoir besoin plus tard. Dans tous les cas, mon ours et moi avions besoin de voir Sage.

Maintenant.

— C'est de la fumée ? s'enquit Jaxton en fronçant les sourcils.

Ses yeux étaient devenus dorés, plus brillants que les miens, et il regardait au loin. En tant que faucon, il avait une meilleure vue que n'importe quel ours ou humain à longue distance. Et il voyait les choses bien plus clairement que tous ceux que je connaissais. C'était pour cette raison qu'il était le *leader* des faucons.

— Merde ! Ce sont les ténèbres.

Je lui jetai un regard perçant.

— Quoi ? Je croyais qu'il s'agissait d'une idée, pas d'une entité !

Mon meilleur ami grimaça.

— C'est comme ça que j'appelle ce que j'ai sous les yeux. Il y a une sorte de brouillard, je suis presque sûr que quelque chose s'apprête à en sortir, et qu'aucun de nous n'a envie de le voir. Et vu les hurlements que pousse mon faucon dans ma tête, j'ai le sentiment que c'est en rapport avec les tombes que nous avons vues tout à l'heure.

Je jurai et me mis à courir vers le pont qui enjambait le ruisseau de l'autre côté des bâtiments principaux, où Sage se trouvait. Le brouillard était proche d'elle, je le voyais. Et je savais qu'il fallait que je m'y rende le plus vite possible. Mon ours me poussa plus fort encore, et j'eus la nette impression de savoir qui se trouvait en première ligne du combat.

— C'est ta copine ? me demanda Jaxton.

J'ignorai sa raillerie, sachant que mon ami se préparait à se battre. Ses serres allaient sortir, et il pouvait mieux combattre sous sa forme humaine qu'animale. C'était un oiseau de proie plus grand que n'importe quel faucon naturel, mais il se battait quand même mieux en approchant d'une forme guerrière, comme celle que j'avais adoptée.

Je courus en direction des cris, la fumée se dissipant légèrement en même temps que des silhouettes commençaient à apparaître dans la brume grise. Je me rendis auprès de Sage. Elle était là, les yeux écarquillés, Laurel et son épée devant elle. Mon ours se détendit légèrement en voyant que Sage était indemne, mais une partie de moi avait envie de l'attraper et de m'enfuir avec elle pour la garder en sécurité. L'autre partie avait envie de réduire en charpie quiconque oserait s'approcher d'elle.

Les pulsions d'accouplement n'étaient pas pour les faibles, et Sage n'avait aucune idée de qui j'étais pour elle.

— Bon sang ! s'écria Laurel alors que Jaxton s'avançait à côté d'elle.

Trace sortit du restaurant italien de l'autre côté de la rue et courut vers moi.

— C'est ce que je crois ? demanda-t-il, et je jurai.

— Il semblerait que nous ayons un nécromancien sur les bras, dit Rowen en s'avançant, les yeux écarquillés et les cheveux au vent.

— *Je suis forte et je vais me battre, je vous emmène dans la lumière. Que notre passé ne contrôle pas notre présent, et que notre avenir ne soit pas aussi sombre que la nuit. Je vous accueille à bras ouverts et vous déplace hors de vue.*

Lorsqu'elle avança les mains et que ses mots résonnèrent dans la petite rue, le brouillard se dissipa. Je déglutis péniblement et repoussai Sage derrière moi, comme pour la protéger.

— Quoi ? bafouilla-t-elle en essayant de regarder devant moi.

Mon ours n'était pas d'accord et me griffa. Je tirai mon t-shirt par-dessus ma tête, ignorant le juron que Sage murmura, et laissai palpiter l'encre sur mon corps. Je n'allais pas me transformer totalement, pas alors que j'étais susceptible de devoir la porter loin d'ici. Peut-être avait-elle un pouvoir en elle, mais elle n'était pas capable de le contrôler. Elle ne savait pas comment s'en servir. Et même si elle n'avait pas été potentiellement ma compagne, je n'allais pas laisser une innocente être blessée.

L'encre sur mon corps glissa autour de ma poitrine, passant d'un côté à l'autre comme si elle se concentrait sur ce qui se trouvait devant nous. Trace retira aussi son t-shirt, dévoilant son ancre. Elles étaient presque identiques. La sienne avait une légère marque sous un œil, comme Trace sous sa forme humaine. Alden avait également une cicatrice différente. Il n'était pas là, et Trace était prêt à se transformer s'il le fallait. Jaxton se tenait à côté de Laurel, les serres dehors, tout son corps tremblant. Le mien aussi, mais pour une tout autre raison : j'étais furieux contre ce qui venait vers nous avec l'intention de nous faire du mal.

— Je ne pense pas que le sort de protection ait fonctionné, grogna Laurel, et Rowen lui jeta un regard noir par-dessus son épaule.

— Il n'était pas destiné à nous protéger, répondit-elle en faisant un geste vers les passants qui couraient.

mort, lui annonçai-je, alors que je n'arrivais toujours pas moi-même à croire les mots qui sortaient de ma bouche. Un nécromancien, une sorcière noire les contrôlent.

— Ce sont les ténèbres dont tu as parlé ?

Elle était maligne. Ça l'aiderait à rester en vie. Du moins, je l'espérais.

— Je ne sais pas. Personne ne le sait. Ils sont là, et ils ne vont pas s'arrêter avant d'avoir tué tout le monde sur leur chemin.

— Alors, où est le nécromancien ? Celui qui les contrôle ?

— C'est une bonne question, répondit Rowen. Il faut qu'on lance un sort de recherche.

— Tu as le pouvoir de le faire ? lui demanda Laurel, et je savais qu'il n'y avait aucune méchanceté dans sa demande, même si Rowen tressaillit.

Celle-ci était déjà épuisée d'avoir utilisé presque toute sa magie pour protéger la ville. Elle avait besoin de son cercle. Elle avait besoin que Laurel revienne à plein régime, et que Sage apprenne à se servir de ses pouvoirs.

— Oui, mais il ne sera pas fort. J'ai besoin que tu les élimines pendant que je fais le sort.

Elle se mit à marmonner tout bas, mais j'entendis ses mots quand même :

— *Ancêtres, guetteurs, sœurs et amis, prêtez-moi votre force pour aller jusqu'au bout. Trouvez les ténèbres qui contrôlent à présent la mort, dévoilez-moi la cachette avec le prochain mot et le prochain souffle. Donnez-moi le pouvoir de trouver ce que nous cherchons, c'est ma volonté, qu'il en soit ainsi.*

Elle baissa la tête et étendit les mains sur les côtés, répétant les mots en silence tout en chantant.

— Reste derrière moi, grognai-je, sachant qu'il pouvait

y avoir plus que les animaux de compagnie du nécromancien derrière nous. Je ne pouvais pas abandonner Sage à son
sort.

— Je ne te laisse pas seule.

Ses mains tremblèrent, mais elle resta près de moi.

— Ils arrivent ! s'écria Laurel en se jetant devant Rowen.

Ces deux-là avaient beau sembler se détester certains
jours, elles étaient comme sœurs. Rowen serait morte pour
Laurel, et vice versa. C'était pour cette raison qu'elles s'en-
tendaient en dépit d'un peu d'animosité.

Jaxton était à côté de Laurel quand les premiers revenants arrivèrent. Les serres du faucon métamorphe glissèrent dans les chairs mortes, et le combat démarra.

Les revenants faisaient un peu de bruit, mais pas tant
que ça. Ils ne pouvaient pas crier, même si j'aurais pu jurer
avoir vu de la douleur et de la colère dans leurs yeux. Sage
était à côté de moi et elle avait ramassé dans une allée une
batte en aluminium que je n'avais même pas vue. Très bien.
Elle pourrait se défendre, même si je n'avais pas l'intention
de la laisser le faire trop. Trace était à mes côtés, et se battit
dès l'arrivée du premier revenant. Je poussai un rugissement
qui fit trembler les fenêtres, et regardai par-dessus mon
épaule pour voir si j'avais effrayé Sage. Elle avait les yeux
légèrement écarquillés, et tenait fermement la batte.

— OK, je ne sais pas ce que je fais.

— C'est bon, tu apprendras, lui cria Laurel par-dessus
son épaule.

Je me replaçai devant Sage et frappai le premier revenant. Il laissa échapper un cri silencieux avant de tomber, sa
tête roulant sur le côté. Près de moi, Sage blêmit, mais ne
s'arrêta pas pour autant. Au lieu de cela, elle avait l'air d'être
prête à *me* protéger. Mon ours grogna fièrement à cette
idée.

Nous étions près du pont, le ruisseau bouillonnait sous nos pieds. Je jurai, parce que je savais qui faisait ça. Sage était une sorcière des eaux, même si elle ne comprenait pas ses pouvoirs. Si on n'y prenait pas garde, elle pourrait se faire du mal. Ou à l'un d'entre nous.

— Respire, lui dis-je, et elle fronça les sourcils en me regardant.

— Quoi ? me demanda-t-elle en frappant de sa batte un revenant qui fonçait vers nous.

Je lui arrachai la tête, et le sang gicla. Elle baissa les yeux dessus et frissonna.

— C'est un rêve. Ce n'est qu'un rêve.

— Non, ce n'en est pas un, la contredis-je en tuant un autre revenant. Ne laisse pas ton pouvoir intérieur te submerger.

— Quel pouvoir ?

— Regarde en bas, lui ordonnai-je en tuant un nouveau monstre.

Effectivement, elle baissa les yeux et faillit tomber à la renverse en voyant le ruisseau bouillonnant sous nos pieds. Il avait lentement commencé à monter, culminant en vagues qui n'avaient rien de naturel.

— C'est ton pouvoir. Il est inexploité, il manque d'entraînement, mais tu peux trouver une solution.

— Ce n'est pas moi qui fais ça. Ce doit être les autres.

— C'est toi. Rowen se sert du vent dans ses sorts pour protéger et trouver. Laurel utilise son épée. Nous avons nos serres et nos griffes. C'est toi. L'eau qui est en toi.

Elle secoua la tête, mais quand un nouveau monstre arriva lentement vers nous, elle tendit sa batte. L'eau frappa le pont, emportant deux d'entre eux.

Trace jura, soupira, puis sauta par-dessus le bord du pont pour s'occuper des revenants.

— On pourrait peut-être les garder ici pour pouvoir nous occuper d'eux, et non les emmener lentement en aval sur la route d'un innocent sans méfiance.

Elle frappa un autre revenant, dont la tête roula sur le côté.

— C'est moi qui ai fait ça ?

Son corps tremblait, ses doigts blanchissaient autour de la batte.

— C'est toi, lui répondis-je en réfrénant un sourire.

Mon ours était content. Cette femme était forte, bien plus forte qu'elle ne le pensait. Et elle m'appartenait, si elle voulait bien que je l'aie, et si je m'autorisais à croire que ça pouvait arriver.

Parce qu'elle était une sorcière, la seule personne que ma meute n'accepterait jamais d'avoir comme compagne de son *alpha*.

Curieusement, mon ours s'en fichait.

Et ce n'était pas le moment pour moi de songer à quel point elle était sexy avec son pouvoir qui irradiait de ses yeux noisette. Ses cheveux bruns flottaient autour d'elle, comme pris dans un vent caché que seuls ses pouvoirs laissaient entrevoir.

Elle s'accrochait à la batte couverte de sang de toutes ses forces, et pourtant, elle continuait de se battre. Elle ne croyait peut-être même pas à ce qu'elle voyait, mais elle luttait malgré tout. Elle protégeait, même si elle se croyait toujours plongée dans un rêve.

Et elle donnait l'impression de le faire d'instinct.

Elle était si forte, si puissante ! J'avais hâte de voir ce qu'elle ferait ensuite.

D'abord, nous devions survivre.

Rapidement, Jaxton prit la forme de son oiseau de proie, ce qui fit crier Sage. C'était décevant, mais elle n'avait jamais vu Jaxton se transformer avant. Elle n'avait jamais vu *qui que ce soit* se transformer avant. Peut-être qu'elle s'habituerait à tout et ne reculerait pas devant nos animaux.

Les serres de Jaxton percèrent l'air alors qu'il tuait le dernier revenant, qui s'était approché trop près de Trace et de Laurel. Ces trois-là étaient des amis proches capables de se battre et de mourir les uns pour les autres. Comme je l'aurais fait pour mes frères.

Quand le dernier monstre tomba, Rowen s'approcha de nous et jura à mi-voix.

— Il a lancé un sort qui m'a bloquée. Je ne le trouve pas. Mais as-tu capté son odeur ? me demanda-t-elle en ignorant Sage pendant un instant, les yeux rivés sur moi.

Je secouai la tête.

— Je n'ai senti que de la chair en décomposition, mais je vais vérifier.

— Moi aussi, dit Trace en sautant par-dessus le pont pour se rapprocher de nous. Jaxton se transforma de nouveau, et je fis comme si je ne remarquais pas les yeux exorbités de Sage en voyant l'homme nu. Son jean avait explosé au cours de sa transformation, nous ne pouvions pas conserver nos vêtements pendant la transition. Je savais que ce n'était pas ce qu'il voulait, mais nécessité faisait loi. Trace soupira et sortit un jogging de la besace qu'il avait portée durant tout ce temps sans que je m'en aperçoive.

— Habille-toi. Tu effraies la nouvelle.

Sage souffla, les yeux écarquillés.

— Tu es un oiseau. Je veux dire, un *bel* oiseau, mais wouah !

Un *bel* oiseau ? Mon ours n'aimait pas ça. Bon sang, *moi non plus,* je n'aimais pas entendre ça.

— Je suis un faucon, répondit Jaxton en enfilant le pantalon.

J'avais envie de cacher les yeux de Sage pour l'empêcher de regarder l'autre homme. J'étais déjà jaloux, mais mon ours en voulait plus. Il en avait besoin. Après un combat comme celui-ci, avec juste assez de danger pour faire monter l'adrénaline dans mon corps, je voulais tout. Je voulais ma compagne.

Merde !

— Les faucons ne sont pas si grands, normalement, remarqua-t-elle. Est-ce que tous les métamorphes sont plus grands que la normale ?

— En général, les oiseaux de proie sont un peu différents à cause de nos problèmes de masse, mais Rome et ses deux frères sont plus grands que des grizzlis normaux. J'ai un problème de conservation de la masse différent du leur.

Sage observa les dégâts autour de nous, les traces sanglantes sur la batte qu'elle tenait, l'eau sous le pont, et elle soupira :

— Tout ça est réel.

— C'était quoi, ton premier indice ? L'eau que tu contrôles ? Les revenants ? Ou l'homme qui était nu à l'instant après s'être transformé en oiseau ? lui demanda sèchement Laurel.

Sage plissa ses yeux emplis de colère. Parfait. Elle pouvait tenir tête à Laurel. J'aimais Laurel comme une sœur, mais le feu qui brûlait en elle la rendait plus dure qu'elle ne l'était avant.

— Je vais suivre, et il va falloir que tu m'accordes du temps pour tout rattraper. Ça fait quoi ? Un jour ? Et soudain, ma vie est pleine de sorcières, de métamorphes, et maintenant, de foutus revenants. Ce n'est pas normal.

— C'est normal pour nous, Sage, murmurai-je.

Alors, elle me regarda en secouant la tête.

— Peut-être, mais j'ai encore du retard à rattraper. Et il faut que vous me laissiez le faire.

— Nous n'aurons peut-être pas le temps. <u>Pas comme je voulais</u>, répondit Rowen.

— Si un nécromancien a envoyé sa progéniture comme ça, ça veut dire qu'il est prêt. Bien plus que nous ne le sommes.

— Qu'est-ce que ça signifie ? interrogea Sage alors que je jurais.

Elle me jeta un regard étrange. Je soupirai.

— Ça signifie que nous ne sommes pas prêts, et que nous devons l'être.

— Prêt pour quoi ? insista Sage.

L'ignorant, Rowen dit :

— Et tu dois commencer à t'entraîner.

Mon ours grogna. S'entraîner signifiait que Sage deviendrait une sorcière. Elle retrouverait ses pouvoirs. Et le danger viendrait à elle plus vite que jamais.

Et je n'étais pas certain que ce soit le genre de choses que je laisserais faire à ma compagne.

Même si elle ne savait pas encore qui j'étais pour elle.

CHAPITRE 7
SAGE

Je me tenais à l'intérieur d'*Into the Wood*, tremblant encore alors que Rowen me mettait une tasse de thé chaud dans les mains.

— Bois. Il n'y a rien là-dedans qui puisse te faire du mal. Rien qu'un bon thé fort avec un peu de sucre.

Je baissai les yeux sur la tasse fumante, puis les levai sur elle.

— Tout est réel, n'est-ce pas ? lui demandai-je d'une voix à peine plus forte qu'un murmure.

Je ne savais pas pourquoi je disais ça. J'avais déjà commencé à y croire, mais voir les revenants venir s'en prendre à mes nouveaux amis m'avait bien tout enfoncé dans le crâne.

Rowen haussa un sourcil bien épilé, mais ne fit pas de rictus. À la place, elle me dévisagea comme si elle attendait que j'en dise plus. Et peut-être que j'en avais besoin.

— C'est réel, répétai-je. Je n'arrive toujours pas à y croire, ajoutai-je. Mais je suppose qu'il le faut. Je les ai vus. Je les ai sentis alors qu'ils venaient vers moi. Quand ma batte les a frappés.

— Tu as raison. Ces abominations étaient bien réelles. Je ne les ai pas vues traverser les frontières de Ravenwood depuis mon enfance, quand ma mère m'apprenait encore à contrôler mes pouvoirs. Des rumeurs racontant qu'un nécromancien se rapprochait de Ravenwood couraient, et je les ai crues, bien sûr, mais apparemment, ce n'étaient pas que des rumeurs. Et ils ne voyagent plus. Ils sont là. Mais dans quel but ? Je ne le sais pas encore. Ce que je sais, c'est qu'il faut qu'on te forme. Rapidement.

— Tu vas me dire ce qui se passe ? lui demandai-je au bout d'un moment en buvant une gorgée de thé.

Il était chaud, doux, et semblait m'apaiser de l'intérieur, même si j'étais encore sous le coup de l'émotion. Les gars étaient partis pour nettoyer ou réparer ce qui avait été cassé par la horde.

Rome m'avait jeté un long regard, avait eu l'air de vouloir dire quelque chose, mais s'était contenté de partir. Je m'étais presque sentie dépourvue à cet instant. Je ne comprenais pas. Ça n'avait aucun sens. Je ne connaissais même pas cet homme.

Laurel était partie avec eux après avoir jeté un regard à Rowen et rangé son épée. Elle avait disparu, comme si elle n'avait jamais été là. Était-ce une autre sorte de magie ?

— Il est temps que je t'explique tout ce que je peux pour que tu puisses débuter ton entraînement.

— Entraînement, répétai-je.

Pourquoi ça me paraissait sinistre ?

Rowen soupira et tapota l'établi devant elle de ses ongles longs.

— Tu es une sorcière, Sage. D'après ce que je peux en dire, une puissante sorcière des eaux. Ce qui est parfait, parce que j'ai l'air, Laurel avait le feu (et elle l'aura encore si j'ai mon mot à dire) et tu serais l'eau. Ce sont les trois éléments, les trois extrémités du triangle.

Je fronçai les sourcils tant j'avais de questions.

— N'y a-t-il pas aussi la terre ? l'interrogeai-je, essayant de me rappeler ce que j'avais lu dans les livres païens au fil des ans.

Rowen plissa les yeux un instant avant de secouer la tête.

— C'est l'un des quatre éléments principaux, oui, mais pas l'un des trois pour notre triade. La terre est la base, mais quand les trois autres sont réunis, nous pouvons créer notre propre base, et nous n'avons pas besoin de la terre.

Pour une raison qui m'échappait, on aurait dit qu'elle cherchait plutôt à se convaincre que c'était vrai. Ou alors peut-être réfléchissais-je trop à ce qu'elle me disait.

— C'est moi qui ai déplacé l'eau du ruisseau.

— Oui. Et tu as tant de pouvoir inexploité que c'en est dangereux. Il faut qu'on te forme au minimum sur les petits sorts. Comme ça, tu ne feras de mal à personne autour de toi.

Mon cœur s'emballa.

— Oh, mon Dieu ! Il faut que j'aille voir Penelope. J'ai oublié, balançai-je. Comment ai-je pu l'oublier ?

Il fallait que je reprenne mes esprits et que je me concentre sur ce qui était important, pas sur l'idée que ce n'était plus un rêve.

Rowen secoua la tête.

— Elle a déjà envoyé un message pour prendre des nouvelles. Elle va bien.

— Elle t'a envoyé un texto ? m'enquis-je, quelque peu blessée.

Même si c'était moi qui étais perdue et qui essayais si désespérément de suivre que j'en avais oublié d'envoyer un message à ma propre tante. Je n'avais aucun droit à cette douleur. J'étais tellement prise par les événements et un certain homme capable de se transformer en ours que j'avais l'impression de me débattre.

— Durant de nombreuses années, ta tante en a été une de substitution pour Laurel et moi. Je l'ai connue toute ma vie. Et elle veillait sur toi. Je suis désolée qu'elle ne t'ait pas contactée tout de suite. Je suis certaine qu'elle t'a envoyé un message aussi, mais ton téléphone est éteint, dit-elle doucement.

Je fronçai les sourcils et sortis mon portable de ma poche. Effectivement, il était éteint. Je levai les yeux vers elle en secouant la tête.

— Comment tu le savais ?

— Parce que tu es une sorcière en train d'apprendre à te servir de tes pouvoirs. J'étais sûre que ça l'avait court-circuité pendant un bref instant. Ça va aller, dit-elle rapidement alors que mes yeux s'écarquillaient. Tu peux le remettre en marche, mais on a tendance à endommager la technologie quand on se sert de nos pouvoirs en poussées comme tu l'as fait.

— Je ne comprends pas, dis-je doucement.

— Il y a beaucoup de choses que tu ne comprends pas.

Cela m'agaça.

— Alors pourquoi tu ne m'expliques pas ? Je suis obligée de croire à tout ça. Je ne peux pas ignorer les faits qui me sautent aux yeux. Mais tu me traites comme si tu étais une sorte de messager omniscient qui me jette au visage le fait que je ne comprends pas, et ça ne m'aide pas.

— J'aime ça. Que tu résistes. Comme ça, ce n'est pas moi, dit Laurel en entrant.

Elle déposa un petit sac sur le comptoir.

— J'ai apporté des biscuits. Ils sont pas mal, ils

viennent de la boutique italienne. Ta tante dit que tu cuisines mieux. J'ai hâte de commencer à manger des pâtisseries de ta boutique. Et si tu sais ce qui est bon pour toi, les brioches au miel vont devenir ton nouveau truc préféré. Les ours d'ici aiment le miel. Si tu les nourris, ils viendront.

— La boulangerie ! m'exclamai-je avec un juron. Je n'ai même pas encore vu le bâtiment. Et c'est juste à côté. J'ai été tellement concentrée sur tout le reste que je ne fais pas attention à ce que je dois faire. À ce pour quoi je suis venue ici. Je ne suis même pas allée à mon *cottage* sauf pour y déposer des choses ce matin après être restée chez ma tante. Je m'égare.

— Arrête d'être si dure envers toi-même, dit Laurel doucement, ce qui me surprit. Tu as traversé beaucoup de choses en une journée. Bien sûr, tu ne vas pas tout maîtriser maintenant. Tu vas faire des erreurs, du gâchis, mais tu vas te relever, parce que tu es une Prince. Et c'est ce que vous faites.

— C'est ce que fait ma tante, alors, si tu dis ça.

— C'est ce que fait ta lignée familiale, ajouta Rowen alors que Laurel hochait la tête.

— Explique-moi ça, lui demandai-je. S'il te plaît.

Rowen jeta un regard à Laurel et hocha la tête.

— Comme je l'ai mentionné, nos trois familles ont fondé la ville, dit-elle d'une voix douce, et je hochai la tête, sachant qu'elle ne faisait que commencer. Au fil du temps, les familles se sont battues, se sont entendues, puis se sont installées davantage. Certains sont partis, emportant leur magie avec eux, mais d'autres sont restés, renforçant les protections, protégeant notre peuple. Les ours sont apparus à l'époque de la fondation de Ravenwood et se sont installés dans leur repaire. Les ancêtres de Rome. Son père était l'*alpha* d'ici avant de partir au Canada pour devenir l'*alpha* des Amériques.

J'écarquillai les yeux.

— Quoi ?

— Ton petit ourson a beaucoup de pouvoir, me taquina Laurel, et je fronçai les sourcils.

— Il n'est pas mon quoi que ce soit, lui répondis-je, me demandant pourquoi sa déclaration déclenchait un picotement chez moi.

Rowen jeta un regard noir à Laurel, qui leva les mains et secoua la tête.

— Pardon, dit-elle, mais j'eus l'impression qu'elle ne le pensait pas du tout.

Il fallait que je fasse le vide.

— Je ne suis pas prête pour le genre de choses que tu suggères.

Mais je n'étais pas certaine que ce soit vrai. J'étais venue ici pour prendre un nouveau départ, et sortir en faisait naturellement partie. Même si je ne savais pas vraiment pourquoi je pensais à ça en cet instant. Une fois encore.

— Je suis désolée, répéta Laurel. Je ne faisais que la taquiner, dit-elle.

Et même si je sentais qu'elle était sincère dans ses excuses et ses taquineries, ses paroles contenaient une part de vérité sur laquelle je ne voulais pas m'attarder. Pas maintenant, en tout cas. Peut-être jamais.

— Comme je le disais, les ours ont créé leur repaire ici et constituent l'une des plus grandes meutes de cette partie des États-Unis. Ils représentent la principale espèce métamorphe ici. D'autres se sont installés, sachant qu'ils peuvent être eux-mêmes et que les protections empêcheront la révélation de leur identité aux étrangers. Même si les gens viennent en touristes ou passent en voiture, ils ne verront pas la magie qui se cache entre les murs de la ville.

Je fronçai les sourcils.

— Alors pourquoi ai-je vu ? m'enquis-je.

— Parce que tu y étais destinée, expliqua Laurel. Parce que tu es une sorcière. Tu es l'une des nôtres.

— Je suis une sorcière des eaux, clarifiai-je, un peu inquiète de voir à quel point j'avais besoin de croire tout cela sans réserve.

— Ou tu peux te qualifier de sorcière avec une affinité pour l'eau, me corrigea Laurel. Tu peux utiliser l'air, le feu, la terre et tout le reste avec des sorts spécifiques, mais l'eau te vient naturellement.

— Des sorts. Comme ces mots que tu as prononcés sur le pont ?

Rowen hocha la tête avant de faire un mouvement du poignet. Des livres sortirent des étagères derrière elle. J'écarquillai les yeux en les voyant s'agiter dans l'air avant de se poser en pile devant moi.

— Ces quatre-là font partie de la lignée Ravenwood. Ce sont des sorts pour débutants qu'il faut que tu lises et mémorises, mais que tu ne dois pas pratiquer de manière indépendante. Tu ne dois jamais rien tenter par toi-même avant que je ne te juge prête.

— Tu as peut-être l'impression qu'elle joue les « Madame Je-Sais-Tout » en ce moment, dit Laurel avec une pointe de sarcasme, mais elle a raison. Certains d'entre eux pourraient s'avérer dangereux, en dépit de leur simplicité.

— Tu veux que je travaille sur les sorts ? bafouillai-je en regardant les livres reliés en cuir.

Ils sentaient l'âge et la chaleur, et j'avais envie de les toucher. Mais je n'en fis rien. J'avais peur de ce qui se passerait si je le faisais.

— Oui, tu es une sorcière. Et nous avons besoin de toi ici. Ta tante a quelques-uns des volumes des Prince, mais tu dois me promettre de ne pas t'entraîner toute seule. Tu pourrais te blesser ou blesser les autres si tu ne fais pas attention.

Rowen m'adressa un regard doux. Je me mordis la lèvre.

— Je ne veux faire de mal à personne. Je ne sais même pas si j'ai envie de faire ça.

— Tu n'as pas le choix, dit Laurel, qui se frotta la hanche en fronçant les sourcils. La magie est en toi. Comme elle l'est en chacun de nous. Parfois, nous n'avons aucun choix dans ce qui nous arrive. Et il faut que tu t'y fasses.

Elle grognait presque à présent, en se frottant toujours la hanche. Rowen lui jeta un regard triste avant de composer son visage.

— En dépit de la manière dont elle l'a dit, Laurel a raison. Il faut qu'on soit prudents. Tu dois te concentrer sur ce que tu peux et apprendre les bases. Je t'aiderai au long du processus.

— Tout ça, c'est trop ! m'exclamai-je en écartant mes cheveux de mon visage. Vous attendez de moi que je fasse ça, que j'apprenne la magie tout en essayant de m'installer ici ? Je pensais que Ravenwood serait mon foyer, un endroit où je pourrais commencer une nouvelle vie.

— C'est ce que tu fais, répondit Laurel.

— Non, je suis venue ici pour être boulangère. Pour ouvrir une boutique et faire du pain, des *brownies* et des brioches au miel, dis-je en élevant la voix. Je ne suis pas venue ici pour apprendre les pouvoirs, la magie ou pour changer quoi que ce soit.

— Comme je te l'ai dit, il se pourrait bien que tu n'aies pas le choix, répéta Laurel. Aucun de nous ne l'a.

— À cause de ce qui s'est passé aujourd'hui ? l'interrogeai-je.

— Nous avons toujours su que les ténèbres viendraient, commença Rowen. Je ne suis pas voyante, mais parfois, nous pouvons prédire l'avenir et voir ce qui se dirige vers nous. Ça fait longtemps qu'un nécromancien se profile à l'horizon, mais ce n'est qu'aujourd'hui que j'ai réalisé à quel point il était proche. Soit c'est à cause de ton arrivée, soit on est là où nous étions censés être à ce stade, expliqua-t-elle.

— C'est ma faute ? demandai-je, incrédule.

L'autre femme secoua la tête.

— Non. Pas du tout. Certaines choses sont simplement destinées à être comme elles sont. Tu es une sorcière. Tu fais partie de notre cercle. Une partie des trois, le pouvoir. On a besoin de toi. Mais on n'a pas beaucoup de temps. Pas si le nécromancien est déjà si proche et capable d'amener sa chair morte à nos frontières et à l'intérieur de celles-ci. Ça signifie qu'il est plus avancé dans sa formation que nous.

— Ça va devoir être un cercle à deux, dit Laurel en relevant le menton. Tu le sais bien.

Je fronçai les sourcils, mon regard passant de l'une à l'autre.

— Je ne comprends pas, dis-je en levant la main tandis que toutes deux me jetaient un regard noir. Je sais que c'est sans doute un sujet douloureux, mais si tu me dis que je vais devoir me battre contre un nécromancien et non pas m'enfuir comme je suis tentée de le faire maintenant, alors, il faut que je sache pourquoi tu dis que ce n'est qu'un cercle à deux.

Laurel grogna avant de relever son t-shirt, de sorte que je puisse voir son flanc. Je haletai sans pouvoir m'en empêcher, et des larmes me brûlèrent les yeux.

— Que s'est-il passé ? murmurai-je, tendant la main comme pour l'apaiser sans même m'en rendre compte.

Je laissai retomber ma main, tremblante.

— Je suis maudite, expliqua Laurel. Toute ma lignée familiale l'est.

Rowen tressaillit à ce moment-là, et je ne pus m'empêcher de penser à ce qu'elles ne me disaient pas.

— Quelqu'un a piégé mes pouvoirs en moi. Oh ! Je suis toujours une puissante sorcière avec une affinité pour le feu, mais je ne peux pas m'en servir. Chaque fois que je le fais, il me marque, grave ses flammes sur ma peau et me brûle de l'intérieur. Je suis la flamme du phœnix, mais je n'ai que les cendres. Je ne peux pas utiliser mes pouvoirs pour protéger, seulement pour blesser, pour tuer. C'est mon héritage. C'est ce que voulait celui qui m'a maudite. C'est ce qui tourmente les Christopher.

— Et il n'y a rien que tu puisses faire, rien que *nous* puissions faire ? lui demandai-je d'une voix douce.

Laurel abaissa sa chemise et secoua la tête.

— Non. Nous avons essayé.

— Je cherche toujours, dit Rowen d'une voix beaucoup plus douce que je l'avais jamais entendue auparavant.

— Et ça ne marche pas, n'est-ce pas ? lança Laurel d'un ton cassant.

— Ça fait tellement longtemps que j'essaie ! Et je vais continuer.

— Ce n'est pas assez, dit la rousse avant de marquer un temps d'arrêt et de souffler, tête baissée. Et je sais que tu essaies.

— Que dois-je faire ? demandai-je au bout d'un moment en scrutant attentivement les livres.

Il y avait tant de choses, j'avais l'impression de ne pas pouvoir suivre. Mais j'avais vu ce qui s'était présenté à nous.

Je les avais sentis dans mon dos, j'avais vu Rome leur arracher la tête avec ses griffes. C'était un grizzli. Un vrai métamorphe. J'avais vu Jaxton se transformer en faucon, le plus grand oiseau que j'aie jamais vu de ma vie, avant de redevenir un humain. Les autres lui avaient jeté un jogging, comme si sa nudité ne leur posait pas de problème, mais qu'ils avaient voulu préserver sa pudeur. Comme si les revenants, les nécromanciens, les sorcières, les prophéties et les villes qui comprenaient le surnaturel étaient habituels à leurs yeux. Je me mis à haleter, et agrippai le rebord de la table. Laurel m'adressa un regard triste, et Rowen se pencha en avant pour m'agripper fort le poignet.

— Tout va bien. Respire profondément.

— Tu dis que je vais bien, mais je suis pourtant tellement à la traîne !

— Tu as le droit de l'être. Mais maintenant, il faut que tu rattrapes ton retard. Je sais que ce n'est pas ce que nous avions prévu. Les choses ne se déroulent pas comme on l'avait envisagé, mais tu n'as pas le choix. J'espère que tu le comprends. Peu importe ce qui se passe ensuite, tu dois apprendre. Tu dois t'entraîner. Tu dois te souvenir de ces sorts et essayer de protéger ceux que tu aimes. Et toi-même. Parce que la ville a besoin de toi. Le cercle a besoin de toi.

Alors, je la regardai et je vis au fond de ses yeux la peur qu'elle essayait de dissimuler.

— C'est en train de te tuer, n'est-ce pas ? lui demandai-je, comme si je savais que c'était là depuis le début.

Elle se recula, comme brûlée, et secoua la tête.

— Je vais bien.

— Elle ne va pas bien. Il faut un cercle complet pour assurer la sécurité de cette ville. Pour qu'elle reste cachée. Et elle le fait seule. Ta tante n'a pas assez de magie pour l'aider, la mienne me tue, et tu es trop nouvelle. Elle place sa force vitale dans les protections et les sorts qu'elle lance. Donc, elle a besoin de toi. Et peut-être qu'elle a aussi besoin de moi, mais je ne suis pas en mesure d'aider.

Laurel nous regarda, puis baissa les yeux sur les livres.

— Je ne peux jamais aider. Tout ce que je fais, c'est brûler, semer le désordre, alors bonne chance avec tout ça. Sois plus forte que moi. Sois plus forte que les Christopher.

Elle jeta un regard perçant à Rowen, puis sortit en claquant la porte derrière elle.

Je ne savais pas quoi dire pour arranger les choses, mais j'avais des questions.

— Ma tante et moi sommes les dernières de ma lignée, commençai-je en regardant Rowen. Tu dis que tu es celle des Ravenwood. Combien de Christopher reste-t-il ? lui demandai-je, sachant que la réponse était importante, même si je ne savais pas dans quelle mesure.

Rowen croisa mon regard, ses yeux gris palpitant.

— Laurel a un frère. Ash. Il ne vit pas en ville. Il voyage dans le monde entier. Il nous a quittés depuis longtemps. Il est maudit comme elle, mais différemment. Ça n'a pas d'importance. Il ne fait et ne fera jamais partie du cercle.

Elle secoua la tête et tira ses cheveux en arrière de son visage, les relevant rapidement d'un geste expert.

— Lis le premier livre et reviens ensuite pour qu'on s'entraîne. Tu ne seras pas bonne. Tu vas avoir trop de pouvoir, trop de potentiel brut en toi pour le dompter. Mais nous allons protéger cette ville. Et je me fiche de ce que je dois faire, mais nous assurerons la sécurité de notre peuple.

Je hochai la tête et soufflai.

— D'accord.

— Lis, entraîne-toi avec moi, fais tes pâtisseries, intègre-toi à cette ville. Parce que plus tu seras installée, plus tu seras connectée à la terre, aux gens, au nouveau monde qui t'entoure, mieux ce sera pour nous tous. Et pour toi.

Alors qu'un client entrait dans le bâtiment, la cloche au-dessus de la porte résonnant dans le silence, elle s'éloigna, rompant le charme entre nous. Cela n'avait rien de magique, mais nous nous étions senties liées ensemble malgré tout.

Je déglutis, regardai les livres devant moi et me demandai une fois de plus comment j'en étais arrivée là. Depuis que j'avais perdu mon mari, j'avais tenté de trouver une nouvelle voie, de déterminer ma manière d'être. Mais j'avais eu tort.

Si j'avais su qui il fallait que je sois, je ne crois pas que je serais venue ici. Ou peut-être avais-je toujours été destinée à être dans cette ville. Je n'en savais rien. Je passai les doigts sur le bord d'un livre, et mon regard s'arrêta sur un autre ouvrage situé sur l'étagère, avec une griffe d'ours gravée sur la tranche.

Il y avait tellement d'histoire ici. Tant de choses que je ne savais pas. Mais je n'avais pas l'impression que c'étaient les sorcières qui me diraient tout, parce que je savais qu'elles dissimulaient des secrets.

Pourtant, je pouvais demander à quelqu'un. Quelqu'un qui pourrait avoir du sens.

Même si je ne savais pas pourquoi. Rome avait été la première personne que j'avais vue, la première à essayer de me dire la vérité. Je m'adresserais d'abord à ma tante, même si elle m'avait caché des secrets toute ma vie. Si elle ne me parlait pas, j'irais voir Rome. En espérant qu'il m'aiderait à donner un sens aux choses.

Pour le moment, rien n'en avait, et je savais que si je ne faisais pas vite, si je ne me montrais pas prudente, je n'apprendrais pas tout à temps.

Même moi, je le ressentais. Quelque chose allait arriver. Quelque chose d'autre que ce qui avait rampé sur le pont aujourd'hui. Quelque chose de plus que ce qui brûlait dans mes veines.

L'eau dans le verre près de moi commença à se renverser, et je jurai en récupérant les livres, puis nettoyai le bazar.

J'avais déjà trois temps de retard, et les autres avançaient à toute allure. Il fallait que je me rattrape. Que je suive le rythme. Sans quoi, j'avais bien peur que tout soit perdu de nouveau.

Et je ne savais même pas ce que c'était.

CHAPITRE 8

ROME

MES PATTES MARTELAIENT le sol meuble, le ruisseau avait transformé la terre en boue sur les rives après l'entraînement de Sage avec Rowen la nuit précédente. Elle se faufilait entre mes griffes, mais je continuai à avancer, sachant que ma fourrure finirait sans doute par être recouverte de nœuds et de boue. En reprenant ma forme humaine, la terre resterait, mais avec un peu de chance, les nœuds disparaîtraient. Je sentis mon ours rire intérieurement, même si ma partie humaine était aux commandes pendant que je courais. La magie de la transformation n'avait rien à voir avec celle des films ou de n'importe quel livre. J'étais une partie de mon ours, et l'esprit en moi vivait comme une partie de moi.

J'étais né ainsi, et comme les oursons qui vivaient dans notre repaire, j'avais été capable de me transformer dès ma naissance ; mais la plupart attendaient au moins un an. Ma première fois avait eu lieu quand j'avais deux jours. Trace ne l'avait fait qu'un mois plus tard. Alden avait attendu d'avoir un an. Et si certains prétendaient que c'était parce qu'il avait moins de contrôle et de pouvoir, pour ma part, j'avais toujours pensé que c'était parce qu'Alden voulait faire les choses à sa façon et ne souhaitait pas faire partie de nous trois. C'était étrange d'être un triplé et de ne pas être connecté, pas comme la plupart des autres métamorphes d'ours autour de nous l'étaient de toute façon. Il y avait beaucoup de jumeaux, de quadruplés et de triplés dans la culture des métamorphes, surtout avec les ours. En général, cela nous prenait du temps d'avoir des enfants, mais c'était souvent des multiples quand nous y arrivions.

Au sein d'un même repaire, ces fratries étaient bien plus connectées que les autres, à l'exception des âmes sœurs en couple ou en triade. C'était comme si chacun possédait une âme, mais qu'ils étaient liés dès leur conception et leur séparation, et qu'ils conservaient un lien éternel avec une partie des autres.

Trace et moi avions un lien durable, mais celui que nous partagions avec Alden semblait en lambeaux, quoique pas irrécupérable. Je refusais de l'envisager. Pas alors que j'avais besoin de ma meute, de mon repaire et de mon peuple. C'était difficile de comprendre pourquoi mon frère était comme ça alors que personne d'autre dans notre famille ne l'était.

Je poussai un grognement grave, profond, qui irradia de ma poitrine alors que le cri d'un faucon résonnait dans l'air. Je levai les yeux sur Jaxton qui volait au-dessus de ma tête, son envergure immense bloquait presque la lumière du soleil. Autrefois, sa mère l'avait baptisé Icare, car elle avait peur que son fils ne s'envole trop haut et ne perde son toucher et ses libertés, sans parler de ses ailes. Jaxton était probablement le plus sûr de nous tous, du moins de ceux qui avaient grandi à Ravenwood.

Mes frères et moi y étions nés, et non au Canada, comme certains auraient pu le penser. Après le décès de notre grand-père, notre père et notre mère avaient déménagé à l'extérieur de Montréal pour gérer et diriger la meute des deux continents. La plupart ne savaient pas que notre grand-père avait été *alpha*. Nous avions caché cette information pour la sécurité de notre meute et de notre aïeul. Il était mort dans son sommeil, faisant de mon père notre *alpha* à tous. Et j'avais endossé le rôle d'*alpha* de la meute de Ravenwood. Mon ours s'était montré à la hauteur, et les liens au sein du repaire avaient compris ce qu'il fallait faire.

Trace était rapidement devenu *bêta*, second en force et dans la ligne de commandement. Et Alden s'était retrouvé relégué en troisième position, celle qu'il aimait le moins, opinion qu'il faisait connaître à tous.

Je grognai à nouveau, retenant un grondement pour ne pas effrayer les passants innocents ou les lapins qui pourraient se trouver dans mon sillage. Je marchai dans la partie peu profonde du ruisseau, envisageant de pêcher ou au moins de nettoyer le reste de la boue, de me détendre, de faire *quelque chose*. Courir pour évacuer mes frustrations n'était pas efficace.

Mon ours me donna un coup de coude parce qu'il voulait voir Sage, mais je savais que je ne pouvais pas. Il fallait que je me retienne pour qu'elle s'habitue à sa nouvelle vie. Si j'allais la voir maintenant, je me comporterais en ours grognon qui voudrait la balancer par-dessus son épaule comme un genre de Viking. Je n'étais pas certain de pouvoir me contrôler en sa présence, alors je restais à l'écart.

Plus longtemps je le ferais, plus dur ce serait pour elle d'apprendre à me connaître et de tomber passionnément et profondément amoureuse, mais je n'avais jamais prétendu être un ours malin.

Je levai les yeux sur Trace au bord du ruisseau dans sa forme humaine, sa besace pendant sur son côté, sûrement pleine de vêtements pour moi. Il voulait sans doute parler, mais je n'en avais pas vraiment envie à cet instant. Nous avions assez de choses à gérer, et honnêtement, je ne voulais pas me concentrer dessus. Je voulais grogner, laisser mon ours diriger, et être, tout simplement. Mais ce n'était pas une option, alors j'allais me comporter en adulte, en *alpha*, et faire face à mes problèmes.

Je soupirai, secouai l'eau de ma fourrure, et repris forme humaine. C'était un mélange douloureux de souffrance, de félicité et de tourment, le tout réuni en une seule sensation, alors que je passais d'ours à humain. L'énergie irradiait de mon corps et je me secouai pour évacuer la douleur et le plaisir en me tenant nu dans le ruisseau, jetant un regard noir à mon frère.

— Habille-toi. Je n'ai pas besoin de voir ça.

Trace désigna mon entrejambe. Je m'abstins de lui rappeler qu'il avait le même et se regardait quotidiennement dans le miroir.

— Tu n'es pas censé le remarquer. Les métamorphes ne le font pas.

— Je n'ai aucune envie de remarquer le pénis de mon frère, mais je n'ai pas non plus envie de lui parler. Il se trouve que je suis là, assis par terre, et que tu es debout et ronchon. Enfile des vêtements. Parlons.

— Et si je n'en ai pas envie ?

Mon ours était de *mauvaise humeur*. Il voulait Sage. Moi aussi. Et comme on ne pouvait pas l'avoir, j'avais envie de frapper quelqu'un à coups de griffes. Trace était là. Il n'aurait pas d'ecchymoses... pas beaucoup.

— Ne dirait-on pas un *alpha* irritable ?

Mon frère sourit. Jaxton poussa un autre cri d'en haut, et j'aurais juré avoir entendu un rire dans ce son avant qu'il n'incline une aile en signe d'au revoir et ne s'envole.

Nous avions du travail à faire, du ménage après l'attaque du nécromancien. Et pour être honnête, il fallait qu'on découvre qui s'en prenait à nous. Il y avait une bonne raison pour laquelle Jaxton et moi étions les nettoyeurs et solutionnistes de Ravenwood. Nous devions nettoyer la magie et toutes les choses inexpliquées dont les protections ne parvenaient pas à abriter la ville. Rowen était seule, et je redoutais que même avec les pouvoirs émergents de Sage, elle ne soit pas en mesure d'aider les gardiens du cercle. Pas sans que Laurel brise sa malédiction, et je ne savais pas quand ça arriverait. Si ça arrivait.

Cela aurait pu être plus facile si Ash était revenu, mais d'un autre côté, avec tout ce qui s'était passé au moment de son départ... Peut-être pas. Jaxton et moi étions de plus en plus sollicités, ainsi que d'autres personnes dans la ville, qui essayaient d'aider. J'avais peur que bientôt, cela ne suffise plus.

— Tu grognes encore. Qu'est-ce qui ne va pas ?

— Je pense à tout ce que nous devons faire, et à tout ce que nous ne savons pas. Et honnêtement, je pensais à Ash, ajoutai-je en secouant la tête.

Trace contracta la mâchoire.

— Il est parti. Il ne reviendra pas.

— Tu dis ça, mais peut-être qu'il en a besoin.

— Pour faire quoi ? Mettre de nouveau Rowen hors jeu ? Briser le cœur de sa sœur ? Ash est parti, Rome. Il n'y a rien à y faire. Il ne va pas sauver Ravenwood. Il n'en a jamais eu l'intention.

— Tu ne vas pas me dire ce qui s'est passé avec lui ?

— Il n'y a rien à dire. Sérieusement. Ash est parti. Et bon débarras.

Je regardai mon triplé en secouant la tête. Je n'étais pas sûre d'y croire, mais je ne pouvais pas briser ses barrières, pas lorsqu'il s'agissait d'Ash Christopher et des dégâts qu'il avait laissés sur place lorsqu'il avait fait des ravages à Ravenwood.

— Pourquoi pensais-tu à lui ? s'enquit Trace d'une voix douce au bout d'un moment.

Je soupirai.

— Je pensais à tout ce que Jax et moi avons dû nettoyer récemment. Et au nécromancien. Et au fait que nous ne savons pas de qui il s'agit ni pourquoi il s'en est pris à nous. On se retrouve avec toutes ces inconnues, et tout s'est produit juste au moment de l'arrivée de Sage en ville.

— Je parie qu'elle fait partie des raisons pour lesquelles tu es aussi grognon.

Je secouai la tête.

— Je ne peux pas. Elle ne sait même pas qui elle est. Comment suis-je censé lui expliquer ce qui se passe en moi ?

— Elle souffre, Rome. Tu es au courant qu'elle a perdu son mari, n'est-ce pas ?

Je déglutis avec peine et lui répondis d'un petit signe de tête.

— Je le sais. Ça fait, quoi ? Deux ans, maintenant ?

— Oui, d'après ce que Rowen et Laurel m'ont dit.

— Tu sais ce qui s'est passé ?

— Non. Et même si c'était le cas, je ne sais pas si je te le dirais. Si tu veux qu'elle devienne ta compagne, il faudra que *toi*, tu en découvres plus à son sujet. Auprès d'elle. Ce n'est pas comme si tu avais eu une conversation complète avec elle. Cette histoire d'âme sœur, c'est un truc pour les oiseaux, dit Trace, et un autre cri résonna au-dessus de nos têtes.

Je regardai Jaxton descendre en piqué et atterrir. Il reprit sa forme humaine et récupéra un autre pantalon dans le sac de Trace.

— Une blague sur les oiseaux ?

Mon triplé rougit.

— Je ne savais pas que tu étais là. Et c'est une manière de parler.

— Faut-il que je te demande si tu te soulages dans les bois ? Ce serait utile ? demanda Jaxton, avec un ton plein d'humour.

Je secouai la tête.

— Tu m'as fait signe que tu t'en allais.

— J'ai vu un autre ours venir par ici, alors je me suis dit que je pourrais passer voir si tout allait bien.

Je me retournai quand Alden sortit des bois. Il marchait d'un pas lourd, sous sa forme humaine. Son ours était dans ses yeux, et il pouffa, laissant apparaître la bosse sur sa nuque.

Je jurai à mi-voix.

— Alden.

— Tu es accouplé à cette petite sorcière ? demanda celui-ci d'une voix basse.

— Arrête, lui dis-je, à deux doigts d'ajouter de la puissance à mes mots.

Je pouvais contraindre mon frère à s'arrêter. Je pouvais le faire s'incliner devant moi, obéir à mes ordres et mon commandement. Seulement, je ne le ferais pas. Pas à ce moment-là, juste en cas d'extrême urgence. J'étais un *alpha*, ce qui signifiait que je devais protéger tous les miens, y compris mon abruti de frère, capable de m'exaspérer comme personne.

— Tu ne peux pas épouser cette *sorcière*, cracha-t-il comme si c'était un gros mot.

Et pour certains ours de la vieille école, c'était le cas. Il y avait bien longtemps, les sorcières et les métamorphes s'étaient livré une guerre acharnée. Les sorcières avaient succombé bien trop vite aux assauts de plus forts qu'elles et les métamorphes avaient été contraints d'endurer des souf-frances inimaginables par des sorcières qui cherchaient à se protéger. Des méfaits et des atrocités avaient été commis des deux côtés, et pourtant, tout le monde avait fini par s'unir grâce à des couples, un traité et une trêve qui les proté-geaient tous.

Pourtant, certains des anciens ne le comprenaient pas. Ils ne se souvenaient que de la douleur, et Alden ne croyait que ce qu'il ne comprenait pas.

Il n'avait ni immense pouvoir ni magie, et il détestait ce qu'il ne possédait pas.

— Oui, c'est ma compagne. Celle à qui je peux réelle-ment me lier et avec qui je peux rester pour toujours. Je ne le lui ai pas encore dit.

Agacé, mon ours grogna.

— Et si tu vas là-bas et que tu le lui dis, il y aura des conséquences, grognai-je à mon tour, mon ours dans ma gorge.

Mon ancre s'enroula autour de ma poitrine, la tête de l'ours près de ma gorge. Il me donnait l'impression de vouloir grogner contre Alden et me pousser à faire quelque chose que nous regretterions tous.

Mon ours n'aimait pas beaucoup mon triplé, et à ce moment-là, je n'étais pas sûr de l'aimer non plus.

— Tu sais que la meute n'acceptera pas ça. Tu te crois déjà assez bon pour être *alpha* alors que les autres s'inter-rogent, et ensuite, tu fais quoi ? Tu prévois de t'accoupler avec une sorcière ?

Je ne connaissais pas cet homme en face de moi. Plus maintenant. Bon sang, il fallait que je respire ! Si je ne me calmais pas, entre ma colère et l'envie de m'accoupler, je risquais d'étrangler mon frère sur-le-champ.

— Si tu sais ce qui est bon pour toi, ne continue pas. Tu sais qu'il est interdit de déconner avec les compagnons.

— Quand les liens d'accouplement sont réels. Tu n'en as pas. Et pas avec une sorcière. Et une sorcière sans pouvoir ? Une abomination !

Je grognai et fis un pas en avant, mais Jaxton et Trace se placèrent entre nous deux.

— Non, murmura Jaxton.

— Pas maintenant, ajouta Trace.

— Tu vas le regretter, lança Alden. Avoir une sorcière pour compagne ? Impossible ! Pas en tant qu'*alpha*. Pas si tu veux *le rester*.

J'inclinai la tête, mon ours dans les yeux alors que je l'étudiais. Alden baissa légèrement la tête, incapable de soutenir mon regard. Parfait.

— Ne nous menace pas, ni elle ni moi. Toi et moi avons peut-être nos problèmes à régler, mais ça doit passer après tout le reste.

— Ça passe toujours en second. À moins que ce ne soit en troisième ? Tu es toujours en train de te préoccuper de tout le monde, sauf de ceux dont tu es censé prendre soin : ton peuple.

Je secouai la tête, mon ours toujours dans le regard.

— Je ne fais que ça, Alden, protéger mon peuple. Il faut que je garde de la force dans notre meute, et tu sais qu'on ne contrôle pas qui nos ours choisissent pour compagnon. À qui on se connecte. En dépit de tout ça, Sage est ici pour une bonne raison. Tu as vu les ténèbres. Tu sais qu'elles sont arrivées.

Alden ricana.

— Ce n'est pas elle qui les a apportées ? On allait bien jusqu'à ce qu'elle arrive.

Je secouai la tête.

115

— Tu sais que ce n'est pas vrai. Tu sais que ça fait long-temps que ça couve.

— Par la faute des sorcières. Les ours allaient bien. Ce sont ces maudites sorcières qui continuent de faire des choses. Et maintenant, tu veux t'accoupler à l'une d'elles ? Non ! La meute ne le supportera pas.

Je repoussai Jaxton et Trace et me plaçai juste sous le nez d'Alden. Il baissa le regard et je grognai, tellement bas et profondément que le reste de la forêt se tut comme si un véritable prédateur rôdait en son sein.

— Va-t'en avant de dire des choses que tu regretteras.

— C'est ce qu'on verra, marmonna-t-il, mais assez doucement pour que je sache qu'il se défoulait, essayant d'avoir le dernier mot.

Alors, je le laissai faire. *Pour l'instant.* Mon ours était assez fort pour le permettre. Alden s'en alla en grognant, et je secouai la tête.

— Il faut que tu règles ça, me dit Jaxton.

— Tu n'es pas un ours, ne te mêle pas de notre poli-tique, grogna Trace, mais sans la moindre animosité dans son propos.

Nous étions tous amis, ici.

— Je ne suis peut-être pas un ours, mais je suis le chef des faucons, et je ne veux pas que mes amis soient blessés. Va voir Sage, me dit-il au bout d'un moment, et je fronçai les sourcils.

— Quoi ? demandai-je.

— Ton ours est sur les nerfs, et il faut que tu décides ce que tu vas faire à ce propos. Et honnêtement, elle doit savoir qui tu es, et quelles décisions vous pourriez prendre vous concernant tous les deux.

— Je ne peux pas avoir de lien d'accouplement sans elle, dis-je. Il n'y aura pas de prise de décision sans elle non plus.

— C'est vrai, mais peux-tu rejeter le lien d'accouplement ? Peux-tu ignorer cette envie qui te submerge en ce moment ?

— Ce ne serait pas mieux comme ça ? lui demandai-je, et mon ours poussa un grognement douloureux à l'intérieur de moi.

Je ne l'avais jamais dit à voix haute, et je ne savais pas pourquoi je le faisais maintenant. Je ne voulais pas m'éloigner d'elle, mais je ne voulais pas non plus l'effrayer. J'avais l'impression qu'il ne m'était pas possible de la protéger et de la désirer. Je soupirai. Je n'avais aucune idée de ce que je faisais.

— Tu ne sais pas ce que ça signifie de se détourner d'une compagne, murmura Jaxton. Le chagrin et la souffrance que tu ressentiras chaque jour quand tu tenteras simplement de respirer. On dit qu'on a le choix, et ça peut être le cas dans les circonstances les plus graves, mais ça change tout. Tout ça, c'est nouveau pour Sage, et il faut que tu t'assures qu'elle comprend ce qui se cache derrière tout ça. Parce que la meute t'a à l'œil, tout comme le reste de la ville. Les sorcières ont fondé cet endroit. Elles sont au cœur de tout ça. Nous les observons, comme nous le faisons avec toi. Il faut que tu aides Sage. Sois là. Vous êtes destinés l'un à l'autre pour une bonne raison. Et si tu luttes contre ça, le sang coulera. Nous le savons tous.

Sur ces paroles, Jaxton s'envola, laissant son survêtement derrière lui. Trace laissa échapper un petit rire sans joie.

— Il est doué en matière de prophéties, non ?

Mon estomac se contracta, alors même que mon ours me tiraillait.

— Peut-être. Ou peut-être qu'il dit ce qui doit être dit.

— Va la voir. Mets au moins un t-shirt. Et peut-être des chaussures. N'agis pas trop comme un animal.

Je ricanai.

— Je *suis* un animal. C'est peut-être une chose à laquelle elle doit s'habituer.

Trace haussa les épaules.

— Tu ferais mieux d'aller voir si elle le peut. Ou alors, tu risques de te poser la question « *et si* » pendant très longtemps.

Je hochai la tête, puis me mis à courir, mon ours sur les nerfs alors que je regagnais ma maison. Je me changeai, me lavai le visage, m'assurai de ne pas avoir de boue dans les cheveux et soufflai.

Je savais déjà où elle était, mon ours la sentait, mais aussi parce que tout le monde semblait vouloir me tenir au courant de l'endroit où elle se trouvait à chaque instant, comme si on attendait que les choses changent. Je ne savais pas quoi penser ni ce que j'étais censé faire.

Je pris la direction du centre-ville et humai son parfum en marchant vers la boulangerie qu'elle allait ouvrir dans les deux semaines à venir. Le bâtiment avait autrefois abrité un petit café qui n'avait pas bien marché. Les humains, qui n'avaient pas senti la magie, avaient tenté de vendre des marchandises à des personnes sans méfiance, mais c'étaient eux qui avaient été pris au dépourvu.

Je m'éclaircis la voix et me demandai ce que je devais dire. Que *pouvais-je* dire ? La porte s'ouvrit avant que je puisse frapper. Je fixai la femme en face de moi, ses cheveux châtain miel, le visage dégagé par son chignon haut et ses yeux noisette écarquillés.

— Rome ! me salua-t-elle, l'air surprise. Je suis désolée, tu m'avais dit que tu venais ?

Je secouai la tête.

— Non, mais je voulais te voir, dis-je avant de me racler la gorge. Mais si tu es sur le point de sortir...

Elle secoua la tête.

— Non, non. C'est juste que j'ai senti qu'il y avait quelqu'un à la porte. Ou peut-être que j'ai entendu quelque chose ? Je ne sais pas.

Mon ours se réveilla à ces mots. Donc, elle m'avait senti. C'était une sorcière, et elles avaient aussi des compagnons. Je ne savais pas exactement comment cela fonctionnait, mais le fait qu'elle m'ait senti devait signifier quelque chose.

— Je peux entrer ? soufflai-je. Pour voir ta boutique, ajoutai-je, sachant que c'était la vérité, mais pas tout à fait.

Son regard s'éclaira un instant, puis elle recula.

— Bien sûr. On est toujours en pleine mise en place, du moins pour ma part. Tante Penelope était là tout à l'heure, mais elle travaille à côté pour le moment. Les entrepreneurs que j'ai engagés à distance ont fait un excellent travail.

— Jaxton a aidé à les coordonner, dis-je d'un ton désinvolte en balayant la pièce du regard.

C'était un bâtiment à deux étages, comme beaucoup d'entreprises dans cette rue. Autrefois, c'était une maison, et elle disposait d'un petit appartement au-dessus dont je m'étais dit qu'elle pourrait se servir comme d'un bureau et espace de stockage pour le moment. Elle bénéficiait tout de même une cuisine professionnelle, un espace à l'avant où elle pouvait exposer ses produits de boulangerie, et une partie qui, à mon avis, servirait de coin repas une fois que les tables et les chaises seraient sorties.

— C'est super, ici, lui dis-je.

— Il y avait déjà une bonne base. J'ai fait le plus gros du travail à distance en vidéo, parce que je ne pouvais pas quitter mon autre boulot, pas même pour venir en visite, dit-elle avant de marquer une pause. Et je crois que c'est parce que je n'étais pas censée être encore là. Je ne sais pas. Ce n'est pas le genre de choses que je ferais, ne pas voir la ville avant que tout ne change. Je n'avais même jamais mis les pieds dans ce bâtiment que j'étais déjà en train d'élaborer un *business plan* complet.

Je hochai la tête.

— Ravenwood fait ce genre d'effet. Rowen a dit qu'elle était à la recherche d'un sort qui t'aurait éloignée. Peut-être que tu n'étais pas censée venir ici jusqu'à ce que tu t'installes sur les terres de la ville. Bien sûr, je suis ravi que tu aies été sur la route à ce moment-là, parce que tu m'as sauvé.

Elle sourit doucement, et mon ours gémit. J'eus du mal à le retenir.

— Je ne suis toujours pas certaine de savoir comment j'ai fait ça.

Je haussai les épaules.

— Je crois que ton pouvoir a dû fluctuer de sorte que tu l'as ressenti, et il m'a réveillé.

— Oh ! Ça t'a fait mal ?

Elle se mordit la lèvre, et j'eus envie de me pencher pour lécher la piqûre.

Couché, ours !

Je secouai la tête.

— D'abord, je suis un ours. Ce n'est pas le genre de chose qui me ferait mal. Et deuxièmement, tu m'as réveillé pour que je puisse m'écarter de l'arbre avant que quelque chose d'autre ne me tombe dessus, ou que je me noie dans la boue ou je ne sais quoi. Alors, merci.

— C'était une drôle de façon de se rencontrer. Je suis ravie que tu ailles bien, dit-elle avant de soupirer en regardant autour d'elle. J'étais en train de faire quelques trucs, mais je peux te faire visiter.

Elle me regarda alors, et je vis ses tatouages dépasser de son col, comme s'ils me faisaient signe.

— Tu les sens ? Ton ancre ?

Elle écarquilla les yeux et porta les mains à son cou.

— Oui, ça chatouille. J'essaie de les ignorer, mais j'ai l'impression qu'ils ne sont pas de mon avis. C'est un peu déstabilisant qu'ils se déplacent encore autour de mon corps.

Je souris et tirai légèrement mon t-shirt sur le côté pour qu'elle voie apparaître mon ours.

— Ça ne se passe pas bien si tu les ignores tout le temps.

Elle écarquilla les yeux et tendit la main comme pour le toucher. Mon ours se prépara, il voulait ses doigts, sa caresse, mais elle se figea, comme si elle se rendait compte de ce qu'elle faisait.

— Oh ! Je ne voulais pas...

— Tu peux me toucher quand tu veux, Sage, et j'eus envie de me frapper sur-le-champ. Je veux dire. Eh bien...

J'étais si près d'elle que je respirais son doux parfum de rose.

— Pourquoi ai-je l'impression de te connaître ? me demanda-t-elle d'une voix haletante.

Je la dévisageai, mon ours me poussait, mais je savais qu'il fallait que je me tienne en retrait.

— Il y a des choses que tu ne sais pas, Sage.

Elle laissa échapper un léger grognement et mon ours se redressa, tandis que mon sexe durcissait à l'entendre.

— Je déteste ça. Tout le monde me répète qu'il y a des choses que je ne sais pas. Et c'est vrai, mais comment suis-je censée les apprendre si vous ne me racontez rien ? Je crois à la magie, maintenant. Ça ne fait que quelques jours, mais je suis bien décidée à ouvrir cette boulangerie, à combattre les revenants, à travailler avec la magie et à faire comme si je savais ce que je fais. Personne ne me dit vraiment tout, et j'ai l'impression d'être à mille lieues à la traîne. Raconte-moi, Rome. Que me caches-tu ?

Je la regardai droit dans les yeux et retins un juron.

— Nous sommes âmes sœurs, laissai-je échapper, sachant que j'allais probablement le regretter.

Mon ours me poussait, même s'il grimaça devant la brièveté de ma déclaration.

Elle me regarda en clignant des yeux.

— Quoi ?

Je me pinçai l'arête du nez.

— Merde ! En général, je suis meilleur à ça.

— Meilleur à quoi ? À combien de femmes as-tu dit que vous étiez âmes sœurs ? Qu'est-ce que ça veut dire, en fait ?

Je me passai une main dans les cheveux, puis sur ma barbe.

— Beaucoup de ces *autres*, les ours métamorphes, les autres métamorphes, même les sorcières, ont une personne qui leur est destinée. À la suite d'une série de choix, tu peux créer un lien avec ton compagnon ; et il t'appartiendra toujours, pour l'éternité. Le lien d'accouplement est différent pour chaque personne ou triade, et il évolue avec le temps pour devenir ce que les personnes ont besoin qu'il soit. C'est personnel, et ça représente tout. C'est l'avenir. C'est un aperçu de qui tu pourrais être. C'est une connexion d'âmes.

Alors, elle me regarda en secouant la tête.

— Non, tu ne me connais même pas.

Je soufflai.

— Mon ours te connaît. Et l'homme a envie de te connaître.

— Tout ça, c'est trop. Je ne comprends pas.

C'était ce dont j'avais peur, du moins l'une de mes craintes parmi tant d'autres ces derniers temps.

— Je sais. Et la plupart des gens trouvent leur partenaire dans leur repaire, ou il s'agit de quelqu'un qui connaît déjà toutes les histoires qui vont avec le concept des liens d'accouplement. Je ne voulais pas te le dire. Du moins, pas encore.

Sage plissa les yeux.

— Je t'ai demandé de me dire tous tes secrets, et maintenant, tu me dis que je suis ta compagne ? Que nous sommes faits l'un pour l'autre ?

— Tu peux refuser. Tu peux t'en aller.

C'était un mensonge complet. Je ne pus m'empêcher de tendre la main et de repousser une mèche de ses cheveux derrière son oreille. Elle écarquilla les yeux, ses pupilles se dilatèrent et elle entrouvrit la bouche.

— Je ne veux pas m'en aller. Du moins pas avant de te connaître.

— Et si tu découvres qui je suis, tu t'en iras ? demanda-t-elle, visiblement confuse.

Jamais.

— Je ne sais pas. Mais j'aimerais le découvrir. Je veux voir qui tu es. Je veux que mon ours te connaisse. L'homme le veut aussi.

— Je ne comprends pas ce que ça signifie, chuchota-t-elle.

— Je sais. Je sais que tu ne comprends pas grand-chose à ce qui se passe et que tu essaies de suivre. Je ne voulais pas te balancer ça en plus de tout le reste, mais tu la sens, n'est-ce pas ? La connexion ?

Elle se lécha les lèvres, et j'y vis de la tristesse pendant un bref instant. J'aurais voulu me frapper.

— Ça ne change pas l'amour que tu lui portais, murmurai-je, et elle s'écarta, affichant une expression dure.

— Rien ne peut changer ça.

Mon cœur ignora ce coup de poing. Il ne s'agissait pas de moi. Jamais je ne serais un remplaçant. Ce n'était pas ce que le destin avait prévu. Rien de tout cela n'était facile, et je ne pouvais que m'approcher et pénétrer son espace.

— Je sais que nos cœurs peuvent faire beaucoup de choses et ne pas oublier. Donc, je vais y aller, maintenant, parce que je sais que tu as beaucoup de choses auxquelles penser. Je ressens la connexion, et je sais que toi aussi. Ou du moins je l'espère.

Elle me regarda, les yeux écarquillés, avec un regard implorant.

— Je ne sais pas quoi penser, en ce moment, Rome.

— Je sais. Alors, je vais y aller. Je reviendrai. Même si c'est pour que tu puisses me repousser. Je suis aussi ici en tant qu'*alpha* des ours pour protéger notre ville. Donc, je reviendrai.

J'eus envie de tendre la main et de la toucher, mais je n'en fis rien. Je tournai les talons et partis, la laissant perdue et souffrante. Je le ressentais.

Et je me détestais pour ça.

Je refermai la porte derrière moi et me renfrognai, reniflant l'air. Est-ce que quelqu'un était venu ? Avait écouté ? Je n'en savais rien, mais je sortis mon téléphone et appelai Jaxton pour lui demander de garder un œil sur elle.

Mon ours désirait Sage, tout comme moi. Mais quelque chose nous observait. Quelque chose allait se produire. Et je savais que quoi qu'il arrive, quel que soit le choix qu'elle ferait, je la protégerais toujours, quitte à ce que cela me coûte tout ce que j'avais.

CHAPITRE 9

SAGE

EN UN CLIN D'ŒIL, ce fut le jour de l'ouverture, et Ravenwood Sweets était prête pour la ville. Seulement, je ne savais pas si la ville était prête pour moi.

J'étais venue à Ravenwood démarrer une nouvelle vie, ouvrir une boulangerie et travailler à mon propre compte. Pour être près de ma tante et essayer de m'installer quelque part où je serais appréciée, et pas repoussée ou douloureusement ignorée par ceux qui auraient dû me protéger.

Je n'arrivais toujours pas à croire que c'était ma vie, que c'était ainsi que je vivais maintenant.

Ravenwood n'était pas une ville simple. Loin de là.

— L'endroit est magnifique, dit Penelope en faisant le tour de la boulangerie. Les gens se promenaient, buvaient du café, parlaient entre eux de ce qu'ils mangeaient.

Je hochai la tête en souriant, submergée par l'épuisement.

— C'est le premier jour, et c'est une ouverture en douceur. Je n'ai même pas encore tout.

— Tu commences à avoir le coup de main. Tu as

travaillé dans des boulangeries pendant des années. Tu gères !

C'était le cas avant. Quand j'étais mariée à Rupert. J'avais travaillé pour d'autres personnes, ce que sa famille n'avait pas apprécié, mais ce n'était pas le problème.

— C'est quand même la première fois que j'ouvre ma propre affaire. Ce sera un peu différent.

— Tu gères !

— C'est sûr, dit Sabrina, ma nouvelle assistante, en passant devant moi, un pot de café dans les mains.

Par la suite, nous ne servirions pas les cafés de cette manière, puisque chacun prendrait le sien dans une tasse réutilisable qu'il apporterait lui-même pour protéger l'environnement. Mais aujourd'hui, c'était différent. C'était une ouverture en douceur, et on faisait une petite fête. J'avais préparé quelques-uns de mes *brownies* préférés, des brioches au miel, des roulés à la cannelle, des *cookies* et des quatre-quarts, et les gens les appréciaient avec du café. Nous étions une boulangerie, pas vraiment un café, alors même si nous vendions de l'expresso et du café, notre priorité, c'étaient les pâtisseries et le pain. J'avais aussi fait de la brioche, du pain français, du challah, de la ciabatta, des pains ronds, des tresses et tant d'autres, et ils partaient à une vitesse folle. Les gens en achetaient des tas, et j'espérais qu'ils ne le faisaient pas pour nourrir les canards dehors. Non pas que la volaille ne mérite pas mon pain, mais je n'avais pas envie que les habitants de la ville achètent des choses simplement pour me faire plaisir.

Jaxton était déjà venu, souriant en regardant un grand pain de challah. Il avait fini par en prendre quatre. J'avais levé un sourcil, et il s'était contenté de sourire.

— J'aime le challah, et je suis certain qu'avec moi, tu as déjà un client à vie.

Il s'était ensuite penché pour déposer un baiser sur ma joue en signe d'amitié et s'était éloigné.

J'étais restée là, debout, à cligner des yeux, tandis que d'autres personnes que je ne connaissais que de vue dans la ville riaient.

Un homme âgé me sourit.

— Vous faites partie de la ville, maintenant. Jaxton saura prendre soin de vous. En tant que solutionniste, bien entendu.

— Jaxton est calme, attentionné. Un gentil garçon. Il sera toujours là pour t'aider. Tu dois te rappeler qu'il a aussi besoin d'aide, même s'il ne le dit pas, dit Penelope après le départ du métamorphe.

Je tentai de suivre le rythme des commandes, ravie de voir que l'épuisement que je m'étais imposé depuis l'inauguration semblait en valoir la peine. Je ne pensais pas que les gens continueraient à acheter à ce rythme après l'ouverture officielle, mais ils parlaient déjà de commandes spéciales et demandaient quels produits ils pourraient acheter une fois l'établissement ouvert à plein temps. J'adorais faire du pain. C'était mon activité principale à la boulangerie, mais j'allais faire des gâteaux, des *cupcakes* et d'autres spécialités sur commande, ainsi que des pâtisseries tous les matins. La ville n'avait pas de boulangerie ni de café, et je répondais à ce besoin.

Rowen arriva pendant une légère accalmie, même une vingtaine de personnes arpentaient encore la boutique, regardant le pain et ajoutant des articles dans leurs petits paniers.

Elle sourit et balaya mon magasin du regard.

— Tu te débrouilles bien. Je suis ravie de voir ça.

Je lui souris, avec l'impression que je la connaissais

depuis des années, alors que cela ne faisait que quelques jours.

— J'essaie. Je peux te proposer quelque chose ?

— J'adore le pain.

Elle baissa la tête en étudiant une miche tressée.

— Je n'ai jamais été doué pour les tresses. J'oublie toujours ce qui va au-dessus ou au-dessous et je me retrouve avec une jolie petite torsade que je rentre en dessous, et je fais semblant de ne pas avoir tout gâché.

— Honnêtement, j'ai du mal à croire que tu puisses faire quelque chose qui ne soit pas parfait, dis-je en secouant la tête.

Elle haussa un sourcil.

— Oh, j'ai tendance à faire souvent des choses imparfaites ! C'est ce qui me rend humaine.

Elle me fit un clin d'œil.

— Ou du moins, marginalement humaine.

— J'adore qu'il y ait une nouvelle sorcière en ville ! s'exclama une petite femme âgée en passant la porte. Et on voit bien que chaque produit fabriqué ici l'est avec amour, précision, et peut-être un petit quelque chose en plus.

La femme adressa un clin d'œil à Rowen en le disant, puis avança jusqu'au comptoir, où ma nouvelle et unique employée, Sabrina, travaillait derrière la caisse.

— Je ne suis pas.... Qu'a-t-elle dit ? demandai-je en déglutissant avec peine.

Rowen me prit la main.

— C'est bon. Tu es une sorcière. Évidemment, tu vas insuffler un peu de ce que tu es dans tes pâtisseries. Surtout quand tu travailles la partie liquide de la fabrication, puisque tu as une affinité avec l'eau.

Je me mordis la lèvre et baissai les yeux sur mes mains. Mes tatouages palpitaient, me rappelant qui j'étais.

— Je fais du mal aux gens ?

— Non ! Je te le dirais si je ressentais quelque chose d'étrange. Je ne ressens qu'une partie de qui tu es. Tu es une merveilleuse boulangère, et une personne chaleureuse et aimante. Et cet endroit en est la preuve. Ils sont ici aujourd'hui pour te voir, parce que nous sommes de nature curieuse, et que nous voulons savoir qui tu seras à Ravenwood.

Je secouai la tête.

— Je ne sais même pas qui je serai dans quelques secondes. Je n'arrive pas à suivre.

— Je ne crois pas que tu sois censée le faire maintenant, dit-elle doucement. Tu es boulangère. Tu insuffles un peu de ta magie dans tes produits. Pas exprès, mais peut-être simplement ce que tu ressens sur le moment.

— Ce n'est pas bon. Ce sera sûrement de l'angoisse ou ma nausée.

Rowen sourit.

— Je ne crois pas que tu puisses faire des roulés à l'anxiété. Ça ressemble plus à ce sentiment accueillant que tu as quand tu penses à ta tante.

Elle désigna le pain français.

— Ici, on a l'impression que tu penses à une certaine personne.

Elle me fit un clin d'œil et s'avança vers les brioches au miel.

— Et je sais à qui tu pensais quand tu as préparé celles-ci. Celui qui les mangera sera très heureux plus tard.

Je rougis et secouai la tête.

— Je ne sais pas de quoi tu parles.

— Je crois que si. Mais je ne veux pas être indiscrète. Pour le moment. Même si je sais que tu as sûrement quelques questions.

Elle leva un sourcil. Heureusement, avant que je puisse dire quoi que ce soit ou qu'elle puisse continuer, un autre habitant de la ville entra et demanda des renseignements pour une commande de gâteau spéciale pour un anniversaire. Je souris, hochai la tête et pris des notes. J'avais déjà une liste de prix en tête, mais je n'avais jamais imaginé que les choses iraient si vite.

— Vous devez faire payer plus que ça, dit la femme plus âgée. Nous sommes peut-être une petite ville, mais nous payons la vraie valeur des choses.

Je souris doucement.

— Je ne fais que commencer. Et je fixe des prix raisonnablement élevés et pour ce que je vaux. Mais je ne veux pas fixer des prix au-delà du marché.

— Je vous remercie pour ça. Mais j'espère que vous allez bientôt augmenter vos prix.

Elle sourit.

— Vous êtes un maître dans votre discipline, et vous devez connaître votre valeur.

Je secouai la tête.

— Je connais ma valeur.

L'autre femme partit, et je regardai Rowen.

— Je fais ça, alors ? Vraiment ? Je mets de la magie dans mes pâtisseries ?

Mon amie rejeta la tête en arrière dans un éclat de rire.

— C'est Ravenwood, Sage. Tu n'as pas besoin de chuchoter quand tu parles de magie. Tout le monde dans cette pièce sait à présent qui tu es, et ce que toi et le reste d'entre nous pouvons faire.

Les gens qui s'affairaient à regarder le pain et à manger des brioches au miel nous sourirent et nous saluèrent.

— Je ne sais pas comment c'est possible, parce que je ne sais même pas qui je suis ni ce que je suis capable de faire.

Rowen sourit.

— Touché.

— Tu la harcèles encore ? s'enquit Laurel en s'approchant d'une pile de *brownies*. Et je crois que j'ai trouvé mon nouvel amant, dit-elle en roucoulant sur les sucreries. Ils sont tous emballés individuellement, mais combien pour le tout ? me demanda-t-elle en se frottant les mains.

Je ricanai.

— Tu n'as pas besoin d'un plateau entier de *brownies* fondants avec un cœur de caramel. Tu vas finir par être malade.

— Je serai malade, mais sur un petit nuage. Regardez-moi ça... bonjour, mes chéris. Venez me voir. Aimez-moi.

— Es-tu en train de faire des mamours à des *brownies* comme tu le ferais à un amant ? lui demanda Rowen.

— Je ne crois pas être aussi douce avec mes amants, dit Laurel, et Trace s'éclaircit la gorge derrière elle. Oh, chut ! lui dit-elle en rougissant, lui faisant signe de s'en aller.

— Je n'allais rien dire, mais ces *brownies* ont l'air bons. Mais dis-moi, ce sont des brioches au miel ? demanda le grand ours en s'avançant, le regard intense.

Je ris, et j'eus l'impression d'être à la maison. Pourquoi avais-je l'impression d'avoir toujours été là ?

— Je ne peux pas lire dans tes pensées, je ne suis pas ce genre de sorcière. Mais je les vois inscrites sur ton visage.

Je regardai Rowen.

— Quoi ?

— Tu es chez toi. Au fond de toi, tu as toujours su qui tu es et qui tu pourrais être. Tu es peut-être encore en train de tout assimiler. Nous aussi. Mais une partie de toi aura pour toujours l'impression que tu as toujours été ici. Tu as ta place à Ravenwood. Et je sais qu'il y a des forces ici qui te rendent les choses difficiles. Des choses avec lesquelles nous allons devoir composer. Mais tu es aussi chez toi. J'espère que tu t'en rends compte.

— C'était ce que j'étais en train de penser. Peut-être que tu es *vraiment* capable de lire dans les pensées.

— Non, mais je sens que depuis quelques semaines que je te connais, je commence à comprendre ce que tu penses.

— J'ai tout réfréné pendant tout ce temps ?

— Je ne sais pas. C'est possible. Ou peut-être qu'il a fallu que tu viennes à Ravenwood pour comprendre. Nous ne le saurons peut-être jamais. Quoi qu'il en soit, tu *es* à la maison. Et tout le monde semble aimer tes pâtisseries. Tu as un don. Elle me prit les deux mains pendant que Laurel souriait dans son dos.

— Un véritable don.

Je souris en regardant tout le monde autour de moi.

Les poils de ma nuque se hérissèrent soudain et je regardai la porte, me demandant pourquoi j'avais attendu tout ce temps que quelqu'un d'autre la franchisse. Rowen m'adressa un sourire entendu, mais je ne me concentrais pas sur elle. Au lieu de cela, je me focalisai sur l'homme dans l'embrasure de la porte. Celui sur lequel je n'aurais pas dû m'attarder.

— C'est intéressant, lança Laurel alors que Trace l'éloignait.

Rowen se contenta de sourire avant de se diriger vers un groupe de femmes plus âgées qui parlaient toutes de mon pain et de mes pâtisseries.

Rome s'avança, les yeux rivés sur les miens, comme s'il avait peur de ce que je pourrais faire. Je n'avais aucune idée de ma réaction, alors je ne lui en voulais pas.

Il vint se placer en face de moi et fourra les mains dans ses poches.

— On dirait que ça se passe plutôt bien.

Il étudia l'endroit, un petit sourire sur le visage.

— Peut-être. Je veux dire, oui, tout le monde a été incroyable. Je n'ai presque plus de pain.

— Ce serait horrible, dit-il. J'ai entendu dire que tu avais des brioches au miel.

Je souris et désignai la pile d'un geste de la main.

— Effectivement. Et j'ai aussi du pain au miel.

Trace leva brusquement la tête.

— Du pain au miel ?

Il laissa échapper un « ouf » quand Laurel lui balança un coup de coude dans l'estomac.

— Arrête. Tu as assez de miel.

— On n'a jamais assez de miel, grommela-t-il avant de laisser la jeune femme l'éloigner.

Je rougis et secouai la tête.

— J'ai fait ce pain blanc surtout à cause de Rowen et Laurel, elles m'ont dit qu'il fallait que je prépare beaucoup de produits au miel pour les ours de la ville.

Je n'arrivais toujours pas à croire que je disais ce genre de choses à haute voix et qu'elles avaient un sens, mais je faisais de mon mieux pour m'y habituer.

— Ouais, nous, les ours, on aime le miel. Mais ce n'est pas le cas de tous les ours. Quand les ours polaires viendront, ils préféreront des produits au saumon ou au saumon fumé.

— Sérieusement ? lui demandai-je, le regard écarquillé.

— Oui. Et si tu as du lard, ils apprécieront encore plus.

Je frissonnai.

— Je ne crois pas que je vais servir ce genre de choses dans une pâtisserie.

— Je ne pense pas non plus. Mais le miel ? Fais-moi voir. Même si je pourrais me contenter de suivre mon nez.

Je souris, n'ayant pas la moindre idée de quoi dire ni

faire. Je n'étais pas douée pour ça. Je ne comprenais pas ce qu'il avait voulu dire plus tôt au sujet des âmes sœurs ni ce que signifiait cette attirance entre nous. Mais j'avais la ferme intention de l'ignorer et de me concentrer simplement sur ce que je pouvais faire, et ce que je savais.

— Tu es capable de suivre ton odorat jusqu'au miel et au pain ? lui demandai-je.

Je voulais en découvrir plus sur ce monde qui m'entourait, même si je m'inquiétais un peu de ce que cela signifierait pour moi d'apprendre à mieux connaître cet homme.

— Je peux. J'ai un meilleur odorat dans mon corps d'ours, mais j'ai le nez plus fin que la plupart des humains.

Je secouai la tête, étonnée qu'il m'en parle aussi librement. Rome sembla avoir suivi le cheminement de mes pensées, parce qu'il sourit.

— C'est ce qu'il y a de bien à Ravenwood. On se sent libre de parler, grâce aux gens qui nous entourent. Toutes les personnes présentes dans cette pièce ont un rapport à la magie, à des meutes ou d'autres formes surnaturelles. Et tout le monde se sent en sécurité. Enfin, autant qu'on puisse l'être avec des revenants et des ténèbres qui débarquent de nulle part, ajouta-t-il sèchement.

Je grimaçai.

— On n'a toujours pas d'informations à ce sujet ?

Rome secoua la tête.

— Non, mais on sait que tous ceux qui doivent chercher se sont attelés à la tâche. C'est tout ce que nous pouvons faire pour le moment. Mais aujourd'hui, il ne s'agit pas de ça. Ne nous occupons que de ta boulangerie.

Je lui souris et balayai du regard cet endroit que je commençais à appeler mon chez-moi.

— C'est vraiment le cas, n'est-ce pas ? lui demandai-je. Elle est à moi. Et c'est ma ville, maintenant, aussi.

— Tu es une partie importante de cette ville. Bienvenue à la maison, Sage, dit-il doucement, et mes joues se réchauffèrent.

— Merci, Rome.

— Je t'en prie. Maintenant, je pourrais avoir un pain entier ? Ou ce serait trop ?

— Tu peux demander tout ce que tu veux. Aujourd'hui, c'est jour de promos.

— Elle ne propose pas ses marchandises au bon prix, dit la vieille femme de tout à l'heure. Il faut qu'elle les augmente.

— Nous nous en assurerons, lui répondit Rowen, et je soupirai.

Apparemment, tout le monde voulait dépenser beaucoup trop d'argent pour moi. Et si la femme d'affaires en moi n'y voyait pas d'inconvénient, celle qui voulait faire de cet endroit son foyer ne voulait pas profiter de la situation.

— Bon, les gars, on a assez monopolisé le temps de Sage. On a dépassé l'heure de fermeture. La boulangerie ne va pas disparaître. Sage est là, et elle va y rester.

Je levai les yeux au ciel en entendant les paroles de Rowen. Tout le monde se mit à ranger son bazar, puis ils applaudirent, une petite ovation qui me fit rougir de la tête aux pieds. Je baissai le nez.

— Merci. À vous tous. Je veux dire... merci de m'accueillir.

— Tu es une Prince. Tu es chez toi, dit Sabrina d'une voix douce depuis la caisse. Bienvenue.

— Bienvenue, ma nièce préférée, me dit tante Penelope en m'embrassant sur la tempe. Maintenant, on va t'aider à nettoyer.

Je secouai la tête.

— Non, retourne à ce que tu faisais. Je veux quelques

minutes seule avec ma boutique. Ça va ? demandai-je en regardant Rome.

Il hocha la tête.

— On fêtera tous ça plus tard. Promis.

Je ne savais pas ce qu'il voulait dire par là ni ce que j'étais censée dire ou faire, alors je me contentai de hocher la tête, de sourire et de répondre aux dernières demandes de chacun avant d'aller aider Sabrina à ranger.

— L'endroit est superbe.

Je la regardai.

— C'est vrai, n'est-ce pas ?

— Merci de m'avoir embauchée. Je sais que c'est ton bébé, mais je suis ravie d'en faire partie. Et je te jure qu'à être près de toi pendant que tu travailles... ta magie infuse mes pouvoirs dormants.

Je fronçai les sourcils, surprise.

— Quoi ?

— Je suis une sorcière de la terre dormante. Toute ma famille l'est. On ne peut pas faire grand-chose en dehors de quelques sorts de guérison à l'occasion. Mais être avec toi pendant que tu cuisines me rend plus heureuse. Alors, merci pour ça.

Je secouai la tête.

— Je ne le fais pas exprès.

— Oh, je sais ! Si c'était le cas, on devrait faire payer plus cher.

Elle m'adressa un clin d'œil.

— Je ne crois pas que ça marche comme ça ! m'exclamai-je en riant.

— Peut-être pas, mais Rowen et Laurel peuvent te montrer les ficelles. Ta tante aussi.

— Tu es une sorcière, alors ? lui demandai-je tandis que

nous commencions à ranger pour être prêtes pour le lendemain.

— Techniquement. Je n'ai pas de réel pouvoir. Mais ma famille est issue d'une lignée de sorcières, alors c'est ainsi qu'on se désigne. Nous sommes en sécurité à Ravenwood, même si personne ne viendrait de l'extérieur pour nous brûler sur le bûcher, à mon avis.

Je frissonnai.

— Je ne sais pas si j'aime cette idée.

— Personne ne l'aime. Mais les procès des sorcières de Salem ont eu lieu pour une raison. Et ça n'avait rien à voir avec la vraie sorcellerie.

J'avais envie de lui en demander plus, mais je me retins, sachant que si je commençais, je ne m'arrêterais pas.

— Tu en as assez fait pour la journée, lui dis-je après avoir nettoyé un peu. Tu devrais rentrer chez toi.

Sabrina fronça les sourcils.

— Que veux-tu dire ? Je suis là pour aider.

— Et tu l'as fait. Nous avons presque tout vendu, et ce qui n'a pas été vendu, c'est ce qui tient plus d'un jour.

— Tout le monde aime tes gâteaux.

Je secouai la tête.

— Peut-être, mais c'était aussi le premier jour. Et une ouverture en douceur. Il faudra qu'on réduise la voilure.

— Tous les ours ne sont pas venus, répondit Sabrina. Une fois qu'ils l'auront fait, les choses changeront. Tu vas te retrouver à court de pain et de tous tes produits à base de miel très rapidement.

Je haussai les sourcils.

— Vraiment ?

— Seuls quelques métamorphes sont venus aujourd'hui puisque la journée était surtout consacrée aux sorcières, aux dryades et à quelques faë.

J'avais tant de questions à poser, et pourtant, je n'en fis rien. Parce que je ne savais toujours pas qui ou ce qu'étaient les gens. Ce n'était pas comme s'ils portaient une étiquette nominative. Parfois, je voyais des yeux brillants et je me disais que ce devaient être des métamorphes, mais pour autant que je sache, les yeux des faë brillaient aussi.

— Quand les métamorphes se montreront, sans doute dans la semaine, ils dévoreront tout ce que tu auras de disponible. Ils mettent de côté beaucoup plus de choses que n'importe qui d'autre.

— Oh ! dis-je doucement.

— Oui. Oh ! C'est plutôt génial. Tu as un succès entre les mains. Tu as comblé un besoin. C'est comme si nous t'attendions depuis toujours.

Elle sourit et m'aida à nettoyer un peu plus avant de partir.

Je la suivis dehors, verrouillai la porte derrière elle et retournai finir.

J'avais l'impression d'avoir encore un train de retard, et pourtant, je me sentais chez moi. Enfin. C'était ma maison. Une boulangerie dont j'avais envie depuis que j'étais petite, mais que je n'avais jamais pu me permettre, à la fois en temps et en argent.

À présent, elle m'appartenait.

Et j'étais une sorcière.

Je secouai la tête en regardant mes mains.

— Qu'est-ce que je fais ?

— N'est-ce pas la question ?

Je levai les yeux en entendant une voix inconnue. Elle appartenait à une femme blonde avec des yeux bleus brillants et un sourire rusé. Elle se tenait à la caisse, avec une sorte de joie maniaque inquiétante dans le regard. Je n'avais jamais vu cette femme avant en ville, et je ne savais ni ce qu'elle était ni qui elle était. Pourtant, mon instinct me disait qu'elle était dangereuse. Il fallait que je m'enfuie, que je fasse quelque chose, que je ne devienne pas une proie.

— Je suis désolée, je ne savais pas que vous étiez encore là quand j'ai fermé.

— Je suis entrée par l'arrière. Vous devriez faire attention aux serrures de vos portes.

Je fus prise de panique.

— Nous sommes fermés, maintenant. Nous serons ouverts demain si vous souhaitez quelque chose.

— Oh, je n'ai besoin de rien venant de vous ! Du moins pas encore. Je me suis dit qu'il fallait que je me présente.

Elle me fit un clin d'œil et s'avança, une lueur rouge dans les yeux pendant un instant. Je cillai. Je n'étais pas certaine de ce que j'avais vu, si je l'avais vraiment vu.

— Je m'appelle Faith. Nous nous sommes déjà rencontrées, mais vous ne saviez probablement pas que c'était moi.

J'étais dos à la porte. Elle était fermée, et je me rendis compte que je n'avais aucune issue.

— Que voulez-vous dire ? lui demandai-je.

— Vous avez déjà rencontré certains de mes animaux de compagnie. Je suis un peu triste que vous les ayez éliminés si rapidement. C'est bon. Là d'où ils viennent, il y en a d'autres.

— C'est vous, soufflai-je.

Faith était la nécromancienne.

— C'est moi. C'est incroyable le temps que j'ai passé ici sans que personne le remarque. Apparemment, la ville de Ravenwood est sûre pour toutes les créatures. Même pour moi. Je voulais me présenter. Et te donner un avertissement. Fais attention quand les ténèbres arriveront. Parce que la lumière s'estompe, et toi aussi.

Avant que je puisse respirer, elle leva la main. De l'eau

jaillit de nulle part et me frappa au visage. Une trace de chaleur glissa le long de ma joue, et je tendis le bras, vis ma main devenir rouge.

— Tu ne sais même pas comment utiliser tes pouvoirs et tu penses t'opposer à moi ? Oh, chérie, tu ne sais même pas ! Dis aux autres que je suis là. C'était un avertissement. Si nous n'y prenons pas garde, le jeu risque de se terminer bien trop tôt à mon goût.

Elle leva de nouveau les mains et j'en fis autant pour me défendre, sans savoir quoi faire. L'eau s'échappa de petits pots de nénuphars placés dans la pièce et vola vers elle. Elle fut trempée jusqu'aux os, et la force de l'eau la repoussa assez fort pour la plaquer dos au comptoir. Elle écarquilla légèrement les yeux, et elle parut surprise autant que je m'étais étonnée moi-même. Elle me fit un clin d'œil, lança le bras à nouveau et l'eau s'enfonça dans ma chair ; je me baissai, réfrénant un gémissement douloureux. Je n'étais pas entraînée. Je ne pouvais faire qu'un peu de magie. Mais c'était une sorcière des eaux, une nécromancienne. Et apparemment, elle était capable de se servir de l'eau comme d'une lame. Je levai les yeux et vis qu'elle était partie, mais ensuite, la porte derrière moi s'ouvrit à la volée. Je regardai par-dessus mon épaule quand Rome apparut, les yeux dorés et sauvages tandis qu'il grognait en s'approchant de moi.

— Où est-elle ? me demanda-t-il en s'agenouillant devant moi.

Jaxton arriva derrière lui, et Laurel apparut à ses côtés, une épée à la main.

— Elle s'appelait Faith, murmurai-je alors que Rome tendait la main vers mon visage, essuyant soigneusement le sang. Elle a dit que c'était un message.

Je regardai les autres et je sus que le temps de la paix et de la préparation était terminé.

CHAPITRE 10
ROME

MES PIEDS BAIGNAIENT dans l'eau du sol, et mon ours grondait. J'avais la jambe trempée de m'être agenouillé devant Sage. Je tendis le bras, reconnaissant que mes griffes ne soient pas sorties. Ce n'était que par la force de ma seule volonté que je les empêchais de jaillir du bout de mes doigts. Je ne voulais pas effrayer la jeune femme. Tout ceci était encore si nouveau pour elle !

— Elle s'appelait Faith, chuchota-t-elle, et je hochai fermement la tête.

Je jetai un coup d'œil à Laurel et Jaxton alors qu'ils s'avançaient vers l'arrière du bâtiment, essayant d'attraper la personne qui s'y était introduite. Qui que soit cette Faith. Une partie de moi ressentait le besoin de les suivre et de découvrir qui osait toucher ma compagne, défigurer ma ville et lui nuire. Mais je n'avais pas le temps pour ça. Pas alors que Sage saignait sous mes yeux. L'odeur cuivrée de son sang me brûlait les narines, et mes crocs se mirent à glisser dans mes gencives. Je poussai un grognement bas, mortel, et ils reprirent leur place. Sage écarquilla les yeux, mais ne s'écarta pas de moi et ne dit rien. Au lieu de cela, elle se pencha en avant et leva la main comme pour toucher la coupure sur sa joue. Je secouai la tête et essuyai un peu plus de sang, prenant garde de ne pas toucher la blessure ouverte.

— Non. Je vais m'en occuper.

Mon ours me poussa, me griffa. Il avait besoin de faire plus que de rester simplement là. Mais je ne pouvais pas laisser Sage seule. Pas avec du sang sur le visage. Je n'avais qu'une envie, réduire en charpie ceux qui s'approcheraient. Les autres parurent le comprendre, car ils nous laissèrent de l'espace, pour le moment.

— C'est grave ? demanda Sage d'une voix stable. Elle devait être en état de choc. C'était la seule raison que je voyais pour laquelle elle pouvait être aussi calme et se contrôler.

— Non, lui dis-je, sachant que c'était la vérité, même si mon ours considérait que c'était la fin du monde.

J'avais envie d'arracher les membres de cette Faith pour avoir osé faire du mal à Sage. Celui qui pensait avoir le pouvoir de poser la main sur ma compagne ne méritait pas de respirer.

— On va te nettoyer.

— Tu veux de l'aide ? me demanda Rowen depuis la porte d'entrée, ses cheveux flottant autour d'elle, les yeux assombris par la magie.

Je secouai la tête.

— Je m'en occupe. Tu devrais aller voir qui c'est.

— Je la sens. C'est la nécromancienne.

— Elle s'appelle Faith, répéta Sage.

Elle était toujours sous le choc, mais il fallait encore que nous nous assurions qu'elle n'avait pas d'autres plaies.

— En dehors des coupures, as-tu d'autres blessures ? l'interrogeai-je, scrutant son visage.

Elle secoua la tête et grimaça.

— Non, je suis juste un peu secouée. Je ne m'attendais pas à ce qu'elle vienne ici alors que j'étais seule.

— Et où sont tes aides ? Ta tante ? Tu n'aurais pas dû te retrouver seule ici.

Mon ours ressortait dans ma voix sans que je puisse l'en empêcher.

Sage plissa les yeux, et j'aimai le feu que j'y vis, même s'il était dirigé *contre moi*.

— Et tu penses que ça me conviendrait que ma tante soit blessée ? Tu ne me connais pas, en dépit du fait que tu sembles *le penser*.

Laurel esquissa un sourire, et je lui jetai un regard noir.

— Va aider les autres.

— Tu n'es pas mon *alpha*, ours. Tu ferais bien de t'en souvenir.

— Je m'en souviens bien, grognai-je d'une voix grave et mortelle.

— Nous verrons bien.

Alors, elle s'en alla, et je la regardai s'éloigner tandis que Trace arrivait, m'adressait un petit signe de tête et la suivait.

Je poussai un léger grognement.

— Sérieusement, laisse-moi nettoyer ça.

Sage refusa de nouveau d'un signe de la tête, puis elle grimaça en passant la pièce en revue.

— L'eau a fait tellement de dégâts !

— On va pouvoir nettoyer, intervint Rowen, qui revenait, la voix tendue. Faith est partie. Raconte-nous ce qui s'est passé.

J'aidai Sage à se relever. Elle grimaça de nouveau, et je jetai un œil noir à Rowen, qui l'obligeait à bouger si rapidement.

— J'étais là en train de fermer. Je croyais avoir verrouillé toutes les portes, mais apparemment, j'ai laissé celle de derrière ouverte, parce que Faith est entrée.

— Elle a sûrement utilisé la magie ou un sort, dit Rowen. Il va falloir que j'ajoute une autre couche de protection que tu vas devoir apprendre rapidement à gérer. La seule raison pour laquelle je ne l'ai pas encore fait, c'est que tu avais besoin d'entrer et de sortir de ton entreprise, et je pensais avoir mis assez de protections en ville.

Elle se frotta les temps, et je vis son épuisement.

— Je suis désolée, dit Sage ; et comme je grognai de nouveau, elle soupira. Arrête de grogner. Je *suis* désolée. Si j'en savais plus sur la magie ou la façon de me protéger, Rowen ne s'épuiserait pas à essayer de prendre soin de moi. Et je croyais qu'un simple verrou ferait l'affaire. J'avais tort.

— C'est bon, répondit Rowen avant que je puisse parler. Je vais t'enseigner le sort simple, mais je ne sais pas si nous sommes prêts pour un plus fort en cas de besoin.

— Et si je postais l'un de mes hommes de main ici ? proposai-je.

Rowen hocha la tête, me dévisageant alors que Sage fronçait les sourcils.

— Pourquoi ferais-tu ça ?

— Tu sais pourquoi, grondai-je encore, la voix grave.

Ses joues rosirent, et elle acquiesça.

— Je ne veux pas que quelqu'un soit blessé à cause de moi.

— Tu vas apprendre à utiliser tes pouvoirs. Mais ça ne peut pas se faire du jour au lendemain. Mon peuple protège cette ville, et tu en fais partie, maintenant. Je vais poster quelqu'un ici, tu apprendras les sorts simples, et à un moment donné, tu apprendras les plus difficiles. Laisse-toi du temps. Je suis navré que nous n'ayons pas pensé à le faire plus tôt.

— Si je n'ai pas le droit de me fustiger, alors toi non plus, ajouta Sage.

— Bien, grommelai-je.

— À quoi ressemblait cette Faith ? l'interrogea Rowen, et je revins au présent, plutôt que de m'inquiéter de ce que je ne pouvais pas arranger à l'avenir.

— Elle faisait à peu près ta taille, Rowen. Cheveux longs, blonds, raides. Mais je ne sais pas si elle les a lissés ou si elle a des vagues naturelles. Elle avait des yeux bleus brillants et des lèvres pulpeuses, mais ses yeux sont devenus rouges à un moment donné. J'ai cru que j'avais des hallucinations.

Nouveau grognement de ma part, et Sage plissa les paupières vers moi.

— Ce n'est pas toi qui me fais grogner, c'est la situation. Je suis un ours. Tu vas devoir t'habituer aux grognements.

— Il a raison. Je grognerais aussi si je pouvais, approuva Rowen. Les yeux rouges signifient qu'elle est passée à la magie noire. C'est une nécromancienne de faible puissance.

— Elle a aussi une affinité avec l'eau, ajouta Sage.

Rowen acquiesça d'un petit signe de tête.

— Elle s'est servie d'une lame d'eau pour te couper. Du moins, d'après ce que je vois.

— Je ne savais pas que c'était possible, répondit Sage.

Je me raclai la gorge.

— Je pensais que seules les sorcières puissantes en étaient capables.

Rowen soupira.

— Oui, mais les ténèbres dont elle nourrit son âme aident à renforcer ses pouvoirs naturels. C'est pour cette raison que ceux d'entre nous qui ne se nourrissent pas de cette manière doivent s'entraîner dur comme nous le faisons. Sage, l'eau sur le sol, c'était elle ou toi ?

Celle-ci rougit.

— C'était surtout moi. Je ne sais pas encore comment contrôler les choses, mais je l'ai au moins repoussée. Je me suis battue. Il faut que j'en apprenne plus. Je ne veux pas rester là à attendre que tout le monde prenne soin de moi.

— On va arranger ça, lui dis-je.

Au moment même où je le disais, mon ours se rengorgea à l'idée de sa force. Elle avait essayé de se protéger en faisant ce qu'elle pouvait. Elle était forte et ferait une bonne compagne d'*alpha*.

Sage secoua la tête.

— Je ne veux pas que quelqu'un soit blessé en essayant de me protéger.

— Tout le monde se bat pour se protéger et protéger les autres. Tu as besoin d'outils, et on va te les donner, dit Rowen d'un ton raide. Je vais aller voir Laurel et les autres. Tu devrais te nettoyer. Rome ? demanda-t-elle, et j'acquiesçai.

Je baissai les yeux sur ma compagne.

— Viens, Sage, je vais te nettoyer et appeler ta tante pour m'assurer qu'elle n'apprenne pas ça par la rumeur.

— Je suis contente que Sabrina et elle n'aient pas été là, dit-elle d'une voix douce. Elles ont encore moins de pouvoir que moi.

Mon ours rôdait.

— Tu vois ? Tu essaies de prendre soin des gens alors même que ça t'agace que les autres veuillent t'aider.

Sage fronça les sourcils.

— Je ne sais pas si j'aime que tu me renvoies mes paroles à la figure.

Je souris.

— Je ne peux pas m'en empêcher. Je suis un ours. Allez, viens, je vais m'occuper de toi.

146

— Tu n'as pas à le faire.

— Tu crois que mon ours va être d'accord pour qu'il se passe quoi que soit ? Je suis à deux doigts de craquer, Sage. Je ne tiens qu'à un fil. Tu ne comprends peut-être pas ce que ça signifie, mais les autres dans cette pièce, si. Alors laisse-nous, mon ours et moi, t'aider. On va nettoyer tes blessures avant que j'aille trouver Faith pour avoir osé te toucher et lui arracher les membres les uns après les autres avec toute ma puissance.

Ma voix baissait, se rapprochant de plus en plus d'un grognement à chaque mot. Sage croisa mon regard. À cet instant, nous n'avions pas besoin de mots.

— On va se servir de la magie pour nettoyer ta boutique, lui expliqua Rowen. Ne t'inquiète pas, tout ce que tu y as mis, ton sang, ta sueur, tes larmes, ça n'aura pas été en vain.

— J'ai juste... Merci. Je vais m'assurer que Rome ne se déchaîne pas en mode ours, et ensuite, je reviens vous aider à nettoyer.

Je grognai de nouveau, même si les lèvres de Rowen tressaillirent.

— On verra bien si ça arrive, dit-elle doucement.

Laurel, Jaxton et Trace entrèrent à ce moment-là, scrutèrent l'endroit et nous regardèrent avant de se mettre à nettoyer aussi.

Je tirai sur le bras de Sage.

— Viens. Allons nettoyer cette blessure pour qu'elle cesse de saigner.

Ou avant qu'il ne vienne d'autres idées à mon ours.

Nous nous rendîmes à ma voiture garée tout près, et je la poussai à l'intérieur avant que quiconque ne sorte et ne demande ce qu'il se passait. Rowen s'en occuperait. Elle était le *leader* de cette ville. Je n'étais que le chef des ours.

J'expliquerais bientôt à la meute ce qui s'est passé, mais il fallait que je ramène Sage chez moi et que je m'occupe d'elle avant de perdre mes nerfs.

— Tu devrais appeler ta tante.

Sage leva les yeux vers moi et sortit son téléphone. Sa voix était calme, *trop* calme, alors qu'elle expliquait à sa tante ce qui s'était passé. J'étais surprise de voir à quel point elles prenaient ça bien, mais Sage essayait de ne pas inquiéter sa tante et inversement. Bientôt, la réalité de la situation les frapperait toutes les deux, et nous aurions tous à en gérer les conséquences.

— Tu m'emmènes chez toi ? s'enquit-elle d'une voix douce.

— Tu n'es pas encore installée dans ta maison. Tu n'as sans doute pas déballé tes affaires, et il reste des affaires à toi chez ta tante. Je me suis dit que tu ne voudrais pas que quelqu'un y vienne avant d'avoir totalement investi l'endroit. En plus, je suis un ours. Je te veux chez moi. Fais-moi un procès.

Je lui adressai un clin d'œil en même temps, avec un petit sourire aux lèvres.

Ses épaules se détendirent et elle sourit, alors je sus que j'avais dit ce qu'il fallait.

— C'est tellement bizarre que j'aie tout fait en ligne et par téléphone sans rien voir avant. Je ne me suis même pas dit que ce n'était pas normal avant de venir ici.

— C'est l'effet qu'a Ravenwood sur toi. La magie déteint sur les gens, même quand on ne s'en rend pas compte.

— Voilà qui ne paraît pas du tout diabolique.

J'ignorai son ton sarcastique.

— Ça ne l'est pas, lui dis-je en l'aidant à sortir de la voiture.

Je l'accompagnai à la cuisine et sortis ma grande trousse de secours.

— Voilà une énorme trousse de secours pour une cuisine.

Je haussai les épaules.

— J'en ai une plus grande dans ma chambre, et une autre dans ma salle de bains. Et la guérisseuse de notre meute a toute une infirmerie pour ce genre de blessures.

— Les blessures d'une sorcière nécromancienne qui s'est servie d'une lame d'eau pour m'entailler la peau ?

Elle parlait sèchement, comme si elle ne croyait pas vraiment ce qui s'était passé. Malheureusement, ça arrivait assez souvent pour que nous sachions comment guérir ce genre de choses. Elle l'apprendrait bientôt.

— Tu es déjà en train de guérir : les sorcières le font plus rapidement que les humains. Mais pour répondre à ta question, notre guérisseuse a eu affaire à pas mal de choses. Elle est plus âgée que mes parents.

Elle écarquilla les yeux.

— Il y a beaucoup de choses à prendre en compte dans cette phrase.

Je souris.

— Désolé, parfois, je parle et j'oublie que tout le monde n'a pas été immergé dans la magie et les affaires des métamorphes comme je l'ai été.

Je pris de la gaze et un gant de toilette, et entrepris de lui nettoyer lentement le visage. Je saisis doucement son menton, et ses yeux s'écarquillèrent quand ils rencontrèrent les miens ; sa bouche s'entrouvrit. J'eus envie de me pencher et de frôler ses lèvres des miennes, mais je patientai, au moins pour le moment.

Il fallait que je respire, que je me contrôle, et ensuite, je déciderais quoi faire. Quoi dire.

— Par où veux-tu commencer ? lui demandai-je doucement.

— C'est une question tendancieuse, dit-elle en riant, et je souris.

— Peut-être.

— Tu as dit que les sorcières guérissent plus vite que les humains ?

Je grimaçai, sachant que j'avais sûrement lancé son esprit dans une nouvelle spirale de questions.

— Je ne suis plus humaine ?

Je soupirai, mis de la pommade sur un coton et entrepris d'en tamponner les coupures. Elle grimaça, et je soufflai de l'air frais sur la blessure.

— Tu as toujours été qui tu es. Ce n'est plus une option.

— Je n'ai jamais été humaine.

Je soupirai.

— Nous sommes tous humains. Mais certains ont plus de capacités. Je peux me transformer en ours, et il y a des avantages et des inconvénients à ça. Tu as de la magie en toi, et tu dois y faire face aussi.

— Je ne suis pas... humaine.

— Tu l'es. Parfois, c'est plus facile de dire « humain » plutôt que l'autre mot, « banal ».

— Donc ceux qui n'ont pas de magie, de pouvoirs ou de capacités de transformation, ou qui ne sont pas des faë sont des gens ordinaires ?

— Tous ceux qui ne sont pas faë sont considérés comme des humains. C'est une tout autre histoire.

Elle secoua la tête.

— Tout ça est tellement confus !

— Je sais, admis-je. Et ça va sûrement le rester un bon moment. Mais tu vas t'y habituer.

— Tu dis ça, et pourtant, je ne sais pas si je te crois.

Je lui frottai à nouveau le menton, j'avais besoin de son contact. Ses yeux s'assombrirent, et mon ours sourit.

— Donne-toi du temps. C'est le mieux que tu puisses espérer.

— Je suppose que oui.

— Revenons à ce que je disais. Les faë sont un sous-ensemble de ceux qui ont la magie et les pouvoirs. Nous ne savons pas grand-chose d'eux, parce qu'ils sont reclus. Certains vivent à l'intérieur de nos frontières, mais en général, ils sont exclus par leur système de castes. Au-delà de leurs lignées royales. Aspen, le chef faë ici, est un ami, en quelque sorte. Les métamorphes ont leurs propres lois, corps et règles de magie. Ce sont les sorcières qui ont le plus de liens avec les humains, même si, en fonction de la manière dont le pouvoir est transmis de génération en génération, la magie est souvent si diluée qu'elles ont l'impression d'être normales, du moins à leurs propres yeux. J'ai tendance à les appeler humains ou ordinaires, mais les créatures non magiques qui connaissent l'existence de la magie n'aiment pas ce mot. Cela dépend de la personne.

Elle se frotta les tempes, et j'eus envie de l'embrasser pour faire passer la douleur. Je résistai à cet élan. Avec difficulté.

— Quoi qu'il en soit, je suis une sorcière avec une affinité pour l'eau et bien plus de pouvoir que je ne l'imaginais. Et je suis capable de guérir rapidement.

— Tout ira bien, murmurai-je.

— Je ne suis pas sûre que l'un de nous aille bien jusqu'à ce qu'on découvre ce qui se passe exactement.

Je la regardai alors, mon pouce caressant sa joue indemne.

— Que se *passe-t-il*, Sage ?

— Qu'est-ce que c'est ? murmura-t-elle.

— Tu le sais.

— Je ne m'attendais pas à… cette attirance que je ressens. C'est de la magie ?

— Dans un sens. Ce n'est pas mauvais. Elle ne t'attire pas contre ta volonté, ne va pas à l'encontre de tes désirs et de tes besoins. Mais elle est là. Une connexion instantanée, sur laquelle il faut pourtant bâtir pour qu'elle reste vraie.

— Je ne sais pas ce que je veux, Rome. J'ai besoin de temps. De réfléchir.

Je hochai la tête, mais me penchai en avant, ma bouche à un souffle de la sienne.

— Eh bien, avant que tu ne réfléchisses, il faut que je fasse ça.

Je croisai son regard, attendant qu'elle dise « non » d'une manière ou d'une autre, et pressai mes lèvres contre les siennes. Mon ours grogna, me poussa, il en voulait plus. Elle avait un goût de miel et de sucre, et d'une magie enivrante qui n'appartenait qu'à elle. Sa saveur éclata sur ma langue, et l'homme en moi gronda, avide de plus. Je ne me laissai pas aller. Je ne l'attrapai pas pour l'attirer contre moi. Je ne la jetai pas sur le comptoir pour la faire mienne. Je ne me plongeai pas en elle. À la place, je laissai échapper un autre petit grognement, un souffle, et l'embrassai encore. Elle m'embrassa en retour, et je sus que j'étais perdu.

Parce que, quoi qu'il arrive, les ténèbres, Faith, la magie ou les connexions altérées, je savais que cette femme était mienne.

Peu m'importait que ma meute rejette tout et crée plus de souffrance que voulu, cette femme était ma compagne.

Et je mourrais pour la protéger.

Je sacrifierais tout pour l'avoir.

CHAPITRE 11

SAGE

LE LENDEMAIN, j'aurais pu jurer sentir encore la brûlure des lèvres de Rome contre les miennes. J'avais pensé à sortir à nouveau après avoir perdu Rupert. Selon certaines personnes de mon passé, mon deuil avait plus qu'assez duré. Et j'aimerais toujours mon mari. Mais avant même de choisir de déménager ici, j'avais décidé qu'il était temps pour moi de démarrer une nouvelle vie, ce qui incluait de recommencer à faire des rencontres, et peut-être de retrouver le bonheur. Je n'avais aucune idée que cela pouvait inclure de passer du temps avec un homme capable de se transformer en grizzli et qui m'appelait sa compagne. Mais en ce moment, je me posais énormément de questions au sujet de ma vie.

— Où as-tu la tête ? me demanda Rowen, qui faisait les cent pas devant moi, les yeux baissés sur le livre qu'elle avait entre les mains.

Nous étions derrière sa grande maison, située juste à côté de la rue principale, près de toutes les constructions historiques que j'avais aimées le premier jour où je l'avais parcourue.

La veille au soir, j'étais partie de chez Rome les genoux tremblants, laissant échapper un au revoir alors que j'essayais d'accepter le fait que j'avais apprécié notre baiser et que j'en voulais plus. Et alors, Rowen m'avait envoyé un texto pour me prévenir que nous allions nous entraîner aujourd'hui.

À présent, je ne croyais plus que ce que je voyais ou ressentais était le fruit de mon imagination. C'était impossible pour moi d'imaginer tout ça.

Le monde dans lequel je vivais désormais était bien différent de celui dans lequel j'avais cru en grandissant. Et cela signifiait que je trouvais ma voie, même si elle était un peu différente.

J'étais destinée à être ici. Peut-être l'avais-je toujours été.

À présent il fallait que je découvre ma force.

— Sérieusement, où as-tu la tête ? s'enquit Laurel à côté de moi. Elle était assise sur un gros rocher, les arbres autour d'elle l'encadrant de manière parfaite et pittoresque. Elle avait posé une cheville sur son genou opposé, et sorti son épée, qu'elle polissait. Elle émettait un son doux et métallique à chaque fois qu'elle passait ses outils sur la lame. Une fois encore, je me rappelai que c'était une nouvelle vie pour moi. Il me faudrait un peu de temps pour m'y habituer.

— Désolée, je repensais à hier soir, répondis-je rapidement.

Rowen m'adressa un sourire entendu.

— Tu veux parler de Faith ? Ou d'un certain ours qui t'a rapidement escamotée pour prendre soin de toi ?

— Je ne crois pas que ça ait le moindre rapport avec Faith, intervint Laurel d'une voix taquine.

Je savais que mes joues étaient écarlates, et je haussai les épaules.

— Il m'a embrassée.

— C'est tout ? s'enquit la rousse.

— Chut, laisse-la finir, dit Rowen, qui fit une pause et se pencha en avant. Et ?

Je secouai la tête, ravie de pouvoir en parler. En Virginie, je n'avais pas de copines, et ce n'était que maintenant que l'absence de ces relations me sautait aux yeux.

— Et c'est tout. On a parlé, il a nettoyé ma blessure après que je lui ai dit exactement ce qui s'était passé avec Faith, ce que je t'ai expliqué, et puis il m'a embrassée. Et je suppose que je l'ai embrassé en retour. Je ne sais pas.

Laurel cilla.

— Euh, qu'est-ce que tu ne sais pas ?

— Je ne sais rien du tout. À propos de tout ça. D'une manière que je ne m'explique pas, je suis capable de contrôler l'eau, mais pas très bien.

Rowen soupira.

— Et c'est pour ça qu'on est ici. Devant un étang. On va s'en sortir. Je m'assurerai que les sorts que nous allons utiliser sont adaptés à ton niveau de compétences. Ça fait un moment que je n'ai pas entraîné une autre sorcière.

Je remarquai que Rowen faisait exprès de ne pas regarder Laurel. Il y avait une histoire entre elles dont je ne voulais pas me mêler.

— Et ? Qu'est-ce que tu ne sais pas d'autre ? répéta Laurel.

Je baissai les yeux sur mes mains.

— Comme je l'ai dit, tout. Rome dit que je suis sa compagne. Comme si j'étais censée comprendre ce que ça veut dire. Je viens de le rencontrer, et pourtant, je n'arrête pas de penser à lui. J'ai comme une sorte... d'attirance pour lui, et je ne la comprends pas. Quand je suis tombée amoureuse de Rupert, ça n'avait rien à voir. Nous étions doux l'un envers l'autre et nous sommes lentement entrés dans notre relation. Ça nous a pris du temps, et c'était tendre. Quand je l'ai perdu, j'ai cru avoir tout perdu. C'est tellement différent avec Rome ! Et tout ce qu'on a fait, c'est s'embrasser. Seulement, d'une certaine façon, j'ai l'impression qu'il m'a revendiquée, et je ne comprends pas. Je ne sais même pas si j'en ai envie. Personne ne m'explique rien en détail de peur de me submerger. Mais finalement, c'est encore pire.

Les deux femmes me regardèrent et clignèrent des yeux avant que Laurel ne range son épée dans son fourreau, qu'elle déposa sur le rocher à côté d'elle, et se lève.

— Les compagnons, c'est pour la vie.

— C'est ce que j'ai cru comprendre, marmonnai-je avec une grimace en regardant Laurel. Je suis désolée. Je t'en prie, continue.

Celle-ci sourit, le regard distant.

— On comprend ta frustration, et je sais que tu as lu les livres, mais ils ne couvrent pas tous les domaines. Certaines choses sont tellement inhérentes à notre manière de grandir et aux connaissances transmises dans les familles qu'elles ne sont pas toujours enregistrées.

— Et ma mère et mon père m'ont éloignée de tout ça. Et ce n'est pas comme si tante Penelope avait pu m'en parler.

— Ta tante a grandi à Ravenwood, mais pas le reste de ta famille. C'est logique que tu ne le saches pas, ajouta Rowen en fronçant les sourcils. Peut-être que tu n'étais pas censée être ici jusqu'à ce que ce soit le bon moment.

— Au-delà de la prophétie, ajouta Laurel.

— En dehors des prophéties, continua Rowen, les compagnons sont pour toujours, comme l'a dit Laurel. Ils sont prédestinés. Selon la légende, dans le monde des paranormaux et des faë, autrement dit de tout ce qui n'est pas tout à fait humain, il peut y avoir une ou deux personnes qui vous conviennent parfaitement, selon que vous formez une paire ou une triade.

J'écarquillai les yeux à ces paroles, et je hochai la tête.

— Prédestinés. Comme s'il n'y avait pas le choix ? l'interrogeai-je, pas sûre d'aimer cette idée.

Laurel secoua la tête.

— Il y a toujours un choix. Ça commence par une attirance. Une connexion. Un fil métaphysique littéral entre deux personnes, du moins dans ce cas, qui vous liera à jamais. À moins que tu ne choisisses de t'en détourner. Quelle que soit la raison, tu peux décider de ne pas être avec ton compagnon. Et il y en a beaucoup de valables, ajouta-t-elle rapidement, ce qui me fit me demander ce qu'il y avait derrière, mais je ne cherchai pas à savoir. Si tu fais ce choix, continua-t-elle, alors, tu ne ressentiras plus l'attirance. Tu pourrais avoir l'impression que quelque chose te manque à tout jamais, et ressentir une douleur intérieure. Mais qui finira par disparaître. Ou du moins, tu finiras par apprendre à vivre avec.

— Et si j'étais venue ici avec Rupert ? Et si j'avais ressenti cette attirance envers Rome, mais que j'étais toujours amoureuse de mon mari ? demandai-je alors que la bile me montait à la gorge. Jamais je n'aurais trompé mon mari. Tu es en train de me dire que je pourrais vivre cette romance et cet amour parfait avec un homme que je ne connais même pas et ne rien prendre de lui ?

— Non, dit doucement Rowen. Tu ne serais pas venue ici si tu étais encore avec Rupert.

— Tu dis que le destin a décidé qu'il fallait que mon mari meure pour que je puisse venir ici, faire partie du cercle et m'accoupler avec Rome ? l'interrogeai-je, bouillonnant de colère. Ça ne peut pas être vrai.

— Ce n'est pas ce que je voulais dire, rectifia rapidement

Rowen, bafouillant pour la première fois depuis notre rencontre. J'explique mal. Rupert est mort, et c'était une tragédie. Et je suis vraiment désolée de n'avoir jamais rencontré ton mari : d'après ce que tu m'en as dit, ce devait être un homme merveilleux.

— C'était le cas, répondis-je en secouant la tête. Et il est parti, et je ne peux rien y changer. Mais je ne sais pas ce que je suis censée faire, maintenant.

— Tu n'as pas à faire de choix pour le moment, affirma Laurel. Honnêtement, je suis surprise que Rome soit aussi stable et gentil qu'il l'est.

J'écarquillai les yeux.

— D'habitude, Rome n'est pas gentil ? Il ment à propos de lui dans quel but ? Se glisser dans mon lit ?

Je savais que je racontais n'importe quoi et que je me comportais sûrement comme une idiote. Je ne comprenais rien à tout cela, et tout m'arrivait si vite que j'avais l'impression d'être à la traîne. En permanence.

Laurel souffla.

— Je suis en train de tout gâcher. Rome n'est pas du genre surprotecteur, c'est... Eh bien, c'est un ours. De toutes les créatures magiques, les métamorphes sont les pires en matière d'instinct de protection envers leurs compagnons. En général, une fois que l'attirance commence et qu'ils comprennent que la personne pourrait être leur partenaire (ou leurs partenaires s'il y en a deux), l'animal en eux prend le dessus et veut la marquer comme sienne. Il fait en sorte que le choix lui appartienne, mais donne un coup de pouce. Il devient ronchon. Et sexy, pour être honnête.

Je bafouillai.

— Tu as un compagnon ? lui demandai-je, confuse.

Laurel écarquilla les yeux et secoua la tête.

— Non, mais j'ai des amis qui ont des compagnons, et

j'ai observé les types devenir à la fois dominateurs et pourtant tendres et attentionnés à la fois. Et les ours sont les plus terribles à ce niveau.

— Je crois que les ours diraient que ce sont les loups les plus terribles, marmonna Rowen.

— Peut-être, mais il y a beaucoup d'ours dans cette ville, et ils deviennent effectivement ronchons. Le fait que Rome t'embrasse maintenant, c'est remarquable. Il lui faut toute sa force d'*alpha* pour se retenir et ne pas te faire la cour, te faire voir qui il est. Honnêtement, je suis surprise qu'il ne t'ait pas enlevée, emmenée dans son repaire pour essayer de te faire tomber amoureuse de lui, pour pouvoir te marquer et te faire sienne.

J'ignorai la chaleur qui m'envahit à cette image. Rowen et Laurel échangèrent des regards complices, et je m'éclaircis la gorge.

— C'était quoi, ce regard ? leur demandai-je.

— Tu as rougi et tu t'es mordu la lèvre quand j'ai dit ça. Peut-être bien que tu as *envie* que Rome t'emmène dans sa tanière et te marque.

— Non. Je veux dire, je ne le connais même pas.

— Bien sûr que si. Tu connais Rome. Tu ne sais peut-être pas tout ce qu'il a dit ou fait, mais tu connais l'homme qu'il est. Il est gentil, *alpha*, et tu en apprendras plus sur lui. Au fond de toi, tu sais. Il te faudra peut-être du temps pour comprendre qui il est et ce qu'il pourrait être, mais cette attirance, elle ne va pas disparaître. Elle pourrait bien ne jamais le faire.

— Qu'es-tu en train de me dire ? demandai-je à Laurel.

— Je te dis que tu devrais peut-être t'autoriser à croire.

— Je ne fais que ça depuis mon arrivée ?

— Peut-être. Mais tu as cru en toi ? m'interrogea Rowen d'une voix douce.

— Je ne sais pas. Il me faut du temps pour réfléchir. Et honnêtement, j'ai besoin de comprendre ce dont j'ai envie. Avant de pouvoir faire ça, il faut que je me rattrape sur tout le reste. Comme la magie.

Rowen hocha la tête et reposa le livre.

— Alors, commençons. Je vais t'apprendre un sort qui t'aidera à créer des formes avec de l'eau. Tu n'auras pas besoin de réciter l'incantation à chaque fois, mais les premières fois, ça t'aidera à concentrer ton pouvoir.

— Donc on va passer sous silence le fait qu'*elle va s'accoupler avec un ours,* c'est ça ? demanda Laurel à Rowen.

Celle-ci leva les yeux au ciel.

— La magie d'abord. L'accouplement viendra. Et nous sommes là si elle a besoin de nous.

Mon regard passa de l'une à l'autre tandis qu'elles se parlaient comme si elles avaient fait ça des milliers de fois avant. C'était confortable. Comme si j'avais toujours été destinée à me trouver là.

Laurel arqua un sourcil.

— On ne va pas parler de Faith ?

Rowen leva les mains au ciel.

— Qu'y a-t-il à dire à propos de Faith ? C'est une nécromancienne. Nous allons la trouver. Mais il faut qu'on découvre ce qu'elle veut et qui elle est.

— Je ne l'avais jamais vue de ma vie, ajoutai-je.

Laurel hocha la tête.

— Nous la retrouverons. Tous nos traqueurs sont dessus, et je regarde aussi. Je ne peux pas t'aider avec la magie, mais je peux aider à la retrouver, gronda Laurel, et je compris pourquoi elle était si mal à l'aise.

Elle ne pouvait pas faire de magie. Du moins, pas directement. Je n'étais pas au courant de toute l'histoire derrière ça ni de la raison pour laquelle elle se qualifiait de maudite. J'espérais seulement qu'elle irait bien.

— Pourquoi n'irais-tu pas parler avec Trace et Jaxton ? lui suggéra doucement Rowen. Pars à la recherche de Faith, et contrôle les protections.

Une fois encore, je vis l'épuisement sur les traits de la sorcière. Elle se servait de sa force vitale pour assurer la sécurité de la ville. Qu'allait-il se passer si ou quand elle en utiliserait trop ?

Il fallait que j'aide. Et cela signifiait que je devais apprendre la magie. Alors, c'est ce que j'allais faire.

— Tu es certaine que tu ne veux pas que je reste dans les parages pour faire des commentaires sarcastiques, au moins ? Je ne suis pas capable de grand-chose d'autre.

Avant que je ne puisse dire quoi que ce soit pour tenter d'apaiser la tempête, Laurel s'éloigna, empoigna son épée et s'en alla.

Au bout d'un moment, mon cœur finit par ralentir.

— J'aimerais pouvoir aider.

— Tu y arriveras peut-être, petite sœur, me dit Rowen. Pour l'instant, il faut qu'on s'entraîne à ce qu'on peut, de sorte que tu puisses lui apporter ton aide d'une autre manière. Honnêtement, je pense que c'est Laurel qui s'aidera elle-même.

Et sur ce commentaire énigmatique, Rowen démarra.

— J'ai besoin que tu répètes après moi. Je vais dire toute l'incantation, et tu dois la répéter mot pour mot. Tu vas sentir la force de ton élément en toi. Tout ce que nous allons faire, c'est fabriquer une sphère que tu vas tenir entre tes mains sans la toucher. Comme ceci.

Elle tendit les mains.

— *Gardiens de l'ouest, prêtez-moi votre force. Seigneur et Dame, prêtez-moi votre oreille. Donnez à cet élément la forme d'une sphère. Grande ondine de l'eau et de la mer, c'est ma volonté, qu'il en soit ainsi.*

Les poils de ma nuque se hérissèrent et la magie parcourut mes bras lorsque Rowen murmura les paroles et qu'une boule d'eau s'éleva au-dessus de l'étang devant nous. Elle créa une sphère, les mains tendues, en me regardant, puis elle me fit un clin d'œil avant de laisser l'eau retomber dans l'étang.

— À ton tour. Maintenant, vu que j'utilise principalement l'air, ce sort devrait encore mieux fonctionner pour toi.

— Est-ce que je pourrai utiliser d'autres sorts ?

— Oui. Mais d'abord, faisons ce pour quoi tu es douée.

— Tu veux dire ce pour quoi je *devrais* être douée.

Je répétai ses mots, faisant de mon mieux pour ne pas bafouiller, et la magie s'éveilla en moi.

Mon corps se réchauffa, et je sentis l'eau sous moi qui s'élevait lentement dans le ciel. J'ouvris les yeux sans réaliser que je les avais fermés. Une sphère parfaite s'élevait de la surface de l'étang, flottant haut dans l'air, jusqu'à arriver à hauteur de mon buste. J'avais les mains tremblantes, non pas à cause de la tension, mais du pouvoir. Je sentais l'eau de l'étang, l'humidité dans l'air et la terre, le liquide dans la bouteille derrière moi.

— Concentre-toi, murmura Rowen, ce que je fis, regardant la sphère parfaite devant moi qui pivotait, tournant lentement comme une toupie.

— À présent, fais-la retomber en filet, pas en brume. Et pas trop vite. Lentement. Tranquillement.

— Comment je fais ça ? m'enquis-je alors que la boule d'eau flottait devant moi.

— Ressens les particules, et laisse la magie te traverser. Ensuite, dirige-la.

Je fis comme elle me disait, traversée par une chaleur tandis que ma magie allait et venait. Elle fit ce que je voulais, et l'eau retomba dans l'étang. Du moins pendant quelques instants, jusqu'à ce que le restant de la sphère éclate comme un ballon, éclaboussant tout.

Mon visage rougit, et je grimaçai en regardant Rowen.

Elle haussa un unique sourcil et fit tourner son doigt en l'air. Un tourbillon de vent apparut devant nous et sécha son t-shirt et sa jupe trempés.

— La prochaine fois qu'on s'entraîne, tu te tiendras un peu plus loin de moi, lança-t-elle, scrutant mon visage avant d'afficher un large sourire. Honnêtement, Sage, c'était incroyable. Je ne suis même pas certaine d'avoir aussi bien réussi l'équivalent aérien de ce sort la première fois.

— Je t'ai éclaboussée, lui dis-je même si je me sentais fière de moi. Tu es sûre que j'ai fait du si bon travail ?

— Tu ne fais que commencer, et tu me surprends déjà. Je savais que tu avais un pouvoir immense, mais wouah ! Essayons encore une fois.

Je sautillai sur la pointe des pieds et regardai autour de moi, ressentant la magie dans l'air.

— Je vais y arriver.

— Tu l'as toujours eue en toi. Ta magie est dans chaque pain que tu as fabriqué, et dans chaque espoir ou rêve où tu mets ton âme. Tu as toujours été une sorcière, Sage. Ce n'est que maintenant que tu peux vraiment réaliser qui tu pourrais être.

— Et qui est-ce ?

— C'est à toi de le décider. Tu es une sorcière. Tu pourrais être une grande puissance, mais tu fais partie de notre cercle, dit-elle avant de faire une pause. Et tu pourrais aussi être la compagne d'un ours. Ou tu pourrais rester seule, mais avec ta force.

J'ouvris la bouche pour dire quelque chose, et elle pinça les lèvres.

— C'est bien d'être seule, Sage. Tout le monde ne peut pas rester avec ceux auxquels il est destiné.

Je ne dis rien, puis je compris qu'elle ne parlait pas forcément de Laurel tout à l'heure. Peut-être que c'était d'elle-même, après tout.

Je me sentais liée à ces femmes, j'avais l'impression que je pouvais les considérer comme mes amies même si c'était encore un peu récent, mais je ne savais pas tout. J'avais toujours l'impression d'avoir deux temps de retard, peut-être plus. J'avais fait sortir une sphère d'eau de l'étang et l'avais maintenue en l'air aujourd'hui, et j'allais recommencer.

Nous allions retrouver Faith et créer notre propre cercle.

Parce que même si j'étais nouvelle à Ravenwood, je savais que ma place était ici.

CHAPITRE 12
ROME

— Tu ne l'as pas revendiquée, dit Trace, et je secouai la tête.

— Non, je ne l'ai pas fait, confirmai-je, et mon ours se mit à grogner. Et s'il te plaît, cesse de le rappeler à mon ours. Il est déjà d'une humeur massacrante.

Trace ricana.

— C'est parce que tu es un ours *gentleman*.

Cela me fit rire.

— Un ours *gentleman* ? Genre, ça existe ?

— Grâce à toi, oui.

Alden arriva de la cuisine, une bière à la main.

— Je suis content que tu ne sois pas encore accouplé à elle.

Je haussai un sourcil.

— Tu es content que je me tape une érection si dure que je peux à peine réfléchir, et que je me sente comme une merde ? Je te remercie.

Mon frère secoua la tête.

— Ce n'est pas ce que je voulais dire.

— Alors pourquoi tu me le dis ?

J'avais grogné, et Trace me jeta un regard pour me dire de me calmer. J'aimais vraiment mes frères, mais le fait que Sage soit si proche et que je ne puisse rien y faire m'énervait au plus haut point. Cela ne m'aidait pas d'avoir l'impression de passer à côté de quelque chose dans le grand schéma de la vie. Il se passait quelque chose dans ma meute et dans la ville. Comme si nous attendions qu'un désastre se produise.

— Tu peux renoncer. Tu n'es pas obligé de suivre ton instinct de base, me dit Alden.

— Tu veux qu'il soit malheureux ? lui demanda Trace en secouant la tête. Ce n'est pas très gentil.

— Je ne dis pas qu'il devrait être malheureux, grogna Alden. Je dis que s'accoupler avec une sorcière alors que notre meute a besoin de se concentrer avec l'arrivée des forces obscures n'est pas une bonne idée.

Mon ours me poussa, mais je le retins, parce que je devais me concentrer.

— Il va falloir que tu cesses de me dire que je ne devrais pas m'accoupler avec Sage. Nous avons eu des sorcières, des humains, des faë et d'autres créatures dans notre meute. Sage ne serait pas la première sorcière.

— Elle serait la première sorcière compagne d'un *alpha*, et par conséquent, une *alpha* à part entière, ajouta Alden en secouant la tête. Tu sais que les anciens n'aimeront pas ça.

Je soupirai.

— Père n'y voit pas d'inconvénient. Et comme il est notre *alpha*, je me fous de ce que ces vieux enfoirés peuvent penser. Ils sont tellement coincés dans le passé, à la ramasse, qu'ils ne réalisent pas ce qui a changé au fil du temps.

— Peut-être que certains changements ne sont pas bons, dit Alden.

Trace jura à mi-voix.

— Quels changements ? Le fait que notre meute soit forte et saine ?

— Comment pourrait-elle être saine alors que les protections de la ville meurent ? Les sorcières ne font pas leur travail. Elles n'ont plus le même pouvoir qu'avant. Pourtant, elles dirigent toujours la ville. Qu'y a-t-il de juste là-dedans ?

Je me figeai, essayant de comprendre ce qu'Alden était en train de dire.

— Les sorcières ont donné leur vie pour protéger notre repaire et cette ville. Sans leur pouvoir, nous ne serions pas aussi nombreux que nous le sommes. Tu sais que nous sommes l'une des tanières les plus grandes en Amérique du Nord.

— Il y en a de plus grandes, dit Alden.

— Dans les forêts et des terres presque inhospitalières pour les humains. Loin des bourgades et des grandes villes. Là où tout le monde doit cacher qui il est. Ravenwood est spéciale.

— Il y a d'autres endroits. Comme cette petite ville du Montana, déclara Alden, qui parlait d'une commune différente de toutes les autres agglomérations d'Amérique, y compris Ravenwood.

Je secouai la tête.

— Il y a des sorcières, là-bas aussi, qui protègent ses secrets.

— Il n'y a qu'une seule sorcière ici, maintenant. Et je ne crois pas qu'elle soit assez forte pour protéger la ville.

Cela m'inquiétait aussi, mais je n'en dis rien. Je n'allais pas exprimer mes inquiétudes au sujet de Rowen et donner raison à Alden. Non, elle ne suffirait pas à protéger la ville de Faith et de toute autre magie noire, mais ensemble, on pourrait peut-être faire quelque chose. Et même si ça me faisait peur parce que ça la mettrait en danger, je savais que Sage lui donnerait du pouvoir, du moins c'était ce que nous espérions tous. Elle s'entraînait avec le cercle aujourd'hui, et c'était une bonne chose. Elle apprenait à se protéger. Et honnêtement, c'était tout ce qui m'importait. Parce que même si elle ne pouvait pas être à moi, j'avais besoin qu'elle soit en sécurité. Quelque chose n'allait pas du tout chez moi, mais je ne parvenais pas à me concentrer sur autre chose.

— Allez, on a des patrouilles à faire, dit Trace en se levant. Toi aussi, Alden.

— Avant, jamais nous ne faisions autant de patrouilles.

Je grognai en avançant vers mon frère. Ça n'avait pas d'importance qu'il soit mon triplé. Ni que je voie dans son visage le reflet du mien. J'en avais assez de l'écouter.

— Nous avons toujours protégé cette ville. Tout comme les sorcières l'ont fait. Nous n'avons peut-être pas toujours le pouvoir de protéger nos secrets, mais nous pouvons protéger les gens. Des ténèbres rôdent là dehors, et même nos anciens s'accordent à dire qu'ils attendent leur venue depuis des années. Eh bien, elles sont là, du moins à certains égards, et il faut que nous protégions ceux qui ne peuvent se sauver eux-mêmes. Oui, on va faire une patrouille. On va faire de notre mieux pour protéger qui on peut. Et tu vas surmonter ce truc qui te bloque et te tenir à nos côtés. Tu es le troisième de la meute, Alden. Il y a tant de gens qui t'admirent. Ne l'oublie pas.

— Comme tu l'as dit, je suis le troisième, ricana-t-il. Je suis sûr que Trace et toi êtes capables de gérer.

En général, c'était la réponse Alden. Il n'aimait pas la place qu'il occupait au sein de la meute, mais n'était pas assez fort pour nous affronter, Trace ou moi. Non pas que j'aie envie d'un combat pour la domination entre nous.

Nous étions liés par le sang, connectés au niveau de l'âme parce que nous étions des triplés. Pourtant, je ne parvenais pas à lui faire entendre raison. Quelque chose devait changer, et rapidement. Je détestais l'image que cela pouvait renvoyer, mais je ne savais pas quoi faire d'autre.

— Allez, dit Trace après un moment. On s'en charge. Je sais qu'il faut que tu appelles papa bientôt.

— Oui, il faut que je l'informe de la situation avec Faith.

Je sentis la tension dans le regard d'Alden, mais il ne dit rien, et je ne posai pas de questions. Honnêtement, je n'avais pas envie de savoir.

Ils partirent sans un mot de plus, me laissant m'interroger sur ce que je devais faire à propos de mon frère. Il était peut-être temps pour Ariel d'intervenir et de le défier dans un combat de domination. Elle gagnerait, et Alden vivrait, mais les choses changeraient par la force des choses. L'ours d'Alden n'était plus sous contrôle. L'homme ne comprenait pas ce qui devait se passer pour protéger la tanière. Et cela signifiait que notre abri n'était pas aussi sûr qu'il aurait dû l'être.

C'était mon travail en tant qu'*alpha* de protéger ma meute et ma ville, mais à présent, je ne savais plus vraiment comment faire. Pas avec mon ours qui me tiraillait comme il le faisait. Il fallait que je parle à Sage. Pour de nombreuses raisons, dont le fait qu'elle était ma compagne.

Je soupirai et sortis vers ma pelouse avant, où se trouvaient trois jeunes intrus qui auraient dû être avec leur mère.

— Les bébés triplés, que faites-vous ? demandai-je aux minuscules ours qui rampaient vers moi, des sourires sur leurs adorables petits museaux.

Ils ne pouvaient pas parler sous cette forme, mais ils se

roulaient partout et jouaient dans les feuilles du jardin. Je secouai la tête.

— Salut, dit Sage.

Je me retournai : je l'avais sentie, mais je croyais perdre la tête.

Sage était là. Sur ma terre, dans ma maison. Elle marchait vers moi. Sans que je la force à venir ici ou que je l'attache dans la maison pour qu'elle soit à moi pour toujours. Non pas que je puisse faire une chose pareille, mais mon ours avait des idées bizarres.

Je me raclai la gorge.

— Sage.

Les trois petits ours malicieux rampèrent jusqu'à elle, se posèrent sur leurs postérieurs pelucheux et lui adressèrent des signes avec la patte.

Sage écarquilla les yeux et porta la main à sa bouche.

— Alors vous êtes des métamorphes ? demanda-t-elle avant de tressaillir. Non pas que j'aie le droit de vous poser la question. C'est sûrement un peu grossier.

Je ris et secouai la tête.

— Ce n'est pas le cas.

— Ne te moque pas de moi. Je n'y connais rien. Bonjour, je m'appelle Sage, dit-elle, s'agenouillant devant les oursons, à qui elle sourit, je suis nouvelle en ville.

Les enfants s'approchèrent d'elle, et le plus petit grimpa sur ses genoux. Sage tomba et éclata de rire tandis que les jeunes triplés la reniflaient, puis me jetaient des regards complices (bien trop pour des oursons) et continuaient à la pousser et à la tirer pour l'inciter à jouer.

— Hé, les petits ! Faites attention. Ce n'est pas une métamorphe. Elle ne joue pas aussi brutalement que vous.

— Vous êtes adorables ! s'exclama Sage en riant, passant

ses mains sur leurs petits corps poilus. C'est très agréable de vous rencontrer.

— Tiens, laisse-moi t'aider.

Je m'agenouillai et pris l'un des oursons dans mes bras tandis qu'un autre grimpait sur mes genoux. Le dernier resta sur ceux de Sage et se blottit contre elle.

— Ils sont vraiment adorables.

— Oh que oui ! lui répondis-je. Voici Honor, Jackson et Henry. Ils devraient être avec leur mère. Je la sens dans les parages. Elle avait probablement besoin d'une pause, et puisque je suis là...

— Je suis sur le territoire de la tanière, alors ? J'aurais dû demander la permission ?

Je croisai son regard.

— Jamais tu n'auras besoin de permission pour être sur mon territoire, Sage.

Ses joues s'enflammèrent, et les bébés ours me jetèrent des regards empreints de curiosité. Je m'éclaircis la voix, parce que mes pensées n'étaient pas adaptées à des oreilles de bébés.

— Je voulais te voir. Et te parler. Et, wouah ! je ne suis pas très douée pour ça.

— Comme tu peux le constater, moi non plus.

— D'accord, mes chéris, dit la mère des triplés, qui entra dans la clairière en secouant la tête. Vous vous êtes amusés, mais maintenant, il est temps de laisser votre *alpha* tranquille. Il doit parler avec sa dame.

Et là, je sus que les rumeurs sur la venue de Sage sur mes terres pour jouer avec les oursons allaient se répandre dans le repaire en un rien de temps. Tout le monde devait se poser des questions sur ma compagne. Ceux qui savaient, du moins. Et je ne pouvais pas cacher ma réaction face à elle. En dehors de ça, tous voulaient en savoir plus sur la nouvelle sorcière de Ravenwood. Celle qui nous aiderait à nous défendre contre les revenants, à repousser les ténèbres, et potentiellement à rompre la prophétie. Nous avions tous des questions, et pour des ours curieux qui semblaient toujours vouloir se mêler de tout, ils étaient en fait assez prudents. Ils avaient dû ressentir la peur de Sage ou savoir qu'elle était bouleversée par son nouveau monde et ils lui laissaient de l'espace.

Je ne savais pas combien de temps cela allait durer, mais c'était bien de voir qu'ils essayaient.

Les bébés ours repartirent avec leur mère, et l'un d'eux s'arrêta en chemin pour nous adresser un autre signe de la patte. Sage répondit de même avec un sourire éclatant. Elle était éblouissante, à couper le souffle, mais elle n'était pas encore à moi. Mon ours n'était plus d'humeur à écouter. Tout ce qu'il voulait, c'était la revendiquer. Je repoussai cette idée. Il le fallait. Sage n'était pas une métamorphe et ne comprenait pas le concept de compagnon. Je n'étais pas sûr qu'elle le comprenne vraiment un jour. Alors, je n'allais pas la pousser. Mais je ferais de mon mieux pour me montrer un ours charmant. Avec un peu de chance, ce serait suffisant.

Je basculai en arrière sur mes talons, m'obligeant à ne pas m'avancer ni la toucher.

Sage leva les yeux vers moi et étudia mon visage.

— Tu te retiens énormément, n'est-ce pas ?

Je déglutis avec peine.

— Que veux-tu dire ?

Elle secoua la tête.

— C'est obligé. Tu es un ours, et pourtant, tu n'es pas ronchon avec moi. Je ne t'ai vu comme ça que quand Faith a attaqué, ou quand les revenants sont arrivés. Tu nous as tous protégés, mais tu étais plus ours qu'autre chose quand tu t'occupais de moi. Tu te retiens quand il s'agit de tout le reste.

Je ne pouvais pas lui mentir. Elle était ma compagne. Alors, je haussai les épaules.

— Tu n'es pas prête à voir ce que signifie être un métamorphe.

Sage plissa les yeux.

— Tu dis ça. *Tout le monde* n'arrête pas de dire ça. Que je ne suis pas prête pour la magie. Que je ne suis pas prête à connaître l'histoire de cette ville. Mais j'ai survécu à deux attaques, j'ai vu la magie et les métamorphes et toutes ces choses dont j'ignorais qu'elles étaient réelles. Et je ne me suis pas encore enfuie. Ne me sous-estime pas.

Je soupirai, et mon ours me grogna.

— Jamais je ne te sous-estimerai, Sage. Je suis un ours *alpha*. Je pourrais te faire du mal.

— Vraiment ? Ou tu t'inquiètes parce que tu ne sais pas si c'est simplement le destin ou quelque chose de réel ?

Je ne savais pas quoi lui répondre, si ce n'était que je savais que c'était notre vérité.

— Le destin est réel. C'est ce qui fait de nous ce que nous sommes. Il détermine nos mouvements envers la force elle-même.

Elle déglutit difficilement, et me regarda.

— Alors, raconte-moi. Qui es-tu, Rome ?

Comment étais-je censé répondre à ça ?

— Je suis moi. Un ours métamorphe. Un *alpha*. J'ai grandi ici.

— Et tu dis que je pourrais t'appartenir pour toujours. Je ne sais pas ce que ça veut dire.

— Que veux-tu savoir, Sage ?

Elle regarda autour de nous et se mordit la lèvre.

— On peut entrer ? Je ne sais pas qui pourrait regarder.

J'inclinai la tête et inspirai.

— Personne n'est assez près pour écouter, mais oui, on peut entrer.

Elle rit et secoua la tête.

— Des sens très aiguisés, ça pourrait être utile.

— On devrait voir s'il existe un sort pour savoir si quelqu'un ou quelque chose écoute. Les sorcières sont très pratiques.

Elle s'illumina légèrement.

— Peut-être. J'ai appris à retenir l'eau, aujourd'hui.

Je souris d'entendre la fierté dans sa voix en la laissant entrer.

— Sérieusement ? C'est génial !

Sage bondissait presque en parlant.

— C'était une sphère, et je nous ai seulement mouillées un peu, Rowen et moi.

Je jetai un œil à ses vêtements secs.

— Est-ce que Rowen a fait son truc avec l'air pour te sécher ?

Elle afficha un sourire rayonnant.

— Oui, chose que je mettrai probablement une autre décennie à apprendre.

— J'ai grandi en sachant qui je suis et en connaissant la magie de notre monde. Je ne sais pas ce que je ferais si je devais soudain découvrir que tout est nouveau et complètement différent.

— Ça me donne l'impression qu'un voile a été levé. Les choses étaient toujours différentes pour moi. Les tatouages pour commencer.

Mon ancre d'ours glissa sur mon corps et surgit de mon col, parce qu'il voulait voir notre compagne.

Les yeux de Sage s'écarquillèrent en le regardant.

— Je ne m'habituerai jamais à ce qu'ils bougent.

— Moi, ce que je trouve drôle, c'est que certains de mes tatouages ne bougent pas, lui dis-je en riant. J'ai d'autres tatouages que l'ours.

Son regard s'assombrit légèrement, et mon sexe durcit. Maintenant, j'avais envie de lui montrer chaque goutte d'encre sur mon corps, mais je me retins. Il était question d'apprendre à se connaître, pas de se déshabiller mutuellement et de la marquer comme mienne.

— Je me sens attirée vers toi, Rome.

— Bien, répondis-je, soulagé, même si une faim indéniable me tenaillait de l'intérieur. Nous n'avons pas à faire quoi que ce soit, Sage.

Elle secoua la tête.

— Je ne sais pas si c'est ce que je veux. Tu es un très bel homme, Rome. J'aime ta façon d'être avec les oursons et ton côté protecteur. Je me verrais bien avoir un rendez-vous avec toi. Vraiment. Et cette attirance ? Je ne sais pas. Je ne suis pas douée pour ça. Je n'étais même pas bonne à ça avec Rupert.

Mon ours se redressa, intrigué, mais absolument pas jaloux de cet homme qu'elle avait aimé autrefois. Il n'y avait pas de compétition à avoir avec un fantôme. Il fallait trouver un équilibre. Seulement, je ne savais pas comment m'y prendre.

— Tu n'étais pas comme ça avec Rupert ? demandai-je avant de marquer un temps d'arrêt. Tu n'as pas à parler de lui si tu n'en as pas envie.

Elle secoua la tête.

— Je parle toujours de lui. Et je ne sais pas si c'est bizarre aux yeux des autres, mais il a représenté une grande partie de ma vie et il sera toujours dans mes souvenirs. Alors, je parle de lui. Je l'aimais. Je l'aime différemment maintenant, c'est un sentiment qui relève davantage d'un souvenir auquel il est difficile de se raccrocher. Il sera toujours là. Je m'étais dit que lorsque je serais prête à recommencer à faire des rencontres, je ne comparerais personne d'autre à lui. Que je ferais de mon mieux pour ne pas me comparer non plus à celle que j'étais avant, avec lui. Je ne suis pas la même personne que celle qui a épousé Rupert. Je ne suis même pas la même femme que j'étais quand je suis arrivée dans cette ville.

— Cette personne a couru au milieu d'une tempête pour essayer de me tirer de sous un arbre. J'aime cette personne, tout comme j'aime la femme en face de moi.

Elle sourit.

— Je ne sais toujours pas à quoi je pensais. Comment ai-je pu croire que je serais capable de soulever un homme aussi grand que toi ?

Je haussai les épaules, et mon ours se rengorgea.

— Tu as essayé. Et je t'en serai éternellement reconnaissant.

Sage soupira et leva les yeux vers moi.

— J'aimerais apprendre à te connaître davantage. Tout découvrir. Cette attirance, je ne peux pas l'empêcher.

Je m'avançai alors, puis fis glisser mes doigts sur son menton.

— Cette attirance, elle est magique. C'est un lien qui nous unit. On peut s'en détourner. Même si je t'embrasse maintenant, même si nous découvrons qui nous pourrions être ensemble, cette attirance ne signifie pas que nous compléterons le lien un jour.

Elle fronça les sourcils.

— Qu'est-ce que ça veut dire ?

— Une fois que je t'aurai marquée comme mienne, le lien sera complet. Le sexe n'en fait pas partie. C'est possible, et c'est généralement le cas lorsqu'une personne en marque une autre, mais le sexe est plutôt en rapport avec l'attirance, c'est un bout de ce qui nous complète. Si on couchait ensemble maintenant, je te revendiquerais comme mienne, mais pas comme ma compagne. Pas pour toujours. Est-ce que ça a un sens ?

Elle déglutit fort, et j'eus envie de m'avancer pour lui mordre la lèvre et la goûter.

— Pourquoi j'ai l'impression que tout le monde comprend ce truc de compagnon prédestiné, mais que je suis toujours à la traîne ?

— Tu ne l'es pas. Le fait que tu sois là en ce moment n'est pas de ton fait.

— J'ai utilisé la magie, aujourd'hui, répéta-t-elle, les yeux écarquillés. Je me suis servie de la magie, et j'ai ma boutique. Je cuisine, je vends. Toutes ces choses que je fais... Je suis en train de changer. Et pourtant, tu es toujours là dans un coin de ma tête. Je veux savoir qui tu es, Rome. Tu veux bien me montrer ?

Je hochai la tête et me penchai en avant.

— Tant que tu m'embrasses d'abord.

Elle se hissa sur la pointe des pieds, et je me baissai.

Quand elle frôla mes lèvres des siennes, je fus perdu.

CHAPITRE 13

SAGE

ROME FIT GLISSER ses mains le long de mes flancs, encadrant mes hanches, et je me rapprochai de lui en gémissant. Je n'arrivais plus à respirer ni à penser. Je n'avais qu'une envie, le goûter, le sentir. Je gémis encore, j'en voulais plus. Et là, il s'écarta.

Je fronçai les sourcils, confuse.

— Quoi ? lui demandai-je, tremblant de tout mon corps.

— Je ne veux pas en faire trop, pas alors que j'ai envie de te déshabiller et te pencher sur cette table.

J'écarquillai les yeux.

— Oh ! dis-je en secouant la tête.

Apparemment, ce mot était le seul que j'arrivais à prononcer ces derniers jours.

— J'aime bien te laisser sans voix.

— Ce n'est pas le cas habituellement. D'habitude, je radote. Surtout quand je suis nerveuse. Et je le suis.

— Ah oui ? demanda-t-il d'une voix grave et profonde.

Ses lèvres se retroussèrent en un sourire tandis qu'il étudiait mon visage, comme s'il essayait de comprendre qui j'étais. Je fis de même. Je plongeai mon regard dans ses yeux sombres, sur sa mâchoire ciselée sous sa grande barbe, sur sa silhouette qui remplissait le t-shirt qu'il portait, et je déglutis. La magie et le destin nous avaient réunis au départ, mais j'aimais l'homme que je voyais. Et je voulais en savoir plus sur lui.

Je déglutis fort et grimaçai en regardant l'aquarium contre le mur.

— Je crois que je maltraite encore les poissons, lui dis-je en fronçant les sourcils.

Il soupira.

— Au moins, tu n'es pas en train de renverser l'eau. Ne t'en fais pas. Les poissons vont bien. Si ce n'était pas le cas, je les aurais mis dans un endroit plus sûr. Mais Rowen m'a aidé avec un sort.

— Je dois mieux gérer mon affinité avec l'eau si je veux revenir dans cette pièce.

— Tu te maîtrises déjà plus. Je le vois.

— Tu dis la vérité ? lui demandai-je en avançant vers lui.

Il hocha la tête en regardant ses poissons. Ils nageaient et gigotaient joyeusement vers moi, et j'aurais pu jurer qu'un petit poisson m'avait fait signe.

— Les poissons vont bien, tout comme l'aquarium. Je t'ai vue en train de pâtisser, et en ville. Tu as une connexion plus forte avec tes pouvoirs. Comme si tu te réveillais enfin.

Je me mordis la lèvre, espérant qu'il avait raison. J'avais besoin que ce soit le cas.

— C'est encore nouveau pour moi, et j'essaie de ne pas tout casser.

— Tu fais un travail fantastique, Sage.

— Merci, lui répondis-je en lui adressant sourire timide. Tu veux voir un peu ?

Il écarquilla les yeux.

— Voir un peu de quoi ? me demanda-t-il, et je rougis.

— Ma magie. Pas, euh, autre chose.

Il éclata alors d'un rire bas et grave qui me fit un effet auquel je n'avais pas envie de réfléchir. Non pas que je n'aie pas envie de ce que ces sentiments signifiaient, mais plutôt que je devais me concentrer sur autre chose avant de me mettre dans une situation gênante.

— Montre-moi un peu de la magie que tu as apprise. Si tu le peux, et si tu te sens assez en sécurité.

— Je peux t'en montrer un peu. Rowen veut que je m'entraîne. Même si je ne suis pas certaine de pouvoir tout faire sans elle ici.

Il hocha la tête, passant ses mains sur sa barbe, l'air bien trop séduisant pour son propre bien.

— Quand on était oursons, nos parents étaient toujours là quand on apprenait à se transformer. Et quand on s'éclipsait pour essayer de le faire seul, je pourrais jurer qu'ils l'ont toujours su. Ils ne voulaient pas qu'on se fasse mal ou qu'on perde de l'énergie parce qu'on en faisait trop.

— Ces bébés ours sont adorables.

Je souris, alors que nous sortions à l'arrière de la maison, en songeant aux triplés. Son jardin était situé au milieu d'un bosquet de grands arbres, créant ainsi un sanctuaire.

— Ces bébés ours sont une source de problèmes avec un grand P, mais vu que j'étais à peu près pareil quand j'étais plus jeune, je ne peux rien dire.

Songer à Rome ourson me fit sourire, et je secouai la tête.

— Tu étais dans une bande de triplés comme eux, alors ?

— Oui, la plupart du temps. Alden a toujours été un peu plus calme que Trace et moi, alors on n'a pas fait autant de bêtises.

181

Il y avait là quelque chose qu'il ne *disait pas*, mais je ne voulais pas orienter la conversation vers un sujet qui le rendait triste, alors je passai à autre chose.

— Tu as un petit étang, ici, lui dis-je en regardant le paysage aquatique.

— J'ai aussi un ruisseau. Assez d'eau pour que tu puisses jouer avec.

— Ou faire de sacrés dégâts.

Il secoua la tête.

— Si c'était le cas, Rowen ne te laisserait pas t'entraîner seule.

— Parfois, j'ai l'impression que tu as bien plus confiance en mes capacités que moi. Mais bien sûr, on peut s'entraîner.

— Que faisais-tu avant de venir ici ? me demanda-t-il soudain, et je fronçai les sourcils.

— Tu veux dire comment j'ai géré la boulangerie avant de venir ? J'ai tout préparé et fait la mise en place pour que Sabrina s'occupe de la fermeture. À moins que tu ne parles d'avant que j'emménage à Ravenwood ?

Il inclina la tête, scruta mon visage, me rappelant d'une certaine manière sa forme d'ours, même si je n'avais vu que son frère incarner son animal.

— Deuxième option.

Je rougis.

— Je faisais de la pâtisserie. Je travaillais dans une boulangerie tenue par une amie, en fait, et je faisais toutes les pâtisseries pour elle. Je gérais quasiment l'endroit parce qu'elle a six enfants, et même si elle était toujours la propriétaire et prenait les décisions difficiles, je faisais le reste.

— Tu as beaucoup d'expérience. Ravenwood a de la chance de t'avoir.

Je rougis encore.

— Je l'espère. C'est effrayant, mais excitant en même temps. J'adore ma boutique. <u>Ravenwood Sweets</u> est exactement comme j'avais rêvé qu'elle soit.

— J'adore les petits pains au miel. Et le pain au miel. À peu près tout ce que tu fabriques et qui contient du miel.

Je secouai la tête, affichant un sourire.

— Tu es un cliché d'ours ambulant.

— C'est possible, mais tu ne m'as encore jamais vu me frotter le dos contre un arbre.

Je ricanai en l'imaginant.

— Attends, sous forme d'ours ou d'humain ?

— Je ne vais pas répondre à cette question sous peine de m'humilier.

Je ris à nouveau et secouai la tête.

— Alors, que fais-tu ? lui demandai-je.

Il fronça les sourcils.

— Que veux-tu dire ?

— Je veux dire, ils ont dit que tu es le nettoyeur et le solutionniste, mais je ne sais pas ce que ça signifie.

Il haussa les épaules et fourra les mains dans ses poches. Il était encore si près de moi que je sentais sa chaleur, son besoin, mais nous étions tous deux très forts pour éviter le sujet.

— Je suis tout ça. J'aide à construire des meubles et d'autres choses dans la région, aussi. J'ai aidé à bâtir des maisons, et je fais d'autres choses. Je suis doué de mes mains.

Il me fit un clin d'œil en le disant, et je rougis.

— Rome !

— Désolé. C'est vrai. Et un jour, j'espère que tu le verras.

— Peut-être, répondis-je.

Il sourit, ressemblant bien plus à un chat qu'à un ours.

— Cette ville demande beaucoup d'entretien, plus qu'une ville normale.

— J'ai vu les dégâts causés par les revenants. Et parfois, en ville, je vois les petits accidents de métamorphes ou d'autres sorcières qui ont besoin d'aide. Ou peut-être même les soi-disant faë, puisque je ne sais pas s'ils existent vraiment.

— D'abord, tu as déjà vu les faë. Tu les as rencontrés. Tu les connais. C'est juste que tu ne sais pas les reconnaître.

Je fronçai les sourcils.

— Je connais les faë ?

— Évidemment. Ils ont une apparence humaine.

Je fronçai les sourcils.

— Ils se transforment ?

— Ce n'est pas à moi de t'en parler.

Il me jeta un regard prudent, et je hochai la tête pour lui faire signe que je comprenais. Il sourit doucement à nouveau avant de changer de sujet.

— Il y a en permanence des dégâts dans cette ville. Des fenêtres explosées, et d'autres choses. Il peut se produire des choses aléatoires quand les gens manipulent la magie ou se transforment en animaux géants. Jaxton et moi nettoyons après eux. C'est notre travail en tant qu'*alpha* et *leader* ailé, mais surtout en tant que solutionnistes de nous assurer que la ville est sûre. Ça signifie que c'est nous qui nettoyons les dégâts des autres et qui faisons en sorte que ça ait l'air d'une panne de courant ou d'une fuite de gaz. On dissimule tout ce que des yeux peu méfiants pourraient voir et qu'ils ne devraient pas. Nous, c'est à dire Jaxton et moi, nettoyons tout ça.

— Et tu le fais parce que tu es un *alpha* ? lui demandai-je, essayant de comprendre.

Il secoua la tête.

— Non, les autres *alpha* affecteraient probablement quelqu'un à cette tâche. C'est juste que Jaxton et moi, on est bons dans ce domaine, alors on a tendance à s'en rapprocher.

— Vous avez été amis toute votre vie, alors ?

Il hocha la tête.

— Jaxton et Ash faisaient partie de notre groupe. On était cinq pendant toute l'école et le lycée. Ravenwood abrite notre meute et notre aile et c'est notre maison, même si mes frères et moi allons souvent au Canada.

— Parce que ton père est l'*alpha* de tous les ours métamorphes des deux continents.

Il acquiesça.

— C'est une lourde responsabilité, qu'il me faudra peut-être assumer un jour, dit-il doucement. J'écarquillai les yeux.

— Il faudrait que tu déménages au Canada ?

Il secoua la tête.

— Non, mon père a pris cette meute en charge parce que l'*alpha* avait besoin de son aide. Si mon père devait se retirer un jour, et si je deviens le prochain *alpha* de tous les ours, je peux assumer mes fonctions depuis ma forteresse ici. Nous ne sommes pas contraints de placer notre hiérarchie dans une zone donnée, mais plutôt là où se trouve l'*alpha* le plus puissant.

— C'est beaucoup de responsabilités, Rome.

Je le regardai alors, vis sa force et sus qu'il pouvait le faire.

Sauf que... si j'étais sa compagne, il faudrait que je sois à ses côtés, non ?

— Être un métamorphe, c'est forcément de naissance ? lui demandai-je rapidement.

Un sourire s'afficha sur son visage.

— Oui. Si tu es ma compagne, tu ne deviendras pas métamorphe. Tu seras *alpha* avec moi.

J'ignorai le pincement dans ma poitrine.

— En tant que sorcière. Tout le monde est d'accord avec ça ? l'interrogeai-je, comme si l'accouplement était une fatalité.

Je n'en étais pas encore là, mais je le voyais. Je le sentais.

— Je n'en suis pas sûr, répondit-il au bout d'un moment, et je me figeai.

— Que veux-tu dire par-là ?

— Il se passe beaucoup de choses dans ma meute, dont je commence à me rendre compte maintenant que les gens expriment leur opinion au grand jour. Des choses sur lesquelles je dois travailler, mais je ne veux pas t'embêter avec ça. Du moins pas encore.

— Parce que nous n'avons pas encore pris de décision dans un sens ou dans l'autre, conclus-je doucement.

— Et parce que je ne connais pas encore tous les détails de ce fardeau pour te les raconter.

Il secoua la tête et j'eus envie de le serrer dans mes bras, mais sans savoir si ça aiderait. Il s'éclaircit la voix.

— Trace, Alden, Ash, Jaxton et moi avons parcouru toute la ville pour trouver notre place. En tant qu'ambulancier, Trace aide à la guérison, Alden est meilleur avec les chiffres et il est comptable, et Jaxton et moi réparons ce que nous pouvons en ville. Ash, eh bien... Ash était Ash.

Je fronçai les sourcils.

— Le frère de Laurel ?

— Oui, il a quitté la ville il y a quelques années, et n'est jamais revenu depuis. Il a grandi avec nous jusqu'à ce que les choses changent.

Il donnait l'impression que chaque mot qu'il prononçait lui était arraché, alors je n'insistai pas. Je ne posai pas de questions. Je n'avais pas envie de le blesser. Je détestais le voir si peiné en pensant à son ami.

— À présent, tu vas me montrer un peu de magie ? me demanda-t-il, et je me mordis la lèvre.

— Peut-être. Assurons-nous que je ne fasse pas accidentellement exploser quelque chose.

— Tu n'as pas d'affinité avec le feu ou la terre. Je pense qu'on peut se débrouiller avec l'eau.

— À moins que je ne te noie ! dis-je d'une voix chantante.

Il ricana.

— Les ours savent nager.

— Comme tu veux.

Je soufflai et levai les mains.

— *Gardiens de l'ouest, prêtez-moi votre force. Seigneur et Dame, prêtez-moi votre oreille. Donnez à cet élément la forme d'une sphère. Grande ondine de l'eau et de la mer, c'est ma volonté, qu'il en soit ainsi.*

Rome se pencha plus près de moi, et je sentis sa chaleur. Son ours. Je savais que quoi qu'il arrive, il serait là. Je n'étais pas seule. Une petite sphère d'eau lévita au-dessus de l'étang, et je gardai les yeux ouverts, la regardant tourner et laisser tomber des gouttelettes. Je déplaçai la boule d'une paume à l'autre sans la laisser frôler ma peau, même si j'avais la même sensation qu'avec une véritable balle.

Rome laissa échapper un gloussement rauque, et je projetai la sphère vers lui. Il recula brusquement, mais je ne le mouillai pas. À la place, j'attirai l'eau vers moi et fis s'élever une seconde sphère dans les airs. Je jonglai avec les deux, mais sentis mon énergie dériver un peu, alors je les laissai retomber doucement dans l'étang.

— Tu as appris ça aujourd'hui ? m'interrogea-t-il, les yeux écarquillés.

Je frottai mes paumes sur mon pantalon, la magie me démangeait dans tout le corps. J'étais pleine d'énergie, mon corps tendu, tout comme ma poitrine. J'avais besoin de lui, l'énergie qui palpitait en moi me poussait vers lui. Ses narines frémirent et je sus qu'il pouvait me sentir. Sentir le pouvoir, le *désir* en moi.

— J'ai appris ça aujourd'hui. Mais ça ? *Ça*, c'est nouveau. Je n'avais pas ça quand je m'entraînais avec Rowen.

— Te servir d'autant de magie ? Avec autant de compétences ? Oh oui, ça peut t'attirer vers quelque chose ! Et avec moi ici, je vois pourquoi.

Cela me fit rire.

— Tu es en train de me dire que tu es la raison pour laquelle j'ai envie de te grimper dessus comme sur un arbre, là, tout de suite ? lui demandai-je, me surprenant moi-même.

Cela parut le surprendre *lui aussi*, parce qu'il rejeta la tête en arrière et explosa de rire, un grand éclat qui me fit sourire.

— Wouah, quelle image ! Et tu peux me grimper dessus comme sur un arbre quand tu veux, Sage.

— La magie me fera toujours cet effet ?

Il secoua la tête.

— Non. Mais parfois, avec les bons éléments autour, c'est possible.

— Oh ! Très bien.

Alors, je lui sautai dessus. Je fus incapable de m'en empêcher. L'énergie et le désir m'envahissaient. Je pouvais à peine me retenir.

Rome m'attrapa, même si je l'avais surpris. Il ne recula pas. Il était si fort, si dur, et il me tenait, une main soutenant mes fesses tandis que j'enroulais mes jambes autour de lui.

Je collai mes lèvres aux siennes, et il entrouvrit les lèvres. Je gémis, l'explorai, j'avais besoin de lui. Il me pinça les fesses, et son autre main remonta pour m'empoigner la nuque. Il m'inclina la tête, approfondissant notre baiser, et je gémis, avide.

— Sage, murmura-t-il.

— J'ai besoin de ça. J'en ai. Besoin.

Je me fichais de savoir si c'était la magie ou ces liens entre métamorphes que je ne comprenais pas. *C'était réel.* Cette sensation n'était ni fausse ni artificielle. Entre nous, il y avait un désir que j'avais repoussé depuis que je l'avais vu la première fois, et il n'avait fait que se développer à mesure que j'en apprenais plus sur moi et sur lui.

J'avais besoin de ça. J'avais besoin de lui. Rome continua de m'embrasser, je tremblais de tout mon corps, ses mains m'exploraient.

Je fis dériver les miennes vers ses épaules et les serrai, puis les ramenai dans son dos, où mes ongles le griffèrent avant d'empoigner ses cheveux. Je continuai de l'explorer, j'avais besoin de le toucher. Il était tellement plus grand que moi que s'il ne m'avait pas tenue comme ça, j'aurais probablement eu du mal à l'embrasser.

Il était si fort ! À cet instant, il aurait pu me toucher, faire n'importe quoi, et j'aurais sûrement été à deux doigts de basculer. Il m'embrassa à nouveau, puis s'écarta, haletant, son front posé contre le mien.

— Wouah ! chuchota-t-il.

— Oui, wouah ! haletai-je.

Je l'embrassai à nouveau doucement, et il sourit.

— J'aime apprendre à te connaître, Sage.

Je le regardai à cet instant, et fus perdue. Je souris.

— J'aime aussi apprendre à te connaître, murmurai-je.

Je l'embrassai encore, cette fois plus lentement, avec

plus de pression. D'une certaine manière, je savais que c'était là où je devais être. Même si ce n'était que maintenant. Je fis courir mes doigts sur sa poitrine, et il me sourit.

— Tu es sûre ? me demanda-t-il en me mordant la lèvre.

— Oui, absolument.

La magie jaillit en moi, et je soupirai.

Il me caressa le visage, et je l'embrassai à nouveau.

— J'ai besoin de toi, gronda-t-il, et je déglutis avec peine. On peut arrêter. On peut s'arrêter ici.

Je secouai la tête.

— Cette magie en moi, c'est comme si j'étais pleine de pouvoir, trop pleine de tout. Il faut que je le libère. Et j'ai besoin de toi, Rome. Depuis le moment où je t'ai vu la première fois, j'ai eu besoin de toi.

Je ne pouvais pas m'imaginer dire ces mots à quelqu'un d'autre ni à un autre moment de ma vie, mais c'était la vérité. J'*avais* besoin de lui. Et je le désirais.

Quand il m'embrassa encore, je gémis. Il sourit et me mordit encore la lèvre.

— J'ai besoin de toi, moi aussi, mais je suis sûr que tu le savais déjà.

Il se balança contre moi, et mes cuisses tremblèrent.

Lentement, il s'abaissa sur le sol, et je le chevauchai, laissant courir mes mains sur son corps.

— Je ne sais pas ce qui m'arrive, mais je sais que je t'apprécie, Rome. Je t'apprécie beaucoup.

Il sourit, le regard assombri.

— Je t'aime bien aussi, Sage. Ton pouvoir, ta paix, la sensation de ton corps sur moi en ce moment.

Je rougis et me penchai pour l'embrasser encore.

— Je ne suis pas prête à ce que tu me marques ou je ne sais quoi qui nous amènerait à un accouplement complet.

Je me figeai, craignant de le blesser, puis me détendis un peu en le voyant hocher la tête.

— On peut prendre notre temps pour ça.

Je levai les yeux vers lui et fronçai les sourcils.

— Tu es sûr que ton ours te laissera faire ça ?

Sa poitrine gronda, et la sensation fila directement au creux de mon ventre. Je gémis. Je crus voir un rictus, il savait ce qu'il avait fait.

— Mon ours m'écoutera parce que je le contrôle. Mais tu la sens aussi, n'est-ce pas ? Cette attirance ? Ce que nous pourrions être ensemble ?

— Évidemment. Et comme je te l'ai dit, je t'apprécie, Rome. J'aime ta manière d'être avec les autres, avec moi. Je te veux.

— Alors prends-moi, chuchota-t-il.

Je me penchai, l'embrassai à nouveau, et il roula sur moi.

Il tira mes vêtements, et la magie en moi se mit à palpiter, embrumant mon esprit, me poussant vers quelque chose que je savais désirer. Mais la partie humaine en moi, celle du passé, ne m'aurait pas autorisé à le penser. Avant, j'aurais trop réfléchi, je me serais mordu la lèvre à cause de mes indécisions, avant de m'en aller par peur.

Je n'étais plus cette personne. Je m'étais battue, m'étais servie de la magie, j'avais affronté les ténèbres. Et à présent, j'embrassais l'homme que je désirais, qui m'attirait si fort que j'avais du mal à dormir. Du mal à respirer. Et je ne reculais pas.

Je tirai sur son t-shirt et il se leva, le passant par-dessus sa tête.

— Et si quelqu'un nous voyait ? lui demandai-je, consciente que nous étions à l'extérieur.

Il secoua la tête.

— C'est un endroit privé, et je pourrais sentir quiconque s'approcherait. Je te le promets.

Je le regardai droit dans les yeux et acquiesçai.

— Je te fais confiance.

Et c'était vrai. Je lui faisais confiance pour tout, même si cela pouvait être effrayant de le faire.

Il baissa la tête pour capturer mes lèvres.

Je soupirai, passant mes mains de haut en bas de son dos aux muscles épais. Il était si fort, si plein d'énergie ! J'avais du mal à suivre, à faire quoi que ce soit d'autre que le désirer.

Il baissa la tête, me mordilla le menton, puis descendit lentement entre mes seins jusqu'à mon ventre en déposant des baisers au passage. Je gémis, et il dégrafa mon soutien-gorge.

— Oh ! dis-je en me laissant aller.

— Oh !

Il sourit et se mit à me lécher les seins, mordillant mes mamelons, tirant lentement sur les pointes turgescentes. Je me laissai aller contre lui, glissant mes mains dans ses cheveux tandis qu'il m'embrassait tendrement et suçait mes tétons. Mon ventre se contracta, et mes jambes se resserrèrent autour de ses flancs. Il ronronna contre mes mamelons, et je fronçai les sourcils en regardant ses lèvres jouer tendrement contre ma peau. Il les fit tourner et les serra jusqu'à ce que je sois au bord de la jouissance, tremblant de tous mes membres.

Il continua d'embrasser mon buste et descendit jusqu'à la ceinture de mon pantalon. Je baissai alors les yeux vers lui, vis ses cheveux noirs entre mes jambes, et sus que j'étais humide, terriblement trempée. Et quand il fit descendre mon pantalon, jetant mes chaussures de côté, je souris.

— Rome, chuchotai-je.

— Laisse-moi m'occuper de toi.

Alors il m'embrassa, mordillant doucement l'intérieur de mes cuisses avant de reporter son attention sur mon clitoris, qu'il lécha, écartant mes replis intimes.

— Il est si joli et si rose ! murmura-t-il, soufflant de l'air frais sur ma chaleur.

Mon corps se cambra, mes orteils s'enfoncèrent dans la terre, et je sentis l'eau dans l'air, dans et autour de l'étang qui remontait lentement à la surface. Il regarda autour de nous, puis haussa un sourcil.

— Coucher avec une sorcière va être intéressant.

Je haussai un sourcil à mon tour.

— Tu as les yeux dorés. Je dois dire que coucher avec un ours va être aussi intéressant.

— Je dois m'assurer que je peux suivre le rythme.

Et sa bouche fut à nouveau sur moi, et je tremblai. Il m'embrassa, me lécha jusqu'à me faire jouir juste avec sa bouche. Je frissonnai, tout mon corps était secoué de tremblements, mes jambes enroulées autour de sa tête. Il émit un gémissement, passant sa langue sur mon clitoris. Puis il s'agenouilla à nouveau, retirant son pantalon. Je m'assis, le corps rassasié et pourtant toujours tendu comme un arc alors que je l'aidais avec le bouton de son jean.

— Préservatif, dis-je. Il nous faut un préservatif.

Il secoua la tête et fronça les sourcils.

— Nous ne sommes pas complètement accouplés. Et je suis un ours. Je ne peux ni te donner ni attraper d'IST.

— Quoi ?

— Nous sommes des âmes sœurs, Sage. Tu ne peux pas tomber enceinte sans la marque d'accouplement. Et ce n'est pas ce que nous faisons ce soir. Si et quand nous déciderons de le faire, tu pourras prendre certaines plantes. Ou la pilule. Les IST ne se propagent pas dans mon espèce. Je ne peux pas te rendre malade, et tu ne peux pas me faire de mal.

Je cillai.

— C'est bon à savoir, dis-je, puis je faillis avaler ma langue alors qu'il retirait lentement son pantalon.

Il était épais, son sexe était large et long, et j'avais l'impression que je ne pourrais même pas l'entourer de ma main.

Je tendis les doigts et jouai lentement avec la goutte d'humidité au bout de son membre.

— Euh, Rome. Je ne suis pas certaine que ça va le faire, lui dis-je.

— Je suis sûr que ça va marcher, répondit-il en se penchant lentement au-dessus de moi, et il captura mes lèvres.

Le bout de son membre joua avec mes replis intimes et je gémis, laissant retomber mes jambes sur les côtés.

— Ne t'inquiète pas. Je serai doux.

Je levai alors les yeux vers lui et ne pensai qu'à Rome, rien qu'à lui. Je n'étais plus la même personne qu'avant. C'était quelqu'un que je ne serais plus jamais. J'étais ici, et c'était maintenant, et c'était qui j'avais besoin d'être.

C'était peut-être la magie, ou quelque chose que je ne comprenais pas encore totalement. Dans tous les cas, ça n'avait pas d'importance. Parce que c'était l'endroit où je voulais être en ce moment, la personne avec qui je voulais être. Alors qu'il entrait lentement en moi, je croisai son regard et laissai mes lèvres s'entrouvrir : j'avais besoin de dire son nom, de dire quelque chose. Mais je ne pouvais pas. Je n'arrivais qu'à m'accrocher à lui et à savoir que c'était le début. Le début de tout. Il glissa lentement et profondément en moi, mon corps s'étira pour s'adapter. Il était épais, palpitait, presque prêt à jouir, tout comme je l'étais.

Puis sa bouche fondit sur la mienne, et il m'embrassa doucement, posant ses mains sur mes seins avant de les mêler aux miennes tandis qu'il entrait et sortait lentement de moi, avec une telle tendresse que je faillis en pleurer. Mais je n'en fis rien. Pas encore. Je me laissai simplement tomber. Après avoir eu si longtemps peur de faire plus que simplement exister, je lâchai prise. Je me laissai aller à être avec lui.

Il m'embrassa encore et encore, son corps emplissant le mien. Je levai les yeux et vis l'ours dans son regard, et l'ancre sur son corps qui me regardait ; nous ne faisions tous plus qu'un. L'eau s'éleva de l'étang, soutenue par ma magie alors qu'elle scintillait sous les lumières de la forêt. Je savais que c'était maintenant. C'était qui je devais être. Quand j'avais besoin de l'être. C'était pour toujours. C'était ce que je voulais, ce dont j'avais besoin. Et quand Rome jouit en rugissant mon nom, je vis ses crocs s'allonger. J'écarquillai les yeux, il secoua la tête et la baissa.

— Sage, grogna-t-il, et mes ongles s'enfoncèrent dans son dos.

Je faillis incliner la tête, le laissai presque me mordre. Me marquer. Mais ce n'était pas le moment. Pas encore. Quand nous jouîmes ensemble sous le ciel, entourés de cette forêt qui était sienne et de l'eau qui était mienne, je sus que c'était inévitable. *Nous* étions inévitables. J'allais tomber amoureuse de Rome, et rien ne m'arrêterait, ni mon passé ni mon futur, et pas non plus la magie qui courait dans mes veines.

Il retomba sur le côté en m'entraînant avec lui, toujours profondément enfoui en moi. Je soupirai, j'en voulais plus.

J'avais besoin de tout.

Nous allions bientôt découvrir qui était Faith et ce que les ténèbres désiraient. Mais j'étais ici à présent, une sorcière, partie intégrante de quelque chose de supérieur à tout ce que j'avais connu auparavant.

Le voile d'incertitude qui m'avait enveloppée toute ma vie avait disparu. J'étais ici.

J'étais une sorcière. J'avais du pouvoir. Et bientôt, j'appartiendrais à Rome.

Tous ces choix que j'avais faits. Ceux que je ferais. Ils étaient miens pour toujours.

CHAPITRE 14

SAGE

— SAGE, ma chérie, tu veux bien travailler là-dessus pour moi ? me demanda tante Penelope en me remettant un sachet de plantes, ainsi qu'un vase rempli d'eau.

Je fronçai les sourcils et le regardai.

— Que veux-tu que je fasse ?

— C'est un sort de pendaison de crémaillère. J'aime le recharger chaque mois pour cette salle de lecture. Je vais y ajouter des fleurs, qui se renouvelleront dès qu'elles commenceront à faner, et ce sera agréable pour les gens qui viendront s'asseoir ici et trouveront l'endroit confortable.

— Oh, je connais ce sort !

Je souris en sentant monter la magie en moi.

Elle hocha la tête et me tapota la main.

— C'est un sort dont je suis capable, alors je suis certaine que tu t'en sortiras très bien. Mais n'ajoute peut-être qu'une pincée de plantes plutôt que le sachet entier comme je le fais, puisque tu as plus de pouvoir que moi.

C'était tellement étrange de l'entendre parler de ça ! Ma mère n'avait aucun pouvoir, et on me disait que j'en avais énormément. Je le sentais aussi. Pourtant, si j'avais pu le partager avec ma tante, j'aurais essayé.

Je secouai la tête.

— Tu es sûre ? Je devrais peut-être demander à Rowen.

— Elle a écrit des instructions sur ce petit rouleau de papier qui y est attaché. Et la connaissant, elle les a sûrement écrites à ton intention particulière.

Je ris à ces mots, et déroulai le petit papier attaché au sachet.

Penelope, utilise le paquet. Une petite pincée pour Sage. Elle sait ce qu'elle fait. Et bonne chance pour le foyer et la maison.

Elle avait écrit le sort, et j'acquiesçai, le mémorisant.

— Très bien, je peux le faire. J'ai l'impression d'aider.

Tante Penelope interrompit ce qu'elle était en train de faire et me regarda avant de prendre mon visage dans ses mains.

— Toi, ma nièce chérie, tu sais toujours ce que tu fais.

Je soupirai.

— Je n'ai pas l'impression que ce soit tout le temps le cas.

— Tu sembles savoir ce que tu fais dans ton apprentissage de la magie, en devenant une partie de cette ville et en apprenant à être une sorcière.

— C'est vrai, mais je ne sais pas tout.

— On devrait peut-être parler d'un certain ours que tu devrais inviter à dîner.

Je rougis.

— Tante Penelope !

— Quoi ? Ta mère n'est pas là. Elle ne peut pas t'embêter au sujet de ce très bel homme.

— Je ne pourrais pas tout raconter à maman.

Ma tante fronça les sourcils.

— Non, ma sœur n'aurait pas le droit de tout savoir. C'est compréhensible.

— Elle doit bien être au courant d'une partie, non ? Je veux dire, elle a gardé son nom de jeune fille même après avoir épousé papa.

Ma tante sourit.

— Parce qu'elle croyait encore à certaines choses quand elle était plus jeune et qu'elle a épousé ton père. Je pense que ce souvenir s'est estompé avec le temps. Dans notre famille, nous gardons notre nom de jeune fille pour que la lignée des Prince reste forte.

Je fronçai les sourcils.

— Mais j'ai changé mon nom quand je me suis mariée.

— Effectivement, mais tu es forte. Et la famille Prince vit toujours en toi.

— Je nous ai fait du mal à cause de mon ignorance ? J'aurais dû au moins en savoir une partie.

— Ta mère voulait te protéger. Et par la suite, elle ne s'est plus du tout souvenue de ce qu'était Ravenwood.

— Parfois, j'ai l'impression que ça m'a nui.

— Elle avait une bonne raison de te garder dans l'ignorance. Et une autre pour laquelle elle ne se souvient pas de grand-chose au sujet de Ravenwood. Une fois que tu quittes cette ville, les souvenirs s'estompent. Et honnêtement, je pense que c'est fait exprès.

— Je ne sais pas quoi en penser.

— Nous apprenons tous, chérie. À propos de qui nous sommes et de qui nous devons être.

— Et pourtant, j'ai l'impression de faire une erreur. De passer à côté de quelque chose.

— Tu es encore en train de découvrir qui tu es et qui tu dois être. Et oui, peut-être que tu y vas un peu lentement avec un certain ours de notre connaissance, mais j'ai confiance en Rome. Et j'aime l'idée qu'il soit pour toi.

Je fronçai les sourcils en regardant le sachet et le vase.

— Ah oui ?

— Rome a toute ma confiance. Il a été seul pendant longtemps. Il ne s'est jamais installé avec personne. On n'a pas besoin d'épouser son compagnon ni même de le trouver pour être vraiment heureux. Mais pour une raison qui m'échappe, j'ai toujours eu l'impression qu'il attendait une femme, celle qui entrerait dans sa vie et se lierait à lui.

— Et tu crois que cette personne, c'est moi ? lui demandai-je doucement.

Je repensai à ses mains sur moi et à sa manière de prendre soin de moi. À ce que je ressentais auprès de lui. Et je me dis que ça pouvait être vrai.

— Je crois que c'est possible. Je vous vois l'un avec l'autre.

Mon cœur se réchauffa et mon pouvoir intérieur s'enflamma. Je voulais Rome, je désirais compléter le lien. Une autre partie de moi avait besoin de temps pour réfléchir. J'étais une personne réfléchie, même si je me lançais parfois trop vite.

— J'aime l'homme que je connais, et je me vois bien être avec lui. Mais un lien éternel... ça pourrait tout changer.

— Ça *va* tout changer. Et ça devrait.

— Je devrais sans doute me concentrer sur la magie au lieu de penser aux compagnons prédestinés et aux liens qui commencent à me stresser.

— Récite le sort, et travaillons sur cette maison et ce foyer.

J'acquiesçai, ajoutai les plantes à l'eau et prononçai l'incantation.

— *Les plantes et les mots apportent la magie, protègent cet espace de l'automne au printemps. Invitez ceux qui ont besoin de cet endroit, pour le confort, la joie et même la grâce. Les pouvoirs s'élèvent de trois fois trois ; c'est ma volonté, qu'il en soit ainsi.*

La chaleur et la magie se diffusèrent sur ma peau. Je baissai les yeux vers l'eau à présent parfaitement cristalline dans le vase et souris.

— Rien qu'une pincée de plantes, et wouah ! s'exclama tante Penelope à côté de moi.

— Je ressens déjà de la chaleur, comme si je rentrais à la maison.

— C'est le but du sort, et j'adore ça. Ça ne change rien aux sentiments de chacun. Ça ne change rien à leur perception. La seule chose qu'il fait, c'est te calmer et te recentrer. C'est parfait dans une librairie quand tu essaies de te détendre un moment avant de t'atteler au reste de ta journée.

— Tout ça avec une seule pincée de plantes.

Je secouai la tête.

— Il me faut un sachet entier, et parfois, ça ne marche pas comme je le voudrais. Tu es tellement puissante, Sage ! Je suis désolée de ne pas l'avoir compris.

Je fronçai les sourcils.

— Que veux-tu dire ?

— Je savais que tu étais spéciale avant, mais je croyais que c'était parce que tu étais ma nièce. Je n'avais pas réalisé que ça venait d'autre chose. Je crois que nous étions enveloppés d'un voile d'incertitude. Parfois, j'avais envie de te parler et de tout te raconter. De te ramener ici. Mais à d'autres moments, je n'ai pas compris que nous avions *besoin* de toi telle que tu es. J'ai raté tellement de choses de ta vie, Sage !

Ma gorge se contracta, et j'acquiesçai.

— Rowen et moi avons tendance à penser que les choses étaient telles qu'elles étaient car il fallait que nous soyons là où nous étions à ce moment-là. Si l'une de nous en avait trop su, je n'aurais peut-être pas eu Rupert aussi long-temps que je l'ai eu. Ou nous n'aurions pas eu ce que nous avions. Je n'en sais rien. Mais si je continue de penser aux « et si », jamais je n'irai de l'avant.

Tante Penelope me toucha la joue.

— Tu as tellement grandi, ma chérie !

Je lui souris, le cœur bien plus apaisé depuis que j'étais à Ravenwood qu'il ne l'avait été en Virginie.

— Je ne ressens pas toujours ça.

Nous nous rendîmes à l'avant de la librairie, où Laurel renseignait un client. Elle souriait en dépit de cette tristesse au fond de ses yeux que je ne comprenais pas. Tante Penelope était propriétaire de la librairie, et elle y travaillait presque chaque jour. Laurel l'aidait là et quand elle le pouvait. Je venais pendant mes pauses déjeuner pour être avec ma tante, mais je ne travaillais pas là. J'avais la boulangerie voisine, et Rowen la boutique de magie de l'autre côté. C'était agréable pour nous trois d'avoir ces endroits que nous considérions comme chez nous en dehors de nos maisons, et les unes près des autres. Laurel semblait penser qu'elle ne faisait pas partie du cercle, et je ne savais pas pour quelle raison elle se pensait maudite ni ce qui retenait sa magie. Comme je me concentrais sur mon pouvoir, je ne voulais pas la blesser en lui posant la question, mais j'avais malgré tout l'impression qu'elle était l'une des nôtres.

Comme si elle était ma sœur.

Elle me sourit à ce moment-là, comme si elle était capable de lire dans mes pensées.

— Je n'ai pas réussi à dormir, la nuit dernière. Je ne sais

pas pourquoi, c'est juste l'humeur. Mais j'ai ressenti ta magie. Tu t'en sors très bien.

Je rougis.

— C'était le sort du foyer et de la maison.

— Je me souviens de celui-là. Rowen est sans doute la plus douée pour ça, mais elle est de l'air, tandis que mon frère est de la terre, alors en général, il peut lancer plus de sorts domestiques que nous autres. Il levait toujours les yeux au ciel quand on lui en parlait, mais il était doué pour ça.

— Était ? répétai-je, mes mots dépassant ma pensée.

Le visage de Laurel se ferma, et elle déglutit difficilement.

— C'est un sorcier. Il est de la terre. Quand il était ici, il faisait partie de notre cercle. Il n'est plus là, il ne fait plus partie de rien. C'est toujours mon frère, et je travaille avec lui tous les jours, en ligne et au téléphone. Je l'aide dans ses affaires, mais il n'appartient plus à notre magie. Il n'appartient plus à Ravenwood. Et c'est peut-être pour le mieux.

J'ouvris la bouche comme pour dire quelque chose, mais je ne savais pas quoi. Tout le monde se montrait toujours très prudent quand il s'agissait d'Ash, et cela me faisait mal de me demander pourquoi.

Les yeux de Laurel s'écarquillèrent, et soudain, elle eut son épée à la main. Je me renfrognai avant de me retourner.

— Sage ! s'écria tante Penelope, et je me précipitai vers elle.

Ce n'était pas un sort qui avait mal tourné. Non, c'était Faith.

Et elle n'était pas seule.

— J'ai essayé de me montrer raisonnable la dernière fois, mais tu n'écoutes pas. Maintenant, j'ai besoin que tu comprennes. Oriel apportera la guerre, et alors, tu connaîtras le vrai pouvoir qui t'a manqué. Rejoins-nous, Sage. Cesse de travailler avec Ravenwood et rejoins-nous. Choisis le côté gagnant, pas ceux qui périront en se battant pour ce qu'ils ne peuvent pas avoir.

Elle écarta ses mains, l'eau s'écoulait de ses paumes.

Je tendis les mains en l'air, créant un mur d'eau pour bloquer celui de Faith. Ma tante Penelope laissa échapper un cri aigu, et se déplaça derrière le comptoir. Laurel déposa une dague dans ses mains.

— Tu sais t'en servir.

Je cillai.

— Ah oui ?

Laurel m'adressa un petit signe de tête.

— Oui. Nous ne sommes peut-être pas capables de nous servir de la magie, mais nous savons nous battre. L'entraînement aux armes, c'est la prochaine étape pour toi.

— S'il y a une prochaine fois, lança Faith en souriant.

Elle fit claquer ses mains, et des revenants se déversèrent par les fenêtres. Le verre se brisa, la porte tomba de ses gonds, et les livres se mirent à flotter dans l'eau que Faith faisait lentement monter dans le bâtiment.

Le visage de ma tante blêmit, et j'eus envie de tuer cette femme. Je me rendis compte que j'éliminerais Faith si je le pouvais. Et que je la blesserais à défaut de lui prendre la vie. Parce qu'elle faisait du mal à ma tante, la femme vers qui j'allais quand j'avais besoin d'aide. Ma famille.

Maudite soit cette nécromancienne qui osait essayer de lui faire du mal.

Je me tins devant Faith pendant que tante Penelope et Laurel se servaient de leurs armes contre les revenants.

Un cri retentit quand un faucon géant traversa la fenêtre brisée et se mit à arracher les yeux de certains des assaillants. Rowen fut là quelques secondes plus tard, fonçant au travers de la ligne de ces derniers, usant de sa magie de l'air pour les écarter du chemin.

— Je me charge de Faith, Sage. Protège ta tante.

Le faucon volait au-dessus de nous, il nous protégeait et se battait. Je me servis de ma magie de l'eau pour créer une longue épée. C'était la seule arme que je savais fabriquer, d'après ce que nous avions appris à l'entraînement, et je la lançai vers les revenants. Elle transperçait leur chair, et de l'eau se mit à jaillir de leurs bouches.

Je tentai de propulser le liquide hors de la boutique, cherchant à épargner les livres, la boutique elle-même, tout ce que ma tante aimait. Il fallait que je protège ceux que j'aimais. Rowen et Faith commencèrent à se tourner autour, et la seconde fit un clin d'œil.

— Ça ne fait que commencer, chère Ravenwood. Oriel te passe le bonjour.

Rowen fronça les sourcils, le visage féroce.

— Qui est Oriel ?

— Tu ne le sais pas ? Tu devrais. Et tu le sauras. Bientôt.

Rowen donna un coup de dague, et un homme sortit de l'obscurité par la porte arrière. Je ne le reconnus pas. Une pierre vola dans l'air devant lui, propulsée par sa magie, et s'écrasa sur la dague.

— Pas aujourd'hui, grogna-t-il, et les yeux de Rowen s'écarquillèrent.

Laurel sourit un instant, l'air surprise, et j'eus envie de savoir qui était cet étranger. Il avait des cheveux bruns, des yeux bleus et une mâchoire forte. Le faucon poussa un cri, et l'homme lui lança un clin d'œil avant de retourner se battre aux côtés de Rowen. Mon amie et collègue sorcière se raidit un instant avant de regarder le nouveau venu, d'acquiescer fermement, et ils foncèrent vers Faith d'un même élan.

Le regard de la nécromancienne passa de l'un à l'autre et un léger sourire se dessina sur ses lèvres.

— Intéressant. Très intéressant.

Puis elle tendit les mains, des éclairs crépitant au bout de ses doigts. Les revenants avancèrent, et puis... Elle n'était plus là.

Laurel jura à voix basse et le reste d'entre nous entreprit de détruire les revenants qui restaient. Je détestais ce que Faith avait fait de ces cadavres, de ces corps qui avaient autrefois contenu les âmes d'êtres qui avaient été aimés. Je ne vis aucun des ours métamorphes, mais je savais qu'ils étaient partis à la chasse. Ceux qui restaient étaient là, en train de nous protéger.

Je serrai ma tante dans mes bras alors que tout le monde commençait à nettoyer. Ma poitrine se souleva, et je regardai l'étranger. Laurel sourit et jeta ses bras autour de lui.

— Je ne savais pas que tu venais.

— Je ne savais pas qu'il fallait que je vienne, répondit-il d'une voix crispée.

Rowen rejeta les épaules en arrière.

— On n'avait pas besoin de toi.

— Et si c'était le cas ?

Je savais à présent qui était cet homme, cet étranger qui nous avait sauvés. Quand je tournai la tête, je vis Rome courir vers nous, Trace à ses côtés. Tous les deux semblaient surpris, et j'eus la confirmation de qui était là.

Ash était de retour.

Tout comme Faith.

CHAPITRE 15

FAITH

Faith traversa le couloir et gravit l'escalier jusqu'à l'endroit où se trouvait son amant. Il était étalé sur un grand fauteuil, le téléphone à la main. Il haussa un sourcil sombre, un rictus sur le visage.

— C'est fait, alors ? demanda-t-il d'une voix profonde et gutturale, presque un ronronnement.

Faith sourit.

— Oh, c'est fait ! Il est de retour. Maintenant, tous les joueurs clés sont là. Comme tu l'avais prévu.

Son amant sourit.

— Bien sûr, les choses avancent, elles sont sur la bonne voie. C'est notre plan. Jamais je ne nous aurais laissés venir ici si tout n'était pas en place. Ils ne sont pas conscients de la partie d'échecs qu'ils jouent.

Il tendit la main, des étincelles jaillissant du bout de ses doigts, qui retombèrent sur le loup mourant en dessous. Le métamorphe était sous sa forme humaine, nu et couvert de coupures. Faith sourit.

— Un cadeau pour moi ? demanda-t-elle en se glissant sur les genoux de son amant.

L'homme aux yeux sombres et au sourire diabolique l'embrassa sur le sommet de la tête alors qu'elle se blottissait contre lui.

— Bien sûr.

Sa voix était douce comme du whisky, basse, profonde et séduisante.

Faith se pencha et frôla ses lèvres des siennes. Il agrippa fort ses cheveux, puis tira sa tête en arrière et écrasa sa bouche sur la sienne. Il lui mordit la lèvre, ce qui la fit saigner, puis lécha le sang en riant.

— Ils ne se rendent même pas compte de ce qu'ils ont avec cette petite fille, n'est-ce pas ? lui demanda-t-il en embrassant sa gorge.

Faith gloussa.

— Non, absolument pas. Ils pensent que c'est le destin qui a décidé de leur cacher Sage tout ce temps. Ils ne se rendent même pas compte que c'était toi.

Son amant sourit.

— Bien sûr que non. Ils n'avaient pas besoin de savoir que c'était moi qui faisais en sorte que jamais ils ne réalisent que Sage leur manquait. Ils ne savaient rien. À présent, ils vont l'apprendre. Ils ne comprennent pas les malédictions. Si ç'avait été le cas, ils auraient pu en briser quelques-unes. Pièce par pièce, notre plan se met en place. Bientôt, Ravenwood sera à nous.

Il embrassa à nouveau Faith, et elle se blottit contre lui tandis qu'ils entremêlaient leurs doigts. Des éclairs jaillirent de leurs mains croisées, et le loup en dessous hurla sa souffrance. La femme sourit encore.

— Et si on rendait les choses intéressantes ? lui demanda-t-elle, son sourire s'élargissant.

— Intéressantes comment ?

— Il y a quelques joueurs en trop sur notre plateau. Je

travaille sur l'un d'entre eux. Ça va prendre du temps, mais ça fait des années que j'y travaille. Il y en a un autre dont nous n'avons plus besoin. Leur temps est écoulé, qu'en penses-tu ? s'enquit Faith, et son amant sourit.

— Oh, ça fait un bon bout de temps que leur temps est écoulé ! Ce sera bon de les entendre crier.

Il l'embrassa encore, et elle gémit. Ils se déshabillèrent mutuellement, et s'agitèrent nus sur le fauteuil pendant qu'ils faisaient l'amour. Des éclairs transpercèrent l'air autour d'eux, se mêlant aux cris de l'homme mourant, les faisant basculer.

— Bientôt, murmura-t-il en faisant glisser ses mains le long de son dos couvert de sueur, les vagues déchiquetées de son ancre s'enroulant autour de sa main. Bientôt, répéta-t-il.

Faith s'endormit dans les bras de son amant toujours enfoui en elle, son âme apaisée par la magie de l'homme, du moins ce qu'il en restait.

CHAPITRE 16

ROME

MES MAINS se cramponnaient au volant, et mes doigts blanchirent tandis que je laissais échapper un léger grognement. Je faillis quitter la route quand une main légère toucha mon avant-bras. Je regardai Sage qui agrippait mon bras, et elle secoua la tête.

— Respire, Rome. Nous allons bien.

Je relâchai une respiration par le nez, inspirai à nouveau avant de tourner dans la rue en direction de son *cottage*.

— Je ne vais pas bien pour le moment, grognai-je, poussé par mon ours.

Il voulait que je me transforme, que j'éviscère tout sur son passage, mais je ne pouvais rien y faire. Les revenants étaient partis, tout comme Faith, du moins pour l'instant. Quelqu'un avait encore essayé de blesser Sage, et je n'avais pas été là. Je ne savais pas si je serais capable de supporter le fait de ne pas toujours être là pour la protéger.

— Je vais devoir aller courir, grognai-je, me détestant d'être si faible.

Sage me tapota à nouveau le bras, comme si elle ne savait pas quoi dire. Je ne lui en voulais pas. Je n'agissais pas comme l'ours qu'elle connaissait. D'ailleurs, mon comportement n'était pas celui de l'ours que je reconnaissais dans le miroir.

Je me garai dans l'allée de Sage.

— Laisse-moi t'aider.

— Rome, je peux me débrouiller. Tu l'as vu.

— Je sais, grogna mon ours en surface.

Je soufflai une nouvelle fois et agrippai suffisamment fort le volant pour me rendre compte que j'allais le casser si je n'y prenais pas garde. Comme quand j'étais un ours adolescent qui apprenait à se contrôler.

— Laisse-moi faire ça. J'en ai besoin.

Sage croisa mon regard.

— Bien sûr. Viens.

Je coupai le moteur, sortis de la voiture et fis le tour pour l'aider à descendre. J'ouvris sa portière, et elle avait déjà ôté sa ceinture, son sac à main serré contre sa poitrine. Je tendis la main.

— Laisse-moi t'accompagner à l'intérieur.

Son regard s'adoucit, et mon ours ne sut pas très bien comment le prendre.

— C'est bon, Rome.

— D'habitude, je suis bien meilleur pour me contrôler.

— Je le sais, et je sais aussi que tu te maîtrises.

Je secouai la tête.

— Ce n'est pas le cas. Si c'était le cas, je ne serais pas en train de grogner et prêt à arracher la tête de quiconque oserait s'approcher de toi.

Elle serra ma main.

— Ce n'est pas le cas. Tu ne fais de mal à personne. Tu ne me fais pas de mal. Tu fais ce qu'il faut.

Je gardai sa main dans la mienne tout en lui jetant un regard incrédule, avant d'aller jusqu'à la porte d'entrée.

— Et si j'entrais et que tu faisais le tour avec moi pour t'assurer qu'il n'y a personne à l'intérieur ?

— Comment as-tu su que j'allais te prendre les clés des mains ? lui demandai-je, déglutissant avec peine.

— J'essayais de penser à ce que je ferais si quelqu'un t'avait attaqué et que c'était moi qui avais besoin d'être rassurée.

Je manquai de trébucher.

— Tu es sérieuse ? l'interrogeai-je en clignant des yeux.

— C'est bon, Rome. On va prendre soin l'un de l'autre. Maintenant, tu dois avoir les mains libres, à moins que ce ne soient des griffes. Je vais ouvrir la porte. Rowen a installé des protections ici, et comme je vis seule, je pense que c'est plus facile à faire que dans ma boutique.

Sa lèvre inférieure trembla, et je jurai.

— On va nettoyer la librairie.

— Ma tante a tellement investi dedans, et les revenants de Faith ont failli la détruire entièrement.

Je secouai la tête.

— Entre les faë, Jaxton et Rowen, elle aura l'air comme neuve. Le matériel, on peut le nettoyer. On peut le réparer.

— Pas l'insécurité que ressent tante Penelope. Ni ce que *toi*, tu ressens.

— Je ne suis pas anxieux, grognai-je alors que je me précipitais dans le petit *cottage* qu'elle louait.

Mon ours était sur le point de jaillir hors de ma peau pour le prouver, mais je le retins.

— Tu n'es peut-être pas angoissé, mais tu grognes quand même parce que nous avons été attaqués. On a pris soin de nous-mêmes. Je n'étais pas au courant que ma tante Penelope était aussi douée avec une dague.

Cela me fit sourire.

— À ton avis, qui a enseigné à Laurel comment manier l'épée ? lui demandai-je.

Elle haussa les sourcils.

— Nous avons tendance à nous rabattre sur ce pour quoi nous sommes doués, les sorcières font de la magie, comme les faë à leur manière. Et les métamorphes se servent de leurs compétences prédatrices. Ceux qui possèdent un petit pouvoir, mais pas assez pour protéger les gens qu'ils aiment doivent trouver d'autres solutions. Et quand Laurel a perdu sa magie, ta tante est intervenue et lui a appris à se protéger. De cette manière, aucune d'elles n'était dépendante de quiconque.

— J'espère que Laurel m'expliquera tout ça un jour, parce que je pourrais peut-être l'aider à revenir.

Je souris doucement et tendis la main pour repousser ses cheveux de son visage.

— Un jour, elle te racontera. Mais si quelqu'un peut trouver un moyen pour que Laurel récupère ce qu'elle a perdu et brise la malédiction, ce sera le cercle. Vous allez trouver la solution.

— Tu dis ça, pourtant, parfois, j'ai l'impression que je ne serai jamais capable de rattraper mon retard.

— Regarde tout le chemin que tu as déjà parcouru.

— Peut-être, murmura-t-elle.

Je hochai la tête en vérifiant le reste du *cottage*.

— Tout a l'air d'aller.

— Parfait.

Elle baissa les yeux sur ses mains et soupira.

— Je vais prendre un thé et respirer un peu.

— Je dois... Je devrais y aller.

J'avais envie de la marquer sur-le-champ, de la revendiquer pour que tout le monde sache à qui elle appartenait. Et cela signifiait qu'il fallait que je m'en aille.

Elle sourit.

— Parce que tu as peur d'être seul avec moi ? Ou parce qu'il faut que tu voies le nouveau venu ? C'était Ash ? m'interrogea-t-elle, et mon cœur manqua un battement alors même que je hochais la tête.

— Oui, c'était Ash. Je ne savais pas qu'il allait revenir.

— À en juger par la tête des gens, sa sœur comprise, je ne crois pas que quiconque l'ait su.

— Je devrais aller le voir. C'était mon ami.

Elle inclina la tête, scrutant mon visage.

— C'était ?

Mon ours me griffa, mon cœur s'emballa et mon ventre se noua.

— Je ne peux pas... Je ne peux pas en parler.

— J'ai l'impression que beaucoup de gens ne peuvent pas en parler.

Je secouai la tête, j'avais mal au crâne.

— Ce ne sont pas mes secrets, ce n'est pas à moi de les révéler. Si je te dis ce que j'en pense, je vais rompre la confiance. J'ai envie de tout te raconter, Sage. Je te jure que c'est la vérité. Mais je ne peux pas.

Elle tendit les mains pour prendre mon visage. Je me figeai : il me fallait plus, je voulais la pénétrer, la tenir contre moi et ne jamais la relâcher.

— D'accord, murmura-t-elle. Je comprends. J'apprends et je découvre des choses. Je suis là si tu as besoin de moi.

— Je n'ai pas envie de te laisser seule, lui avouai-je en me penchant pour frôler ses lèvres des miennes.

Je ne pouvais pas m'en empêcher. J'avais besoin de la toucher. J'avais besoin d'être avec elle.

Elle n'était peut-être pas encore totalement ma compagne, mais j'avais besoin d'elle parce qu'elle m'appartenait. Et quand elle me regarda, je me pris à espérer qu'elle ressentait la même chose pour moi.

— Est-ce que tu seras en sécurité ici ? lui demandai-je, car je n'avais pas envie de partir.

Ses lèvres esquissèrent un sourire.

— Oui. Nous avons des protections, et c'est le meilleur endroit pour moi pour le moment. Je vais appeler ma tante, parce qu'elle avait envie d'être seule, mais Rowen est encore en train de mettre en place des protections chez elle.

— Je me sentirais mieux si vous étiez toutes ensemble.

Sage secoua la tête.

— Tante Penelope avait besoin de temps. Rowen en fait trop et ne me laisse pas l'aider, et Laurel est partie, soit avec son frère, soit pour s'occuper d'autre chose. On travaille tous avec ce qu'on a. Je serai en sécurité dans mon petit *cottage* avec les protections mises en place.

— Et avec certains de mes hommes chez toi.

Elle écarquilla les yeux.

— Quoi ?

— Je vais faire en sorte que les ours surveillent ta maison.

— Ils le font déjà, n'est-ce pas ?

Elle plissa les yeux.

Je haussai les épaules et fourrai les mains dans mes poches. Sans ça, j'aurais eu envie de serrer Sage dans mes bras et de ne jamais la laisser partir. J'étais possessif. Qu'on me fasse un procès.

— Mes ours protègent cette ville. Ils protègent les personnes qui me sont chères. Ce qui veut dire toi, Sage.

Elle baissa la tête et me serra fort contre elle. Je l'entourai de mes grands bras, je ne voulais pas la laisser partir.

— Tant qu'ils sont en sécurité. Je vais peut-être faire des gâteaux pour eux.

Je souris.

— Garde juste les petits pains au miel pour moi.

Elle leva les yeux au ciel.

— Non, je ne peux pas faire ça dans cette ville. Mais je vais te trouver une gâterie spéciale.

Mon sexe durcit à ces mots, et elle rit.

— Je ne voulais pas que ça ait l'air si sexuel, dit-elle avant de marquer une pause. Tu devrais y aller.

Elle m'embrassa encore, et je glissai la main sur sa nuque, me raidissant légèrement pour la serrer tout contre moi.

— Sois prudente.

— Je suis en sécurité.

— J'aurai toujours envie de te protéger.

— Et ce sera la même chose pour moi envers toi. Maintenant, va voir ton ami. Rowen sera bientôt là. J'ai l'impression que quelque chose est en train de changer.

— Je l'ai senti aussi, murmurai-je en l'embrassant encore.

J'avais envie de la goûter, de la toucher. Je la désirais, et au vu de la magie qui tourbillonnait autour de moi, je sus qu'elle me désirait aussi. Mais ce soir n'était pas le moment pour ça, pas avec ce que nous avions à faire chacun de notre côté.

Alors que je quittais son *cottage*, mon ours gronda pour que j'y retourne. Je levai les yeux sur Ariel.

— Nous allons la protéger, patron. Va voir ce que veut Ash.

Je sentis le léger grognement dans sa voix. Je savais qu'elle ne lui faisait pas confiance. Je n'étais pas sûr de lui accorder la mienne non plus, pas après tout ce qui s'était passé.

— Merci de t'occuper de ça.

— Elle va être notre *alpha*. Évidemment que je vais la protéger. Elle sera bonne pour notre meute.

J'inclinai la tête et étudiai son visage.

— Tu crois ça ?

— Bien sûr que oui. Tout le monde n'est pas aussi arriéré qu'Alden. Désolée, ajouta-t-elle en grimaçant. J'essaie de ne pas dire de choses négatives sur lui devant toi.

Je retins un juron.

— Non, tu dois dire ce que tu penses. Et je suis l'*alpha*. Il faut que je vous écoute, quel que soit le sujet. Assure-toi que Sage soit en sécurité. Je reviendrai plus tard.

— Nous allons la protéger, mais fais-en autant pour toi.

Et sur ces mots, elle fit le tour jusqu'à l'arrière du *cottage*, où je sentais déjà Sage. Apparemment, elle voulait se présenter à ses protecteurs. Ça me plaisait. Et j'espérais que d'autres personnes étaient sur la même longueur d'onde qu'Ariel.

Je montai en voiture et pris le chemin du retour, conscient que j'avais mille autres choses à faire. Mais d'abord, il fallait que je prenne des nouvelles du reste de ma meute, même si je l'avais déjà fait en grande partie avec Ariel. Et ensuite, je devais aller trouver Ash.

Je m'arrêtai devant ma maison et secouai la tête. Apparemment, je n'avais pas à aller bien loin pour voir Ash. Il m'avait devancé.

Le sorcier se tenait sur mon porche d'entrée, un café à la main alors qu'il discutait avec Jaxton et Trace. Si Alden avait été là, notre groupe aurait été complet. Mais je n'avais pas l'impression qu'il viendrait ce soir, pas après tout ce qui s'était passé. Je ne comprenais pas vraiment ce que mon frère voulait en ce moment.

Je coupai le moteur et sortis en grognant.

— Donc... tu es de retour.

Ash me regarda alors, ses cheveux noirs lui retombant devant les yeux avant qu'il ne les repousse. Ses yeux bleus semblaient anormalement brillants aujourd'hui, comme s'ils étaient empreints de magie. C'était peut-être le cas. Je ne comprenais plus le frère de Laurel, mon ancien meilleur ami. Mais d'un autre côté, ce qui lui était arrivé n'était pas sa faute, et je ne savais pas comment y remédier.

— Je suis venu parce qu'on m'a appelé, dit Ash, la voix basse, dénuée de sentiments.

— Qui ? l'interrogea Jaxton, qui se pencha en avant.

— La ville. Je suis toujours lié à Ravenwood, même si je ne vis pas ici et que je n'ai pas d'autres liens.

— Je suis content que tu sois de retour.

Trace étreignit l'autre homme, les épaules relâchées. Ash leva lentement les bras pour lui rendre son étreinte avant de s'éloigner.

— Alors, la ville t'a appelé, répétai-je en me penchant en avant. Jaxton me tendit une tasse de café en silence, même si c'était ma tasse, ma crème, mon sucre et mon café en grains. Mais mes amis agissaient chez moi comme s'ils étaient chez eux. Je faisais de même dans leurs maisons, alors ça ne me gênait pas.

— Oui, les ténèbres sont enfin arrivées. Et j'ai le sentiment que ce n'est que le début.

— Ce n'était pas du tout cryptique, dit Trace, et Jaxton ricana en sirotant son verre.

Je secouai la tête.

— Où loges-tu ?

— J'ai un logement. J'en ai toujours un.

Ash était un promoteur immobilier et un chef d'entreprise quasi milliardaire. Il avait des maisons dans le monde entier, et Laurel l'aidait avec la plupart, même si elle le faisait dans l'enceinte des protections de Ravenwood. C'était une entreprise familiale, et Ash l'avait rendue encore plus remarquable. Il était impitoyable, mais restait toujours dans la légalité. Sa sœur était leur caution morale. Mais lui avait du mal à se freiner. Il était comme ça, à cause de ce qui lui était arrivé. Une malédiction qui avait changé son essence et avait de lourdes conséquences.

— Alors, que s'est-il passé ? demanda-t-il.

Trace soupira et se mit à énumérer les points principaux avec ses doigts.

— Une femme nommée Faith a amené des revenants, c'est une nécromancienne qui travaille avec un homme nommé Oriel, dont nous n'avons jamais entendu parler. Il ne cesse d'attaquer la compagne de Rome.

Le regard d'Ash croisa le mien, et il haussa un sourcil.

— Je n'ai pas senti de lien. Je ne savais pas si c'était à cause de moi et de qui je suis ou parce qu'il n'y en avait pas.

Mon cœur se brisa pour lui, alors même que j'avais envie de grogner.

— Le lien d'accouplement n'est pas encore établi. Je lui fais la cour.

— Voilà une manière intéressante de procéder, dit Jaxton sans me regarder.

J'eus envie de pousser l'oiseau de la balustrade de mon porche, mais me retins.

Ash fronça les sourcils, geste subtil qu'il effaça rapidement.

— Tu ne devrais pas tarder à la marquer, pour assurer sa sécurité.

Je faillis en rire.

— Tu es resté éloigné de Ravenwood bien trop longtemps si tu crois qu'un accouplement consensuel peut avoir lieu en la marquant sans sa permission.

— J'ai vu comment elle t'a regardé quand tu as couru vers elle. Ça ne la dérangerait pas d'être marquée.

— Toutes ces histoires de magie, c'est nouveau pour elle. Ravenwood aussi. Mais merde, j'avais envie de la marquer ! De la faire mienne.

— Peut-être, mais elle apprend. Elle va s'en sortir.

Ash semblait n'avoir cure des sentiments et de la connexion qui allaient de pair avec le lien et la revendication. Peut-être qu'il s'en fichait. À cause de ce qu'il avait perdu.

— C'est ton intuition de sorcier qui parle ? Ou tu t'en moques ? l'interrogea Trace d'une voix bien plus grondante qu'auparavant.

Ash haussa les épaules.

— Je ne sais pas. Je ne sais plus grand-chose. Je sais que je ne suis pas le bienvenu ici, sauf pour ma sœur et peut-être vous dans un bon jour, lança-t-il en nous regardant. Mais il faut que je sois là. Le cercle a besoin de moi.

— Tu sais qu'elle pense que tu ne fais plus partie du cercle.

Je gardai la voix basse.

Ash croisa mon regard et le vide dans ses yeux me fit peur un moment, avant que la magie derrière eux ne brille de nouveau.

— Je ne peux pas me soucier de ce qu'elle pense, Rome. Tu le sais.

Jaxton soupira et posa son café.

— Tu ferais mieux. Parce que ta sœur a besoin de toi, et le cercle aussi. Cette ville a besoin de toi. Et merde, ça fait bien trop longtemps que tu es parti !

— Jaxton a raison, ajoutai-je, surpris de la légère explosion de mon ami à ce moment-là.

C'était le plus calme d'entre nous, le chasseur qui

traquait sa proie pendant que nous, les ours, grognions et frappions.

— On ne peut pas réparer une malédiction. Tu sais pourquoi je suis parti.

— Tout le monde est maudit à sa manière, murmura Jaxton, et j'acquiesçai.

— Tu es de retour. Et tu ne peux pas repartir quand les difficultés arrivent.

— Alors vous croyez pouvoir me guérir ? s'enquit Ash. Parce que ces années, je les ai consacrées à essayer de me soigner, et ça n'a pas fonctionné. Je sais que Rowen ne veut pas de moi ici. Mais la ville a besoin de moi. Alors, me voilà. Même si une partie de moi ignore toujours pourquoi.

Je m'appuyai contre la balustrade du porche et soupirai.

Nous étions une bande brisée. Tous maudits d'une manière ou d'une autre, comme l'avait dit Jaxton. Ash était de retour, et nous nous rapprochions d'un nouveau cercle et de la sécurité de Ravenwood.

C'était un pas de plus pour garder ma compagne en sécurité.

CHAPITRE 17

SAGE

— La quantité de brioches au miel que tu fais pendant la semaine est à la limite du ridicule, dit tante Penelope de l'autre côté du comptoir.

Les bras plongés dans la pâte jusqu'aux coudes, je la regardai par-dessus mon épaule et souris.

— Quoi ? Je suis dans une ville pleine d'ours. Évidemment qu'il y a des brioches au miel. Et des pains au miel, des beignets fourrés au miel, et tout ce que tu es capable d'imaginer contenant du miel.

— Que ferais-tu s'il n'y avait pas de grizzlis autour de toi ? plaisanta Rome à côté de Penelope. Je me demande ce que mangeraient de plus petits ours.

Ma tante haussa les épaules.

— Sûrement du miel. Si tu avais affaire aux ours polaires du nord, tu ferais beaucoup de saumon.

— Ooh ! du saumon couvert de miel, ça doit être génial ! s'exclama Rome en se frottant le ventre.

Je levai les yeux au ciel et mon regard passa de l'un à l'autre. J'avais le sentiment que tante Penelope avait su le moment exact où j'avais couché avec Rome. Pas par la magie

223

ni quoi que ce soit d'autre, simplement parce que mes sentiments se voyaient sur mon visage. Rome et moi n'étions pas encore accouplés, mais il y *avait* quelque chose. Quelque chose entre nous qui ne se résumait pas au sexe.

Un jour, et j'avais le sentiment qu'il ne tarderait pas, nous nous marquerions mutuellement, et nous allions nous battre ensemble contre les ténèbres, découvrant ce que nos vies pourraient être. Pour l'instant, je savourais le fait d'y aller doucement, le temps pour nous de comprendre qui nous étions et ce que nous devions devenir.

— J'ai le droit de goûter en premier, non ? demanda Rome à voix basse.

Tante Penelope s'éclaircit la gorge.

— Wouah, j'ai l'impression de vous interrompre ! dit-elle en riant, et je secouai la tête.

— Tiens-toi bien, dis-je à Rome en me penchant pour commencer à travailler sur la prochaine fournée. Et bien sûr que tu auras la première brioche au miel. Tu es ici tôt, ce matin. La pâte est prête, et il faut qu'elle lève encore une fois avant d'aller au four.

— Et dire que j'avais l'habitude de tout acheter en magasin !

J'eus un violent frisson.

— Jamais plus nous n'aurons à faire ça.

— Évidemment que non ! Tu as ouvert la boulangerie pour toute la ville, intervint tante Penelope, brisant la tension dont je n'avais pas réalisé qu'elle était montée.

C'était logique, car nous cherchions tous à comprendre où nous en étions, et ma tante me laissait le temps de respirer, ce dont j'avais désespérément besoin.

— Tiens, laisse-moi t'aider.

Rome s'avança pour me prendre le lourd plateau. Je hochai la tête en guise de remerciement, et m'attaquai aux éléments suivants. Tante Penelope remplaçait Sabrina ce jour-là car elle avait un rendez-vous chez le dentiste. Ma tante rejoindrait Laurel à la librairie à son retour.

Et Rome était là. À mon avis, ce n'était que pour moi, mais ça ne me dérangeait pas. C'était agréable d'apprendre à mieux le connaître, même si nous travaillions aussi sur un million d'autres sujets. Il devait ensuite aider Jaxton à régler quelques problèmes de protections et assister à une réunion avec les faë. Et je resterais ici, à travailler. Pendant mes pauses ou quand il y avait une accalmie, je m'entraînais à lancer des sorts avec Rowen.

J'avais une routine et des choses à faire, tout en attendant la suite des événements.

— Tu as de la chance de t'être lavé les mains avant de venir ici, sinon je ne t'aurais pas laissé passer derrière ce comptoir, lui dis-je d'un ton taquin.

Rome haussa les épaules.

— Je veux des brioches au miel. Je dois respecter les normes d'hygiène.

Il se pencha et faillit m'embrasser, mais jeta d'abord un regard à ma tante, qui leva les yeux au ciel.

— Faites comme si je n'étais pas là, dit-elle d'une voix chantante avant d'aller travailler sur la vitrine.

Comme nous avions tous les deux les mains vides, Rome se pencha et m'embrassa doucement.

— Je suis presque sûre que ça enfreint les normes d'hygiène, chuchotai-je.

Il haussa de nouveau les épaules.

— Ils peuvent me mettre une amende. Ça ne me dérange pas.

Je me réchauffais, ma magie me picotait quand il était près de moi.

— Tu dois bientôt partir, n'est-ce pas ?

— J'ai quelques heures.

Son téléphone sonna, et il fronça les sourcils. Il le sortit de sa poche et secoua la tête.

— Apparemment, ce n'est plus le cas. Alden veut qu'on se retrouve maintenant pour passer en revue ce que nous allons dire aux faë.

Je me renfrognai, me demandant pourquoi ma magie ne semblait pas fonctionner à ce moment-là.

— Alden sera là ?

— *Je* serai là avec Alden. Ariel et Trace sécurisent la meute. Nous essayons de ne jamais nous retrouver tous au même endroit, sauf quand nous sommes dans le repaire en lui-même.

— C'est logique, approuvai-je. Mais de quoi avez-vous besoin de parler aux faë ?

— Notre traité de paix normal. Nous n'avons jamais eu de guerre avec eux. Du moins, pas nous personnellement. Mais il y en a eu une il y a un siècle. Alors, nous nous réunissons une fois par trimestre pour établir nos règles.

Il soupira et m'embrassa de nouveau.

— Rien n'a changé en un siècle, et ça ne changera pas maintenant. Je ne sais pas ce que souhaite Alden, si ce n'est peaufiner quelque chose, comme d'habitude, mais rien ne change jamais. Les faë ont une longue durée de vie et n'aiment pas vraiment les bouleversements.

— C'est le cas des sorcières et des métamorphes ? lui demandai-je, taquine.

Il secoua la tête.

— Pas même un peu. Mais je crois que les faë sont encore pires que nous. Quoi qu'il en soit, je reviens vite. Sois prudente.

Je soupirai.

— Rowen et Laurel sont sur leurs gardes, et je me

débrouille bien toute seule. Toi aussi, fais attention à toi. Après tout, tu vas négocier un traité.

Il ricana.

— Oui, et par *négociations*, tu veux dire que je vais prendre un café avec deux personnes que je connais depuis toujours, et que nous allons signer un document qui porte déjà nos signatures. C'est parfaitement logique.

— Les joies de la bureaucratie ! Qui aurait cru que même le monde surnaturel serait impacté !

Je ris avant de soupirer, les yeux sur la porte, me demandant ce qui pourrait arriver.

Tante Penelope s'éclaircit la gorge, et je faillis lâcher la cuillère dont j'avais oublié qu'elle était dans ma main.

— Tu es fichue, ma chérie, me dit-elle.

Je la regardai, le cœur battant à tout rompre.

— Quoi ? couinai-je presque.

— C'est tellement agréable de te voir lâcher prise de nouveau.

Je déglutis avec peine.

— Tu crois ? Que je suis en train de lâcher prise ?

— Je vois comment vous vous regardez, les attentions que vous avez l'un pour l'autre, comme si vous appreniez vos besoins et désirs mutuels. Alors oui, je pense que tu es en train de lâcher prise. Et pas à cause d'un lien qui pourrait avoir lieu.

— J'ai l'impression que je viens juste d'arriver, mais ça fait quelques mois, à présent.

— Effectivement, dit ma tante. Tu as toujours été destinée à être ici. Je reste sur l'idée que quelque chose te repoussait.

Elle fronça les sourcils en le disant, et je me penchai en avant.

— Tu songes à Faith ?

— Oui, j'y pense depuis un moment, maintenant. Pourquoi je ne t'ai pas demandé de monter plus tôt ? Au décès de Rupert. Pourquoi ne t'ai-je pas demandé de venir quand il était toujours en vie ? Il aurait aimé cet endroit. Il ne l'aurait peut-être pas compris tout de suite, mais il se serait senti chez lui.

Je fronçai les sourcils.

— Et que fais-tu de Rome ?

— Il ne se serait rien passé avec Rome parce que tu étais déjà mariée. L'accouplement n'est pas aussi dur et cruel que ça. Mais ça n'a aucun sens que je n'aie pas eu envie que ma nièce, mon sang, future membre du cercle soit ici. Et pas parce que c'est le destin et que ça n'aurait eu aucun sens pour toi de venir ici avant ton heure. Pourquoi n'aurais-je pas voulu que ma famille soit là ?

— Tu crois que c'est Faith qui m'a éloignée ? Qu'elle m'a empêché de réfléchir à mon tatouage, ou à la manière dont la magie semblait m'entourer, même quand je ne m'en rendais pas compte ?

— Elle ou cet Oriel, qui qu'il soit.

Je déglutis avec peine.

— Je pense que tu as raison. Ça fait un moment que j'y réfléchis. Certes, je devais être ici maintenant, mais je pense que le destin est aussi un choix, et que quelque chose m'a retenue.

— Et ça me fait peur, Sage. Pourquoi ce quelque chose ne voulait-il pas que tu viennes jusqu'à ce moment ? Et pas pour que tu puisses rencontrer Rome. Parce que l'accouplement peut prendre des années à se développer. Tu peux connaître quelqu'un durant toute votre vie et finalement, la magie en toi opère et tu comprends avec qui tu devrais être. Ainsi, même si tu avais été là depuis des années, Rome et toi n'auriez pas forcément réalisé qui vous étiez faits l'un pour l'autre avant. C'était comme si quelque chose t'avait retenue et te poussait maintenant comme un élastique qui claque. On tire soit trop fort, soit trop longtemps, et d'un coup, ça claque, ça se casse en deux.

— Tous les accouplements ne sont pas aussi intenses, n'est-ce pas ? lui demandai-je en me frottant le cœur.

— Ce n'est pas obligé. Mais je ne sais pas. On dirait que quelque chose t'a éloignée exprès. Et je n'aime pas ça.

J'ouvris la bouche pour ajouter quelque chose, mais m'interrompis, levant les yeux quand l'eau se mit à couler du plafond.

— C'est une fuite ? s'enquit tante Penelope, et je déglutis difficilement.

— Je crois que tu devrais prendre ta dague, lui dis-je tandis que les poils de mes bras se hérissaient.

Elle croisa mon regard et sortit sa dague de son fourreau attaché à sa hanche. J'écartai les doigts pour laisser venir ma magie à moi. Nous avions des protections sur la ville, la boulangerie, et chacune de nos maisons. Nous avions fait de notre mieux pour nous mettre à l'abri. Et pourtant, apparemment, nous passions à côté de quelque chose.

L'eau se déversait du plafond, mais sans atteindre le sol. À la place, elle planait au-dessus du plancher et de tous les meubles. Ma tante m'adressa un regard inquiet.

— C'est toi, Sage ?

— Non, ce n'est pas moi.

— Elle rêverait d'être aussi forte, lança Faith en entrant dans le bâtiment.

Ma tante se retourna vers la nécromancienne.

— Comment es-tu entrée ici ?

— Tu crois que vos protections peuvent m'arrêter ? Il suffit d'un peu plus de magie, de quelques gouttes de sang en plus. C'est pour cette raison que vous et votre précieux petit cercle ne gagnerez jamais. Vous n'êtes pas assez puissants. Vous ne le serez jamais. Vous gaspillez une grande partie de votre énergie pour sauver votre code moral, et vous finirez par perdre beaucoup à cause de ça. Vous n'êtes pas aussi forts que moi. Ce ne sera jamais le cas. Et c'est votre faute si ça arrive.

Je rejetai les épaules en arrière, prête à me battre et à protéger ma tante.

— Tu devrais partir, maintenant. Les autres sauront que tu es là.

— On s'occupe déjà des autres. Pourquoi crois-tu que tu te retrouves toute seule ici avec juste cette petite humaine pour t'aider ?

La peur envahit mon estomac, ma langue, et je me tendis.

— Qu'as-tu fait ?

— Tu crois que je suis seule ? Les autres ne vont pas tarder, je suppose, mais nous devions les occuper d'abord. Maintenant, venons-en à toi, ricana Faith. Tu crois tout savoir ? Tu n'es au courant de rien. Tout ce que tu sais, c'est que tu es venue ici en pensant y trouver une nouvelle vie. Tu n'as pas réalisé que celle que tu avais n'était même pas la tienne.

— Que veux-tu dire ?

Mon pouls s'emballa, et je tentai de suivre, la bouche soudain asséchée.

— Ce que je veux dire, c'est que j'ai pris tout ce que tu pensais vouloir. Ton parfait petit mari. Cette parfaite petite famille. J'ai pris ça aussi. Tu ne t'es jamais demandé pourquoi la famille de Rupert ne t'a jamais aimée ?

La douleur me transperça. Ce n'était pas vrai. Ce n'était pas possible. Ce qu'elle disait n'avait aucun sens.

La sorcière ricana.

— Je ne les ai pas laissé t'aimer. Un sort par ici. Un murmure par-là, et ils ne *t'aimeraient* jamais. Ils ne te feraient jamais confiance. Quant à Rupert... Tu crois vraiment qu'il est mort d'une tumeur cérébrale sortie de nulle part, sans aucun symptôme en dehors d'un léger mal de tête qui l'a conduit chez le médecin ? Non, ce n'est pas comme ça que les choses fonctionnent.

J'avais l'impression de ne pas pouvoir respirer, comme si on me hurlait dans l'oreille, et pourtant, je n'arrivais pas à suivre. Ce n'était pas possible. Ce que Faith disait ne pouvait pas être vrai. C'était forcément une erreur.

— Tu... tu l'as tué. Comment ? Comment as-tu pu faire ça ?

Elle sourit, le regard assombri.

— Regarde-toi. Tu es tellement perdue ! J'ai pris Rupert. J'ai pris ton précieux petit mari parce que je le pouvais. Et Oriel était juste là avec moi, à attendre. La seule chose que j'avais à faire, c'est rester assise là à regarder ta douleur grandir encore et encore, jusqu'à ce que tu n'aies plus rien. C'est moi qui ai tout eu.

— Non, ce n'est pas possible !

Ma main trembla, et l'eau se dispersa dans l'air comme si elle essayait de me rattraper.

— Quoi ? Tu pensais que quelqu'un pouvait t'aimer comme ça ? Non, Rupert faisait partie du plan pour te pousser à revenir ici. C'est nous qui t'avons gardée là où tu devais être. À présent, tu es perdue. Et seule. Tu crois que cette petite humaine devant toi va te protéger. Tu n'as rien. Tu voulais trouver la bonté. Un foyer. Pourtant, tu n'as rien. Et je vais m'assurer que tu le comprennes bien.

Elle avait tué Rupert. D'une manière ou d'une autre, elle avait orchestré tout ça avec cet Oriel. Je ne pus me

231

résoudre à y réfléchir davantage. Il fallait que je protège ma tante, mais Faith paierait.

— Pour qui te prends-tu ? s'exclama tante Penelope en se postant devant moi.

J'eus envie de tendre la main pour la tirer en arrière, mais je ne pouvais pas. Au moindre mouvement brusque, je savais que Faith se déchaînerait et ferait du mal à ma tante. Je ne pouvais pas permettre que cela arrive.

— Je suis ton futur, lança Faith en faisant passer ses cheveux par-dessus son épaule. Je suis l'avenir de cette ville. Tu n'es qu'une petite humaine qui n'a jamais eu assez de magie. C'est tellement triste de voir que tu ne seras jamais assez ! Ç'aurait été sympa si tu avais fini par être le futur de cette ville. De Ravenwood. Mais tu n'es rien. Tu n'as jamais eu assez de magie. Et tu n'en auras jamais assez.

— Ne t'approche pas ! s'exclama tante Penelope, la main tendue.

Je me décalai alors pour me tenir aux côtés de ma tante, tandis que Faith concentrait toute son attention sur elle.

— Ne t'avise pas de lui faire du mal, grognai-je.

— Tu es tellement mignonne de croire que tu peux m'arrêter !

Elle frappa, de la glace glissant du bout de ses doigts pour former des lames. J'envoyai un mur d'eau pour nous protéger, détruisant probablement au passage une partie de ma boulangerie. Je m'en fichais. Je devais défendre ma tante. Mais il me fallait l'aide des autres pour Faith, parce qu'elle était quand même plus puissante que moi.

Et il n'y avait rien que je puisse faire, à part me battre de toutes mes forces ?

— Oh, je vois que tu as appris quelques nouveaux tours ! Ils ne t'aideront pas.

Elle envoya plusieurs vagues successives de lames de

glace. Je les bloquai. Ma tante s'empara d'un plateau pour les stopper aussi, même si certaines commencèrent à trouer le plastique.

— Il faut qu'on s'en aille d'ici, me dit Penelope.

— Je sens l'eau tout autour de cet endroit. Elle a mis des protections en place. Nous sommes piégées.

— Je ne la laisserai pas te faire du mal, me dit ma tante.

Alors, je la regardai en secouant la tête.

— C'est *moi* qui ne la laisserai pas te faire de mal.

— C'est touchant, mais je m'ennuie.

Faith leva de nouveau les bras. Cette fois, les dagues volèrent en l'air, plus larges et acérées que les précédentes. J'écartai les mains à mon tour, mais je ne pouvais pas toutes les arrêter. L'eau n'allait pas suffire, pas avec toute cette puissance qu'elle nous opposait.

Ma tante croisa mon regard un instant, et je criai. Parce que les lames n'étaient pas dirigées vers elle, mais directement vers mon cœur. Ça n'avait pas d'importance. Je n'étais pas assez rapide.

Tante Penelope me regarda, puis me poussa hors du chemin, m'agrippant fort le bras alors qu'elle me faisait tomber. Puis elle hurla, faisant écho à mon cri.

Je rugis et tendis la main vers elle, mais la glace lui transperça la peau près de l'épaule, traversant son cœur, son ventre, et encore sa gorge. Le sang s'accumula, jaillit, gicla, et je tendis les bras vers elle, la rattrapant alors qu'elle tombait.

Le reste de la glace explosa autour de nous, et une lame me frappa au bras. Je criai en voyant Faith sourire, et enlaçai ma tante, qui tremblait en se vidant de son sang dans mes bras.

— Non !

Faith éclata de rire.

— Tu peux essayer autant que tu veux, tu ne seras

jamais aussi puissante que moi. Jamais ! dit-elle en prenant la dague de ma tante, cette fois.

La foudre s'enroula autour de la lame tandis que j'étreignais le corps mourant de ma tante, et je tendis la main, essayant d'invoquer ma magie. Je n'y parvins pas. J'avais tellement peur ! Je ne pouvais rien faire.

Faith me fit un clin d'œil et me lança la dague. Je projetai une nouvelle vague d'eau, la déviant partiellement, mais elle s'enfonça dans mon ventre au lieu de ma poitrine. Ma tante haleta, et je baissai les yeux sur elle, essayant de la serrer fort, de faire quelque chose. Mes larmes coulèrent, se changeant en glace alors qu'elles roulaient sur mon visage. La douleur me saisit le flanc quand la dague s'enfonça profondément, des éclairs jaillissant et me tranchant la peau. Je sentis la magie s'échapper de mon corps et tentai de faire quelque chose, n'importe quoi.

Mon sang coula, ses résidus noirs recouvrant mes mains, mes genoux, tout. Il se mêla à celui de ma tante, et je me sentis impuissante.

Tout ce que je réussis à faire, ce fut de me pencher et d'entendre les cris des autres lorsqu'ils arrivèrent. Quand la magie me quitta, je sentis mon âme s'en aller avec celle de ma tante.

Ensuite, il n'y eut rien.

Rien que des cris.

Et la mort.

CHAPITRE 18

ROME

MON OURS RUGIT EN MOI, et je me retournai, regardant la ville par-dessus mon épaule.

Alden écarquilla les yeux au son de mon grondement, et les deux faë devant moi froncèrent les sourcils.

— Qu'est-ce qui ne va pas, Rome ? s'enquit le chef.

— Sage. Sage a des soucis.

Aspen, le *leader* des faë, ouvrit de grands yeux.

— Je n'avais pas réalisé que vous étiez liés. Je te féliciterais bien, mais je ne crois pas que ce soit le moment approprié pour ça.

— Nous ne le sommes pas, pas encore, mais il y a un problème.

— Fonce, on sera juste derrière toi, cria Aspen, et je me mis à courir, mes pieds martelant le sol.

Je ne savais pas si Alden m'avait déjà rejoint, mais il le ferait. C'était mon frère. Je lui faisais confiance pour assurer mes arrières quoi qu'il arrive. Les faë seraient sans doute là également, aussi je courus, le regard fixé sur la ville devant moi alors que je progressais vers la boulangerie. Je courus aussi vite que possible, poussé par mon ours, qui me racla la peau quand je vis la rupture de la conduite d'eau au bout de la rue.

Jaxton me survola, son faucon criant au passage avant de se poser devant moi lorsque je fus face à la boulangerie. Je le sentis se transformer et vis Trace courir vers moi, des vêtements à la main. Il les jeta à Jaxton, et je tentai de me frayer un chemin à travers le mur liquide.

— C'est quoi, ce bordel ? grognai-je, me brûlant les mains au contact de l'eau bouillante.

— Faith est à l'intérieur, dit Jaxton.

Je lui jetai un regard.

— Comment tu sais ça ?

— C'est la seule personne que je connaisse capable de faire ça.

— Elle est là, dit Ash, qui s'approcha de moi, inclinant la tête alors qu'il étudiait l'eau. On peut se frayer un chemin à travers.

— Comment ? l'interrogea mon ours en grondant.

D'autres nous rejoignirent alors : les faë, Alden, Rowen et Laurel. Nous étions tous là, à regarder le mur d'eau bouillante qui nous empêchait d'entrer dans la boulangerie. Le reste de la ville n'avait pas été touché, il était centré sur la boutique. Je fronçai les sourcils.

— Il faut qu'on traverse à l'aide de la magie. Il va nous falloir user de toutes nos forces pour lutter contre l'eau, puisque Sage est à l'intérieur.

Mon ours n'entendit que le nom de Sage. Je grognai à nouveau et poussai l'eau.

— Tu vas te faire mal, gronda Trace.

— Peut-être, mais il faut que je la voie. Il faut qu'elle aille bien. Elle souffre, grondai-je encore.

— Bien, on va t'aider, dit Rowen.

— Je ne serai pas très utile, intervint Laurel.

— Ce sera suffisant.

Ash prit la main de Laurel, pas celle de Rowen, remarquai-je, et sa sœur prit celle de son amie. Tous trois pressèrent les mains contre l'eau et se mirent à psalmodier un sort que je ne connaissais pas. Au lieu de cela, je tendis les mains vers l'eau, essayant de passer à travers, de la franchir pour que nous puissions entrer dans la boulangerie et que je rejoigne Sage. Pour que je puisse la sauver.

Jaxton et Trace étaient à mes côtés, poussant l'eau également, s'ébouillantant pour m'aider à la rejoindre. Les faë murmuraient quelque chose à mi-voix, et je savais qu'ils essayaient aussi d'aider en tentant de percer cette nouvelle protection. Les autres faisaient ce qu'ils pouvaient, chacun se servant de sa magie ou de son pouvoir pour traverser. Jaxton se déshabilla à nouveau, se changea en faucon, puis lui et quelques-uns de ses congénères ailés se mirent à voler au-dessus, espérant trouver un autre moyen d'entrer.

La ville faisait tout son possible pour s'en sortir. Enfin, *enfin*, Laurel cria, du sang s'écoulant de ses oreilles alors que Trace courait vers elle et l'attrapait.

— Vas-y, dit Rowen en tombant à genoux.

Un des faë était là pour la rattraper, et Ash la regarda. Je vis quelque chose briller dans ses yeux pendant un instant, puis il fut à mes côtés alors que je me poussais à travers l'eau. Le mur me brûla la peau, laissant des cloques, mais je l'ignorai. Je pouvais me frayer un chemin. Ash était derrière moi dans le trou que j'avais fait. L'un des faë vint aussi, puis Jaxton fut là, mais je ne vis personne d'autre. Je ne pouvais faire attention à eux. Au lieu de cela, je baissai les yeux sur le sol maculé de sang et rugis.

Des griffes jaillirent du bout de mes doigts, et je tombai à côté de Sage, baissant les yeux sur le sang qui tachait son ventre, ses bras, sa poitrine. Puis sur les yeux écarquillés et vides de Penelope.

Je rejetai la tête en arrière et rugis, les fenêtres se brisèrent, le mur trembla.

— Contrôle-toi, m'intima Jaxton en me tirant en arrière.

Sage était toujours dans mes bras, haletant pour respirer. Je posai la main sur sa blessure.

— Rome, marmonna-t-elle, le sang s'écoulant de sa bouche.

Des éclairs et de l'électricité secouèrent mon organisme quand je touchai la dague. Je grognai encore.

— Qu'est-ce que c'est ?

— Merde, Faith siphonne son pouvoir ! s'exclama Ash.

Jaxton était là, posant ses doigts sur le cou de Penelope. Il croisa mon regard et secoua la tête. La douleur de cette perte effarante me choqua. Penelope était morte. Je sentais l'autre femme ici. Je savais que Faith était responsable. Elle avait tué Penelope.

Une sorcière dormante, une femme gentille, quelqu'un qui avait été à nos côtés d'aussi loin que remontaient mes souvenirs. À présent, elle était morte, et au vu de leurs positions, j'eus la sensation qu'elle avait péri en sauvant Sage.

— Comment j'arrête ça ? grondai-je, la voix si ours que je sus que j'étais à deux doigts de me transformer.

— Marque-la, me dit Ash, et je levai les yeux sur lui.

— Quoi ? rétorquai-je sèchement.

— Marque-la. Le lien l'aidera à repousser la dague en lui donnant un regain de ta force et lui permettra de conserver sa magie. Ça t'épuisera un peu, mais tu arriveras à rester stable et à récupérer. Tu es assez fort pour ça. Tu es *alpha*.

— Tu peux prendre du pouvoir chez moi aussi, me dit Trace.

— Toute votre meute aidera, dit Jaxton, bien que je ne sache pas si c'était la vérité.

La majorité de la meute le ferait, mais pas tout le monde.

— Je ne peux pas lui retirer son choix, grognai-je, avec mon ours si proche de la surface que j'allais me transformer et prouver que je n'étais pas assez fort pour être *alpha*.

Ash grogna.

— Si tu la marques, tu la sauveras.

— C'est son choix, protestai-je.

— Elle ne peut pas choisir si elle est morte, rétorqua le sorcier avec une pointe de colère dans la voix.

Pour un homme qui montrait rarement ses émotions, c'était quelque chose.

— Fais-le. Sage comprendra, chuchota Rowen, qui soutenait Laurel. Celle-ci perdait encore du sang, sans doute à cause de la douleur provoquée par l'utilisation de la magie, et Trace était là pour la stabiliser.

Rowen regardait autour d'elle, tremblant de tous ses membres.

— Faith est partie. Je jure qu'elle va payer pour ça. Elle paiera pour tout. Mais nous ne pouvons rien faire sans Sage. Sauve-la, Rome. Elle est notre seul espoir.

Je regardai la femme dans mes bras, dont les yeux étaient fermés, elle respirait par à-coups tandis que sa magie et sa vie s'échappaient d'elle.

— Je suis désolé, murmurai-je.

Je laissai mes crocs s'allonger et approchai son cou de moi.

Notre espèce s'accouplait par le biais du marquage. C'était quelque chose de passionné, de privé. Chargé d'émotion. C'était un moment intense et personnel. Et voilà que tout le monde allait regarder. Ils me verraient lui enlever ce

239

choix par la force. J'allais lui retirer sa volonté. Je ne méritais pas d'être *alpha* ni d'être son compagnon.

Mais je ne pouvais pas la laisser mourir.

Alors, sans regarder personne d'autre, je plantai lentement mes crocs dans son cou et grimaçai quand elle laissa échapper un halètement choqué. Une décharge électrique me traversa les crocs, et je compris qu'il s'agissait de la magie de la dague. La lame de Penelope était imbibée de la magie noire nécromancienne de Faith.

Elle était en train de tuer ma compagne, et je ne pouvais pas laisser une telle chose se produire. Il fallait que je la sauve, quitte à y laisser une partie de mon âme.

Je mordis plus fort, et mon ours rugit. Un lien entre Sage et moi finit par se mettre en place. C'était de la vie pure, de l'énergie. De la magie. Elle enveloppa mon âme, et je la sentis faire de même avec celle de Sage, alors que nous ne faisions plus qu'un dans tous les sens du terme.

Elle était mon futur, mon passé, mon présent. Elle était tout ce qui importait dans ma vie, ce qui allait prouver qui je pouvais être et l'homme que je deviendrais.

Et à ce moment-là, rien d'autre ne comptait qu'elle.

Elle était mon pouvoir, mon salut.

Elle était tout.

Je la ressentais. Je ressentais tout.

Ses yeux s'ouvrirent brusquement, l'or qui les entourait faisant écho à celui des miens l'espace d'un instant, alors que mon ours s'enfonçait en elle pour la sauver.

La magie tremblait autour de nous, frappant ma peau, tirant sur mes cheveux alors qu'elle s'enfonçait en moi. Ash prononça quelques mots, un doux sortilège, et je le vis retirer lentement la dague du corps de Sage. Elle se mit à convulser, et je fis passer plus d'énergie vers elle à travers le lien.

Il fallait qu'elle aille bien. Elle devait rester en vie. Nous étions liés. Elle était ma compagne. Elle était mon futur.

Et elle me détesterait.

Les autres se mirent à murmurer, apposant leurs mains sur la blessure pour interrompre le saignement. Je la serrai contre moi et rejetai la tête en arrière, rugissant à nouveau. Le verre qui restait dans la pièce vola en éclats, mais Rowen employa sa magie du vent pour l'empêcher de blesser quiconque. Tous me jetèrent des regards compatissants, mais je les ignorai.

— Je dois aider à la sauver, dit Rowen en s'agenouillant devant moi. Il y a des sorts, Rome... Il faut que je la tienne.

Je regardai Penelope, celle que l'on n'avait pas pu sauver, et mon ours comprit que je devais lâcher prise. Parce que lui et moi n'avions pas le contrôle, et que je ne voulais pas la blesser. Je ne pouvais faire de mal à personne. Je confiai Sage à Rowen et chancelai en arrière, me relevant alors que mes mains tremblaient, mon corps désormais couvert de sang.

Je ne dis rien. Simplement, je partis. Je quittai ma compagne, ma famille, tout le monde.

J'avais besoin de partir.

Mon ours avait pris sa douleur, mais il fallait que je m'en aille avant de voir le regret sur son visage. Les autres pouvaient rester. Ils pourraient la sauver. Il fallait que je parte. Parce que j'avais fait la seule chose que je m'étais promis de ne jamais faire, celle qu'un métamorphe ne devrait jamais faire.

Je l'avais prise comme compagne sans sa permission.

C'était peut-être pour la sauver, mais j'avais franchi une limite. Et je méritais toutes les conséquences qui en découleraient. Je titubai hors de la boulangerie, sachant que les autres étaient là, attendant que je leur dise un mot, mais j'en étais incapable.

Au lieu de cela, je rejetai la tête en arrière et rugis à nouveau. La ville trembla, et je compris que les protections mises en place par Rowen devaient travailler doublement pour garder les secrets de notre ville.

Je ramenai les épaules en arrière et me transformai. Mes os se mirent en place et de la fourrure poussa sur tout mon corps. Je me mis à quatre pattes, rugis une fois encore et courus dans la forêt. J'avais besoin de respirer. Je devais repousser la douleur et l'énergie que le lien avait engendrées.

Sage était en sécurité pour le moment. J'avais besoin qu'elle le soit. Parce qu'il n'y avait rien d'autre que je puisse faire. J'avais une compagne.

Elle allait me détester.

Mais c'était mérité.

CHAPITRE 19

SAGE

J'entendais les autres autour de moi marmonner des mots en boucle. Je n'arrivais pas à comprendre ce qu'ils disaient, et j'avais trop mal pour me concentrer suffisamment afin d'y parvenir. Il y avait des mains sur mon corps, des touchers délicats, curatifs, mais je n'étais pas à l'écoute de l'extérieur.

Je me concentrais sur ce qui était à l'intérieur. Ce qui me griffait. C'étaient des griffes ? Ou était-ce quelque chose d'autre ? Je n'en savais rien. Je n'avais jamais ressenti cela auparavant. C'était comme si un fil me reliait à quelqu'un d'autre. Qu'est-ce que c'était ?

C'est presque intérieurement que je tendis la main pour essayer de comprendre ce qui se passait, et j'enfonçai mes doigts dans sa poigne frêle, mais sûre.

C'était un fil.

Un lien. Quelque chose que je ne comprenais pas. Qu'est-ce que c'était ? Qu'est-ce que ça pouvait être ?

Puis j'entendis un doux grognement. Et de la fourrure glissa sur ma peau.

C'était un ours.

L'ours de Rome.

Je connaissais cet ours. Il était *à moi*, rampant le long du lien, me tendant la main. Puis il atteignit le pouvoir en moi. Ma magie. Elle se poussait vers l'ours, et il me cogna le côté avec sa tête. Je souris.

— Tu es là, murmurai-je. Ou est-ce moi qui suis là ?

Ça n'avait pas de sens.

Où étais-je ? Je n'avais pas l'impression d'être réveillée. Tout ça devait être dans ma tête. Si c'était dans ma tête... où était Rome ?

Son ours me toucha la main. Une fois encore, je souris. C'était définitivement son ours. Son ancre. Il était là. Et s'il y avait un lien... cela signifiait qu'on était accouplés.

C'était obligé. C'était le lien dont les autres et lui avaient parlé. Je le sentais envelopper mon âme aussi sûrement que je voyais l'ours qui me regardait, maintenant.

Rome et moi étions accouplés. Quand cela s'était-il produit ? Quand m'avait-il marquée ? Je n'en savais rien. J'aurais dû m'en inquiéter, mais ce n'était pas le cas, parce qu'il s'agissait de Rome.

Est-ce que tout cela n'était qu'un rêve ? L'ours de Rome me donna un nouveau coup de tête. Je regardai le lien et cillai.

Qui était-ce ? Que se passait-il ?

— Sage, il faut que tu te réveilles. Sage, réveille-toi.

Je repoussai ces pensées, cette voix qui refusait de s'en aller. J'avais envie de suivre l'ours de Rome. Je voulais Rome. Il me dirait ce qui se passait. Il était celui en qui j'avais le plus confiance. Il m'aiderait à trouver tante Penelope. La douleur me brûla, et l'émotion m'étrangla.

Tante Penelope.

Elle était morte. Non, elle ne pouvait pas être morte. Pas tante Penelope.

Ça n'avait aucun sens pour moi. Comment pourrait-elle disparaître ? L'avais-je imaginé ? Je devais rêver.

J'ouvris les yeux en clignant et essayai de respirer. La douleur me transperça le flanc et la poitrine. Mon cœur. Tout voulait me submerger. Me tuer. J'avais l'impression d'être morte.

— Sage, garde les yeux ouverts.

Je regardai Rowen et tentai de respirer, d'appeler, n'importe quoi. Mais je n'y arrivais pas.

— Sage. Garde les yeux ouverts. Concentre-toi sur moi. Tu souffres. Je sais que ça fait mal, mais on va s'en sortir. Mais il faut qu'on te déplace. Tu comprends ? Il faut qu'on t'emmène ailleurs.

Je tentai de cligner des yeux, de dire *quelque chose,* mais aucun mot ne sortit. J'avais la gorge sèche. Tout m'était douloureux. Pourquoi ne pouvais-je rien faire ? Où était Rome ?

— Rome.

— Il arrive. Il va revenir.

J'avais dû prononcer son nom à voix haute sans m'en rendre compte. Si Rome n'était pas ici, alors, où était-il parti ? Parce que je sentais encore son ours. Je le ressentais. Ce qui voulait dire qu'il était forcément proche. Il ne me quitterait pas. Rome ne me quitterait jamais.

— Où... suis-je... ?

Mes paroles sortaient hachées tandis que j'essayais de reprendre mon souffle. Je poussai un cri aigu quand quelqu'un m'attira contre sa poitrine.

— Sois prudent avec elle. Les sutures risquent de se déchirer.

Pourquoi Laurel grognait-elle ? Ça n'avait aucun sens.

— Su...tures ?

— C'était un moyen rapide pour que tu restes stable,

mais il faut qu'on t'emmène à la librairie, ou peut-être à la boutique de magie. Je ne sais pas où nous devrions aller.

Je n'avais jamais entendu Laurel paniquer de la sorte, et cela m'inquiétait plus que la douleur dans mon flanc et la souffrance de mon cœur.

Rowen jura.

— Au magasin de magie. Nous pourrions avoir besoin de plantes que Penelope n'a pas.

Entendre le nom de Penelope me fit souffrir. J'avais envie de crier, mais je n'y arrivais pas. Je ne pouvais rien faire. Je détestais me sentir impuissante. Ce *n'était pas* qui j'étais : ni la femme que j'avais été avant, et certainement pas celle que j'étais devenue. Et pourtant, je ne pouvais *rien* faire.

— Que fait-on de Penelope ? demanda Trace.

Je l'entendais tout près de moi, et je sus que c'était lui qui me portait. Je sentais son ours, détectais sa légère odeur de forêt, mais ce n'était pas *mon* ours. Ce n'était pas mon Rome. C'était son frère.

Ce n'était pas Rome. Où était mon compagnon ?

Mes pensées tournaient en rond, et je savais que je paniquais, essayant de ne penser ni à ma tante ni à la douleur qui me donnait la nausée.

— Allez. Nous allons nous rendre au magasin de magie. C'est le meilleur endroit, ordonna Rowen à tout le monde.

Rowen aiderait. Elle devait le faire. Elle était si brillante ! Elle savait tout. C'était mon amie.

Quelqu'un m'installa sur un banc à l'intérieur de sa boutique de magie, et je réalisai que j'avais dû m'évanouir une fois encore, car je ne me souvenais pas que l'on m'ait déplacée ou emmenée dehors. Je ne me souvenais de rien. Je me souvenais de Penelope. De son sang. De la mort. Et je me souvins de Faith.

— Elle a tué Rupert, chuchotai-je.

J'avais les lèvres gercées. Quelqu'un me donna de l'eau, et je parvins enfin à respirer un peu mieux.

— Que dis-tu à propos de Rupert ? m'interrogea Laurel d'une voix tranchante.

— Faith. Elle a tué Rupert et maudit sa famille. C'est elle qui a tout fait. Je ne sais pas, mais elle a tué mon mari, et je pense qu'elle veut tuer Rome et le reste d'entre vous.

J'ignorais d'où me venait cette force soudaine. Cela dit, je n'avais aucune idée de ce que je pouvais faire à ce moment-là. Mais les autres devaient savoir. Il fallait que je parle. Je devais leur raconter ce qui s'était passé et ce que j'avais appris.

— Où est ma tante ? demandai-je, la voix tremblante.

Elle ne pouvait pas être partie. Mais elle l'était, n'est-ce pas ?

— Allez. Il faut que tu dormes, m'apaisa Rowen.

— Non, je ne peux pas. J'ai besoin de quelque chose. Que quelqu'un m'aide. S'il te plaît. Où est Rome ?

— Il va revenir, me dit une voix familière, et je levai la tête quand Jaxton apparut au-dessus de moi.

— Il faut que je parte en patrouille, mais il va revenir. Tu es en sécurité, Sage. Nous allons prendre soin de Penelope. Fais-moi confiance. Nous nous occuperons d'elle avec dignité et respect.

Et Jaxton s'en alla. Je regardai les autres, Laurel, Trace, Rowen et Ash. Je ne connaissais pas vraiment Ash, mais il se tenait là, le visage marqué par la colère, les yeux sombres comme s'il attendait de protéger tous ceux dont il était responsable. Mais de qui était-il responsable ? Qui était vraiment cet homme ?

— Il faut qu'on finisse de te guérir, me dit Rowen au

bout d'un moment, puis elle se posta au-dessus de moi avant de murmurer des mots que je comprenais à peine.

— *Seigneur et Dame travaillant pour moi et à travers moi, guérissez cette sorcière qui en a tant besoin. Soutenez sa force, plantez la graine. Par l'air et l'eau, la terre et le feu, bannissez les ténèbres en ces temps difficiles. Apportez-lui la paix, baignez-la dans la lumière, rendez-la entière cette nuit même. Avec le pouvoir de l'assemblée et les bénédictions multipliées par trois, c'est ma volonté, qu'il en soit ainsi.*

Je me réveillai en ayant l'impression d'avoir dormi des siècles durant. Et pourtant, ma tête me faisait souffrir comme si je n'avais pas eu un seul instant de repos. J'avais mal dans la poitrine, mais pas à cause d'une blessure, à cause de la perte de quelque chose qui hurlait en moi. Et mon flanc me brûlait. Pourtant, j'étais en vie.

Du moins, c'est ce que je pensais.

— Sage, tu es réveillée, constata Laurel en entrant dans la pièce, le front plissé alors qu'elle étudiait un morceau de parchemin. Rowen m'a laissé une liste de ce que je suis censée te donner. J'espère que c'est bon.

— Que veux-tu dire ? lui demandai-je, la gorge sèche.

L'autre femme me regarda et haussa son sourcil barré d'une cicatrice en affichant un petit rictus.

— Apparemment, la première chose que je vais te donner, c'est de l'eau. Parce que tu en as besoin.

Elle parlait d'une voix légère, comme si elle avait peur de me faire du mal, de dire quelque chose qui pourrait m'énerver.

Je ne comprenais pas. Je ne comprenais rien.

— Ce n'était pas un rêve. Tante Penelope n'est plus là, n'est-ce pas ? soufflai-je.

Laurel releva le menton, les larmes aux yeux. Je ne l'avais jamais vue comme ça, comme si elle souffrait, comme si elle avait perdu quelqu'un de proche. Mais elle avait longtemps travaillé avec Penelope, elle l'avait côtoyée jour après jour. J'étais peut-être du même sang que ma tante, mais Laurel était autant sa fille que j'étais sa nièce.

— Elle est partie. Faith l'a tuée. Elle s'est vidée de son sang. Je suis vraiment désolée. Je suis désolée de ne pas avoir été là pour aider. Je suis navrée de ne pas avoir été présente pour tuer Faith pour toi.

Mes larmes coulèrent, et j'inspirai fort, l'âme en sang. Le lien que je savais être là mais que je ne parvenais pas à retenir me poussa, dans un mouvement très ours où il semblait appuyer sa grosse tête contre moi, presque pour me rassurer et me dire que tout irait bien.

— Elle s'est interposée devant moi. Pourquoi a-t-elle fait ça ? Pourquoi a-t-elle pensé que c'était une bonne chose de faire ça ? Ce n'était pas le cas, Laurel. Elle n'aurait pas dû faire ça. Elle n'aurait pas dû tout risquer et se sacrifier pour moi. Qui suis-je ? Qui suis-je pour mériter sa mort ?

Mes larmes coulaient librement à présent, et soudain, Laurel fut là, porta de l'eau à ma bouche, les lèvres pincées alors qu'elle luttait pour se contrôler.

Je la bus rapidement, laissant le réconfort s'infiltrer en moi. Mon corps palpita, ma magie s'accéléra au goût du liquide salvateur. J'étais déshydratée. Mon corps avait besoin d'eau. Mais ma magie en avait encore plus besoin.

— Faith est une sorcière forte avec une affinité pour l'eau, même si c'est une nécromancienne. Elle est capable de fabriquer des armes dont je ne peux que rêver. J'ai essayé d'en faire autant, en vain.

Laurel hocha la tête et repoussa ses cheveux en arrière.

— Elle a placé une protection tout autour du bâtiment pour qu'on ne puisse pas te rejoindre.

— Comment êtes-vous entrés ? l'interrogeai-je, fronçant les sourcils.

Laurel soupira.

— Mon frère nous a aidées, Rowen et moi, à lancer un sort. Un que j'avais oublié depuis longtemps. Nous l'avons psalmodié et nous avons affaibli la barrière. Puis Rome s'est frayé un chemin, manquant de se vider de son sang et se brûlant dans l'eau bouillante pour t'atteindre.

Je faillis sortir du lit, et Laurel récupéra le verre d'eau avant qu'il ne tombe à terre.

— Quoi ? Il va bien ? Où est-il ? Je ne l'ai pas vu depuis... Depuis que j'étais en train de mourir.

Parce que j'*étais* en train de mourir, je le savais.

Laurel ne me regardait pas, et je sus que quelque chose n'allait pas.

— Il devrait aller bien. Tout le monde a guéri rapidement après que nous avons nettoyé ta boutique. Elle est comme neuve. Tu sais ce que je veux dire. Mais ils se sont brûlés dans l'eau bouillante qui entourait le bâtiment. D'ailleurs, je n'avais jamais vu ça avant.

Je tentai de suivre le fil pendant qu'elle me racontait les événements, passant en revue les détails. Je m'assis à nouveau, songeuse.

— Mais que signifie tout ça ?

— Ça signifie que nous sommes en guerre. Faith et son maître veulent notre mort pour une raison que j'ignore. Ils ont orchestré tout ça, et je ne le comprends toujours pas. Mais avec un peu de chance, nous le découvrirons bientôt, car ils ont tué quelqu'un que nous aimons. Et nous aurons notre vengeance.

Je la regardai, puis regardai Rowen, qui était entrée pendant que Laurel parlait.

— À côté de quoi je passe ? demandai-je d'une voix douce.

L'eau m'avait aidée bien plus qu'elle ne l'aurait fait si j'avais été humaine.

— Où est Rome ?

— Il sera bientôt là. Du moins, je l'espère, répondit Rowen en me jetant un regard avant de continuer. Ça l'a fait souffrir de te sauver la vie. Tu comprends bien que tu étais proche de la mort ? La lame que Faith t'a lancée était imprégnée de magie et siphonnait non seulement tes pouvoirs de sorcière, mais aussi ta force vitale. Tu étais en train de mourir. Tu *serais* morte si Rome ne t'avait pas sauvé la vie.

Je portai la main à mon cou. Je touchai les petites éraflures qui, je le savais, étaient entièrement guéries et me souvins du lien et de l'ours qui m'avait poussée dans mes rêves.

C'était le lien de mon accouplement avec Rome.

Qui n'appartenait qu'à lui et moi, et à personne d'autre.

— Je suis accouplée... murmurai-je.

Laurel et Rowen hochèrent la tête en se regardant mutuellement, puis détournèrent les yeux.

— Ça l'a bouleversé, m'expliqua Laurel.

J'eus l'impression que mon cœur se brisait. Comme si j'avais été poussée du haut d'une falaise. Il ne voulait pas de l'accouplement. Après tout ça, il n'en voulait pas.

— Il... Il ne le voulait pas ? m'enquis-je d'une voix tremblante.

— Non, ce n'est pas ce que je voulais dire, rectifia rapidement Laurel avant de regarder Rowen, l'implorant du regard.

Celle-ci secoua la tête.

— Rome le voulait plus que tout. Mais tu vois, Sage... l'accouplement est censé être un accord consensuel entre les parties. C'est un lien précieux. Quand les compagnons prennent ce risque et se lancent vers l'autre, c'est magnifique. Mais à cause de la situation, parce que tu étais en train de mourir, tu n'étais pas capable de le marquer en retour. Pas d'une manière qui compte. La marque qu'il porte, c'est lui qui l'a faite. Il a pris cette douleur parce qu'il t'a marquée sans ton accord. Tu étais inconsciente et mourante, et il t'a marquée pour te donner une partie de lui.

Mes larmes coulèrent à nouveau, et je m'agrippai la poitrine, comme pour ressentir le lien.

— Rome est en train de mourir parce qu'il m'a sauvée ?

Je ne savais pas ce que je ferais si elles répondaient par l'affirmative.

Laurel secoua la tête.

— Mais c'est sûrement ce qu'il ressent à l'intérieur. Il s'en veut.

— Qu'est-ce que je fais ? m'enquis-je. Qu'est-ce que je *devrais* faire ?

Rowen releva le menton.

— Bientôt, tu devras aller le voir. Pour le rassurer comme toi seule pourras le faire. Parce que je te connais. Tu es quelqu'un de bon, de fort, et tu feras en sorte que notre *alpha* soit entier, tout comme il l'a fait pour toi. Mais d'abord, nous devons nous assurer que tu es complètement guérie afin de pouvoir te protéger et protéger les autres.

Je hochai la tête.

— Je veux aller le voir. Aide-moi à me lever.

J'essayai de bouger du lit, mais Laurel me maintint en place. Et puis nous n'étions plus seules.

Trace, Jaxton et Ash entrèrent dans la pièce, et je remontai le drap sur ma poitrine. Rowen ou Laurel m'avaient habillée pendant mon sommeil car j'étais entièrement vêtue, et je supposai que c'était parce que du sang maculait ma tenue d'avant. Mais je me sentais bien trop vulnérable à cet instant pour que tant de gens me voient au lit. Je fis de mon mieux pour ne pas penser au sang qui avait été sur moi. Tout me faisait mal, et j'avais l'impression d'être dans le brouillard, sûrement à cause des médicaments qu'elles m'avaient donnés.

Je pouvais affronter l'idée de m'être approchée de la mort parce qu'il le fallait. Je penserais à ma mortalité le moment venu, mais le fait que la personne que j'aimais le plus ici soit partie... faillit m'anéantir. Elle était partie. Tante Penelope était morte. Et c'était ma faute.

— Elle s'en veut, dit Ash dans le vide.

Il parlait d'une voix basse et dénuée d'émotions.

Rowen soupira.

— Je savais qu'elle ressentirait ça.

Elle se tourna vers moi.

— Tu ne peux pas t'en vouloir. C'était Faith et Oriel. Tu comprends ? Tu ne l'as pas tuée. Ce n'est pas ta faute si tu n'étais pas assez forte pour la protéger. Parce qu'en toute honnêteté, ce n'était pas le cas. La force n'a rien à voir avec ça. Pas quand tu combats le mal absolu. Ne rends pas le sacrifice de Penelope vain en te sacrifiant toi-même ou en te rendant responsable de ce qui s'est passé. Tu te battras et t'entraîneras plus fort pour pouvoir te venger. Tu deviendras plus puissante. Mais tu n'assumeras pas cette responsabilité, tu comprends ? me demanda Rowen d'une voix qui me fit l'effet d'un coup de fouet.

Laurel sourit, et je me demandai ce que cela signifiait. Je secouai la tête.

— J'ai besoin de temps. Tu comprends que j'aie besoin de pouvoir digérer tout ça ?

— Peut-être que nous n'aurons *pas* de temps, me prévint Ash. La magie de la mort et la nécromancie nécessitent des sacrifices. Et c'est ce que Faith a fait durant je ne sais combien d'années. Tout à l'heure, tu as dit que Rupert est mort par sa faute. Que c'était un coup monté. J'ai le sentiment qu'ils essayaient de maudire cette ville bien avant que tu n'arrives, Sage. Pourquoi n'étais-tu pas là plus tôt ? Tu aurais dû.

Ash fronça les sourcils, et je me rendis compte que je ne l'avais jamais vu aussi expressif.

— Et pourquoi *toi*, tu es parti ? demanda doucement Jaxton, faisant tressaillir Laurel et Rowen.

— Ce n'est pas le moment, grogna Ash. Ce que je sais, c'est que Faith tourne autour de cette ville depuis assez longtemps pour connaître tous nos secrets, du moins la plupart. Et ça signifie que nous devons être préparés. Elle a quelque chose dans sa manche. Tout comme cet autre nécromancien que nous devons trouver et identifier. Je ne sais pas comment ils connaissent cette ville ni ce qu'ils veulent en faire, en dehors de la détruire.

Rowen ferma les yeux, sa magie sauvage soufflant ses cheveux loin de son visage.

— Alors, il va nous falloir l'arrêter. Nous sommes plus forts ensemble.

Elle ne regardait pas Ash en le disant, mais je vis son visage se crisper.

— J'aiderai comme je peux. Je te le promets. Il faut que je trouve Rome. Je le sens en moi, et je ne comprends pas. Je dois vraiment aller le voir avant tout. D'accord ?

J'espérais que ce que je disais avait du sens. Trace hocha la tête.

— Je vais t'aider à le trouver. Il faut qu'il se secoue. Et pas simplement pour toi, mais pour la meute aussi.

— Que veux-tu dire ? l'interrogeai-je.

Trace secoua la tête.

— Tu vas te retrouver projetée dans pas mal de choses, Sage. Il y a une bonne raison pour que les accouplements ne se déroulent pas de cette manière, qu'il faille parfois un peu de préparation pour s'assurer qu'une personne est prête. Mais tu es forte, tu seras une bonne *alpha*.

Je sursautai et faillis tomber du lit.

— Tu as dit *alpha* ?

J'avais dû mal entendre. Parce qu'il était impossible que je sois une *alpha*.

Trace se passa les mains dans les cheveux, et il ressemblait tellement à Rome à ce moment-là que c'en était un peu surprenant.

— Tu es accouplée à un *alpha*, maintenant. Ce qui signifie que toi aussi, tu es une *alpha*. Et ça ne va pas plaire à tout le monde.

Laurel jura à mi-voix.

— Tu penses que c'est le bon moment pour évoquer tout ça ?

Trace sourit, mais je ne vis aucune trace d'humour dans son regard.

— Non, mais je me suis dit que c'était le moment ou jamais. Et pour être honnête, il faut qu'elle soit préparée. Alors, allons trouver Rome. Réglons son problème maintenant, et ensuite, nous sauverons cette ville, parce qu'il est hors de question que l'une des plus gentilles femmes que j'aie jamais connues soit morte pour rien !

Je hochai la tête, le cœur brisé. Mais je repoussai ces pensées et tentai de sortir rapidement du lit.

Rowen secoua la tête.

— Laissez-nous un peu d'intimité, les garçons. Nous allons lui donner les dernières plantes pour la requinquer, puis je vous l'enverrai pour retrouver son compagnon. Ensuite, nous nous battrons. Parce que notre ville a besoin d'être protégée, et je ne laisserai pas une autre personne mourir à cause de cette nécromancienne et de sa haine insensée.

J'acquiesçai et m'appuyai sur les filles, qui m'aidèrent à me préparer. Je savais qu'il fallait que je retrouve Rome. Je devais trouver comment protéger mon compagnon et m'assurer qu'il comprenne que même si certaines choses nous étaient retirées, nous devions y faire face quand même.

Je pouvais à peine respirer tant j'étais submergée de chagrin. Je tentai de le repousser pour pouvoir me concentrer sur d'autres choses. Je ne pouvais pas me focaliser sur Penelope pour le moment. Ou sur Rupert. Ni sur la raison de ma présence ici. Je ne pouvais faire qu'un pas à la fois.

La colère m'envahit. Je ferais mon deuil plus tard. Je pleurerais, j'enragerais et je me briserais probablement. Mais je serais la compagne de Rome. Et je ferais tout ce qui était en mon pouvoir pour m'assurer qu'il comprenne ce que cela signifiait, et ce que j'en pensais.

CHAPITRE 20
ROME

J'ÉTAIS ASSIS au bord de l'étang à regarder l'eau, cherchant à comprendre comment j'avais atterri là. Cela n'avait aucun sens pour moi que ce soit de cette manière que mon lien ait été créé.

Jamais je n'aurais dû franchir cette limite, mais je ne pouvais pas la perdre. Ravenwood avait besoin d'elle. Le cercle avait besoin d'elle. Moi, j'avais besoin d'elle. Pourtant, je ne pouvais plus rien faire à présent. Je l'avais mordue. Je l'avais marquée. Je l'avais désignée comme mienne sans sa permission.

Elle devait être réveillée, maintenant. Elle saurait ce que j'avais fait. Elle allait comprendre à présent que je lui avais tout retiré : ses choix, son avenir, sa capacité à être elle-même en dehors de la meute. Elle était tout juste en train d'apprendre à vivre avec le cercle et Ravenwood. À présent, elle allait devoir gérer la meute en plus.

Je ne savais pas comment réparer ça. Je ne savais pas ce que je devais faire. La seule chose dont j'étais sûr, c'était qu'elle ne me le pardonnerait jamais.

Et en toute honnêteté, je ne me le pardonnerais par non plus.

Ce fut son odeur qui me frappa en premier. Je me figeai, me demandant si je rêvais. Mais son parfum de rose était bien présent. Il n'était pas étouffant, il s'adoucissait lentement en m'enveloppant. Il palpitait et s'infiltrait dans mes pores. Je ne pouvais pas respirer. Parce que si je le faisais, j'en inhalerais davantage.

Et je réaliserais qu'il n'y avait pas de retour en arrière possible.

Mon ours me poussait, rampant sur mon corps tandis que mon ancre tentait de décoller et de se diriger vers la femme qu'elle aimait. La femme que *moi*, j'aimais. Le lien s'enflamma. Je fermai les yeux pour que ça s'arrête. Je me refusais à le ressentir. Je savais qu'il était là, à attendre. Attendant que j'agisse. Mon ours jouait sur ce fil, et il savait que notre compagne était à l'autre bout, mais je ne pouvais pas. Je ne pouvais rien y faire, sinon je désirerais ce lien davantage que je ne le faisais déjà.

Notre accouplement aurait dû être une occasion joyeuse. Ça ne pouvait plus l'être. Je ne pouvais pas le laisser devenir ça pour moi. Sinon je craquerais. Même si j'avais mérité la douleur inhérente aux choix que j'avais faits.

J'inspirai à nouveau et sus qu'elle était dans la maison, pas dans le jardin ni dans la forêt près de moi. Je secouai la tête. Je ne voulais pas y aller. Tout en moi savait qu'il le fallait. Mon ours me poussa et je soupirai.

— D'accord, je vais y aller.

Je me levai, essuyai la terre de mon pantalon et balayai la zone du regard. Il n'y avait personne. Mais j'aperçus le bout d'une aile du coin de l'œil. Je savais que Jaxton avait amené Sage ici. Il l'avait guidée jusqu'à moi.

Elle était réveillée. Guérie. Et elle m'appartenait. À

présent, il fallait que j'affronte les conséquences de mes actes. Je sentais Trace aussi, mais je savais qu'il était de l'autre côté de la maison. Il observait, protégeait.

Je poussai un petit cri, un profond grondement que seuls les autres ours métamorphes pouvaient entendre, et Trace fit de même en réponse. Nous n'avions pas besoin de mots, pas maintenant.

Il fallait que je parle à Sage. Je devais m'assurer qu'elle savait que je ne la forcerais pas à faire quoi que ce soit de plus. Que je ne l'obligerais pas à être ma compagne au-delà de ce lien qui nous unissait maintenant pour toujours. Elle porterait ma marque, tout comme mon âme portait la sienne. Celle que j'avais placée au-dessus de mon cœur, parce qu'elle ne pouvait pas le faire.

J'entrai dans la maison et inspirai à nouveau, enveloppé de son parfum.

— Rome, dit-elle en levant sur moi ses yeux écarquillés.

Elle était magnifique avec ses cheveux qui flottaient en vagues douces autour de son visage. Ses lèvres s'entrouvrirent. Elle avait de grands yeux noisette séduisants.

Je tentai de reprendre mon souffle. Je n'y parvins pas. Mon ours me poussa. Soudain, j'avançai. Puis je posai les mains autour du visage de Sage, prenant ses joues tendrement, le bout de mes doigts dans ses cheveux.

Je me penchai et frôlai ses lèvres des miennes.

— Tu vas bien, murmurai-je.

Elle me regarda.

— Oui, grâce à toi. Tu m'as sauvée.

Je secouai la tête et m'éloignai. Je n'aurais pas dû la toucher. Je n'aurais pas dû faire quoi que ce soit sans sa permission. Et pourtant, j'étais là, et je recommençais.

— Ce n'est pas grâce à moi. Je t'ai retiré ton choix.

Elle secoua la tête et fit un pas en avant. Je levai la main, effrayé à l'idée que si elle me touchait, je ne la laisserais plus jamais partir. Le lien entre nous s'intensifia, m'attirant vers elle, mais je m'obligeai à ne pas bouger. Je m'efforçai de ne pas la toucher.

— Tu ne m'as pas enlevé mon choix. Toi et moi avons couché ensemble, Rome. Je me suis offerte à toi, cette nuit-là. Tu sais que tu étais le premier depuis Rupert. Je me suis donnée à toi. C'était mon choix. Et je serais prête à le refaire. Nous attendions de nous connaître mieux avant de faire la marque d'accouplement. Mais tu sais que c'était inévitable. Je t'aurais choisi, Rome. Tu ne m'as pas enlevé ce choix. C'était Faith. C'est elle qui a tout pris. Elle qui m'a fait du mal. Qui a tué Penelope. Tu n'as rien fait du tout. Ce n'est pas toi qui m'as fait du mal. Ni enlevé ma volonté. C'était elle. C'est une sorcière noire. Une nécromancienne. Qu'a-vais-tu comme autre choix ? Tu étais censé me laisser mourir en me vidant de mon sang dans tes bras ? Fallait-il que je laisse mon sang se mêler à celui de Penelope pendant que je mourais à ses côtés ? Que devions-nous faire, Rome ? Il faut que tu cesses de t'en vouloir. Je le sens dans notre lien. Je ressens ta douleur, et elle me tue. Je t'en prie, ne t'en fais pas. Ne cesse jamais de me toucher. Prends-moi dans tes bras.

Elle était en train de pleurer. Et j'essayai... j'essayai si fort de me retenir. Je n'y parvins pas. À la place, je fis les trois pas qui nous séparaient et la serrai contre moi.

— Je suis désolé.

Elle laissa échapper un soupir.

— Non, ne sois pas désolé. Tu m'as sauvée, Rome. Et je te sens. Tu es mon compagnon. Tu es à *moi*. Tu comprends ? J'espère que oui. J'espère que tu réalises que je t'aurais choisi si j'en avais eu le temps. Nous étions déjà en train de tracer notre chemin. Nous aurions fini ici. Peut-être

pas de la même manière, mais nous y aurions été. Et maintenant, nous avons un avenir. Nous allons combattre Faith.
Nous allons protéger cette ville et la meute. Mais pour ça, il
faut que nous soyons ensemble. Tu ne peux pas te défiler.
Tu ne peux pas me regarder et ne voir que le choix que
quelqu'un nous a arraché. J'ai besoin que tu me regardes et
que tu voies qui nous sommes et qui nous pourrions être. Je
suis en train de tomber amoureuse de toi, Rome. Tu ne le
comprends pas ? Je tombe amoureuse de toi. Et ça n'a rien à
voir avec notre lien, mais c'est en raison de l'homme que tu
es. Alors, je t'en prie, ne t'éloigne pas. Regarde-moi. Sois
avec moi. Embrasse-moi. Tu peux faire ça ? Tu peux m'embrasser maintenant ?

Le sol faillit se dérober sous mes pieds, et je titubai.

— Bien sûr que je te veux, Sage. Je t'ai toujours voulue.
Depuis le moment où je t'ai vue dans cette forêt. Quand tu
me sauvais la vie, que tu te servais de ta magie sans le savoir
pour me protéger, je te voulais. Je détesterai toujours Faith
pour ce qu'elle a fait. Parce que quand je ferme les yeux, je
vois encore ta silhouette sans vie dans mes bras. Je t'ai
marquée, Sage. J'ai commis le plus grand tabou possible.

Elle scruta mon visage.

— À présent, que fait-on ? On retourne à ce qu'on
était ? Ou on trouve un moyen de faire de cette marque la
nôtre ?

Je la tenais dans mes bras, et en guise de réponse, je me
penchai et frôlai ses lèvres.

— Tu es à moi.

— Parfait, car tu es à moi aussi.

Je l'embrassai. Elle avait un goût de sucre, de thé et des
plantes qui l'avaient remise sur pied. Je la sentais dans mon
âme. Mon ours lutta tandis que je la serrais dans mes bras.
Je la goûtai. Je la soulevai, incapable de m'empêcher de la

toucher. Elle enroula ses jambes autour de ma taille. Grâce au lien et à la magie du cercle, je pouvais assurer sa sécurité. À cet instant, elle était entière. Nous l'étions tous les deux.

Je ferais tout ce qui était en mon pouvoir pour qu'elle sache que j'étais le bon choix, si elle l'avait eu.

— Embrasse-moi, Rome. Sois avec moi. Toujours.

Je capturai de nouveau ses lèvres et la portai jusqu'à ma chambre. Elle n'y était jamais venue. Nous avions déjà fait l'amour dehors, sous les étoiles. Je l'avais nourrie dans ma cuisine. Mais jamais elle n'était venue dans mon lit. À présent, ce serait le cas. Dans *notre* lit, si j'avais mon mot à dire à ce sujet. Évidemment, ce serait à elle de faire cet ultime choix. Jamais plus je ne lui retirerais sa volonté.

— Sois avec moi, Rome, répéta-t-elle encore.

— Toujours, Sage. Jamais je ne te laisserai partir.

Je n'avais pas eu l'intention de prononcer ces derniers mots, mais alors que notre lien s'enflammait entre nous, je sus qu'elle ressentait la même chose.

— Je te sens. Au plus profond de moi. Je veux dire, le lien, ajouta-t-elle en rougissant.

— Puisque nous sommes tous les deux encore habillés, j'avais compris, lui répondis-je avant de marquer un temps d'arrêt. Ça va ? Je sais qu'il faudra du temps pour s'y habituer. C'est quelque chose de naturel pour les ours, mais je sais qu'en tant que sorcière, tu devras trouver ce qui te convient.

Je la déposai délicatement sur le lit, et elle tendit une main qu'elle posa sur mon torse, au-dessus de mon cœur.

— J'aime te sentir autour de mon cœur, Rome. J'aime l'idée que tu saches où je suis, et que tu puisses me trouver. Que je saurai toujours comment *te* trouver si tu es blessé. Que je saurai toujours que tu es *là*. Ce serait peut-être trop pour d'autres, mais pas pour moi. Sois avec moi, Rome, dit-elle encore. Faisons-en *notre* choix. Celui de personne d'autre.

— Je ne veux pas t'effrayer, dis-je en déglutissant avec peine. Je suis un ours, Sage. Je pourrais te faire du mal.

Ses yeux s'assombrirent.

— Sois toi-même, Rome. Et j'essaierai de ne pas te faire de mal non plus.

Elle me fit un clin d'œil en le disant, faisant rugir mon ours, qui la désirait plus que je ne l'aurais cru possible. Je baissai la tête et l'embrassai encore avant de mordiller doucement sa clavicule et son cou.

Elle gémit en tirant sur le bas de mon t-shirt. Je m'inclinai et le passai par-dessus ma tête. Elle me regarda en se léchant les lèvres. Nous n'avions pas besoin de mots, pas entre nous. Nous nous sentions mutuellement grâce à notre lien.

Je m'abaissai et m'emparai de sa bouche avec avidité. Bien plus fort qu'avant. Elle gémit encore, me griffant le dos de ses ongles. Je souris, mon ours était heureux, quoiqu'en manque.

Je tirai sur le bas de son t-shirt. Elle s'assit, et je le fis passer par-dessus sa tête, avant de lui retirer aussi son soutien-gorge.

Elle écarquilla les yeux et je l'embrassai tendrement avant de m'écarter pour admirer ses seins magnifiques. Ils étaient lourds, pleins, ses mamelons étaient d'un rouge sombre. Ils remplissaient largement la paume de mes mains. Je gémis et me penchai, aspirant un mamelon souple dans ma bouche.

— Tu as un goût fantastique, lâchai-je avant de lécher son autre téton, me servant de ma main libre pour lui toucher la poitrine et jouer avec elle. Elle glissa ses doigts dans mes cheveux en gémissant. Je levai les yeux au moment où elle rejetait la tête en arrière, ses cheveux retombant en cascade autour d'elle.

Elle ressemblait à une déesse. *Ma* déesse. Ma compagne.

Bon sang, j'étais si excité de l'avoir, que son corps et son âme fassent partie de moi !

C'était le moment où nous aurions dû nous marquer mutuellement. Là que nous aurions dû véritablement devenir des âmes sœurs. Il fallait que je chasse de mon esprit la manière dont cela s'était déroulé, et que je me concentre sur la femme entre mes bras. Je levai les yeux vers la légère cicatrice sur son épaule, celle qui serait là jusqu'à la fin des temps. Celle qui disait au monde qu'elle était à moi. J'en léchai les douces crêtes. Sage frissonna et resserra les cuisses autour de mes hanches.

— Rome. Ça fait...

Sa voix se tut.

— Oui. Je pourrais probablement te faire jouir en la suçant. Tu veux que j'essaie ? lui demandai-je.

Elle laissa échapper une respiration tremblante, alors même que ses cuisses se resserraient autour de moi.

— Pas encore. J'ai besoin de toi en moi.

Je gémis.

— Je peux faire ça.

Je l'embrassai à nouveau. Ensuite, je léchai et mordillai son corps jusqu'à atteindre le haut de son legging. Je le fis lentement glisser le long de ses jambes, retirant sa culotte au passage. Je les jetai par-dessus mon épaule, puis m'agenouillai devant elle, pressant ses cuisses soyeuses en les écartant. Elle était rose, humide et parfaite. J'eus du mal à retenir un grognement. Mon ours me poussa, il voulait goûter son doux miel.

Je m'attaquai à son clitoris, que je suçai et léchai, laissant cette douceur enrober ma langue. Elle avait le goût de la perfection. Je voulais continuer à la déguster et la dévorer jusqu'à ce qu'elle jouisse sur mon visage, encore et encore et encore. Elle laissa échapper un soupir, en arquant le dos tout en gardant les mains sur ses seins. Je maintins ses cuisses écartées, sachant que son goût serait tout pour moi.

Je frottai ma barbe le long de sa cuisse, et elle frissonna avant que je ne lèche à nouveau son clitoris, tordant les lèvres et dardant ma langue. Elle gémit, et son corps entier se figea pendant un instant avant qu'elle ne jouisse, son intimité se resserrant autour de ma langue.

Je gémis à mon tour et léchai son orgasme. Elle continua de jouir sur mon visage, se tordant en murmurant mon nom. Je la léchai encore, écartant plus encore ses replis intimes alors que je continuais mon exploration de sa douce intimité.

Puis elle tira sur mes cheveux.

— Je t'en prie, j'ai besoin de toi.

Je lui donnai un long coup de langue sensuel et retirai lentement mon pantalon. Elle avait une main sur son sein, l'autre sur son sexe en me regardant.

— Rome.

Je souris et lui tapotai la hanche avant de défaire le bouton de mon jean.

— Roule sur le ventre, Sage. Je veux voir jusqu'où je peux aller.

Elle se lécha les lèvres, puis glissa lentement pour se mettre à quatre pattes. Elle tendit son petit derrière en l'air pendant que je retirais mon pantalon. Je faillis jouir sur-le-champ en agrippant la base de mon membre.

Sage me regarda par-dessus son épaule, les yeux assombris par le désir.

— Rowen m'a donné des plantes. Je ne peux pas tomber enceinte, à moins que nous ne le voulions.

Je gémis, me rappelant que nous étions accouplés, à présent. Je pouvais la féconder avec ma semence. Je planai au-dessus d'elle, mon sexe jouant avec ses doux replis. Alors que je léchais lentement sa marque d'accouplement, tout son corps trembla.

— Bien. Nous ferons nos choix à ce sujet plus tard. Ensemble.

— S'il te plaît, viens en moi. Je ne peux pas attendre plus longtemps. Fais-moi tienne, comme toi tu es à moi.

Je hochai la tête, je ressentais le même désir à l'intérieur. Je m'accrochai à cette marque d'accouplement et la mordis doucement pour qu'elle nous appartienne à tous les deux. Je glissai en elle jusqu'à la garde, et son intimité se resserra autour de moi comme un étau. Elle poussa son joli derrière contre mes hanches.

Elle était si serrée, si chaude que je faillis jouir immédiatement. Je posai une main sur sa hanche, enroulai l'autre autour de son corps pour la stabiliser. Et je me mis à bouger. Elle glissa vers moi, répondant à chacun de mes coups de reins, tandis que je la pénétrais, avide de plus. Je voulais tout.

Elle haleta, cria mon nom, et je continuai de bouger, sachant que j'étais proche alors que mes bourses se contractaient. J'avais peur de jouir avant elle, je ne voulais pas que ça se produise. Je passai la main sous son ventre et tapotai son clitoris de mon doigt, et elle jouit, s'agrippant à mon membre.

Je tremblai, mon désir était bien trop grand. Je poussai au plus profond d'elle, fort, une fois, deux fois. Et encore. Alors, je rugis, criant son nom et faisant trembler les fenêtres de mon mugissement. En l'emplissant de ma semence, de tout ce que j'étais, je réalisai que j'étais *alpha*.

J'étais un ours. Et j'étais le compagnon de Sage. Elle était à moi.

— Je t'aime, murmurai-je.

Je n'étais pas en train de tomber amoureux. J'étais tombé amoureux.

Alors que nous roulions de sorte que je sois sur le côté et qu'elle soit face à moi, elle se blottit contre moi, les yeux fermés, mais affichant un petit sourire magnifique.

Et nous dormîmes.

CHAPITRE 21

SAGE

J'AVAIS MAL AU CŒUR, comme si quelqu'un me poignardait de l'intérieur. Ça n'avait aucun sens. J'avais laissé un sentiment de perte et d'obscurité, et une fois de plus, je me tenais debout et contemplais cet abîme. Ce que je ne pouvais pas changer. Ma tante Penelope n'était plus, et il n'y avait pas de retour possible. Et je n'étais même pas sûre de savoir comment j'étais arrivée ici en premier lieu. Rome glissa sa main sur la mienne et la serra alors que nous étions près de la tombe de ma tante. Rowen se tenait à la tête du cercueil, ses cheveux flottant dans le vent, même si ce n'était dû qu'à sa magie. Laurel se tenait de l'autre côté de moi, immobile comme une pierre. Elle avait été plus proche de ma tante que je ne l'étais moi-même.

J'agrippai sa main. Elle était froide comme la glace, fait étrange pour une femme pleine de feu. Je la serrai, et elle s'agrippa si douloureusement à ma main que je sus que j'aurais des ecchymoses plus tard. Mais je m'en fichais. Elle avait besoin de moi, tout comme j'avais besoin d'elle. Trace, Jaxton et Ash se tenaient de l'autre côté, trois piliers de pierre pleins de force et de confusion. D'autres personnes de

269

la ville s'étaient déplacées. Les clients qui venaient aider à la boulangerie et voulaient me rencontrer. Des gens qui connaissaient ma tante depuis des années et qui souhaitaient participer à ce dernier adieu. Ils savaient tous qui nous l'avait enlevée. Ils savaient qui l'avait tuée. Tous comprenaient que nous allions nous venger. Mais il m'était difficile de réaliser que je ne pouvais rien réparer.

— Notre Penelope était l'une de nos fondatrices, commença Rowen.

Je levai les yeux sur cette femme, ma sœur de cercle, mon professeur. Quelqu'un de brisé à l'intérieur, tout comme moi.

— Elle s'est battue pour sa famille, pour cette ville. Elle a été à l'origine de bien plus que l'espoir qui nous anime. Elle était du sang qui nous a réunis et protégés pendant si longtemps. Elle n'avait peut-être pas la magie nécessaire pour jeter des sorts, mais son espoir et sa ténacité nous ont tous protégés. Elle nous manquera. Elle était une lumière dans les ténèbres. Un phare de loyauté inébranlable et d'espoir. Elle est partie, mais ne sera jamais oubliée.

Rowen nous regarda tous, puis la ville, avant de revenir sur moi, les yeux féroces, le vent dans les cheveux.

— Elle est peut-être partie, mais nous retrouverons ceux qui nous l'ont enlevée. Elle était pleine d'espoir, mais nous serons pleins de vengeance. Nous ne la laisserons pas mourir en vain. Nous ne la laisserons pas partir en cendres, en terre, sans savoir que nous *nous* battrons pour elle. Nous continuerons à nous battre pour elle et pour nous-mêmes. Notre Penelope est partie, mais pas l'espoir qu'elle apportait. Pas la protection qu'elle recherchait. *En ces temps de ténèbres, ramenez-nous à la lumière. Allégez le chagrin et le fardeau de ces prochaines nuits harassantes. Le temps de Penelope ici a pris fin, car avec la vie vient la mort. Conservez-nous les souvenirs ; Déesse, s'il vous plaît, soulagez le reste. Car Elle seule est éternelle, même le soleil doit disparaître. Disparue de son corps mais jamais du cœur, notre sœur est toujours près de nous.*

La magie bouillonnait en moi, et je laissai échapper un soupir alors que Rome, Trace, Jaxton et Ash commençaient lentement à faire descendre Penelope en terre. Rowen avait les mains levées, et je savais qu'elle se servait de l'air pour amortir le cercueil.

Nous enterrerions ma tante entière pour qu'elle soit de la terre, et qu'elle soit à nous. J'étais venue à Ravenwood à cause d'un deuil, et je me retrouvais au même point. Je n'étais pas sûre de ce que j'étais censée faire avec ça.

D'autres habitants de la ville vinrent me voir pour exprimer leur chagrin. Ils me prirent la main, m'étreignirent. Je voyais leur sincérité à tous. Je voyais aussi la peur. L'un des leurs avait été pris, et qui serait le prochain ? Si nous n'arrêtions pas Faith, ma tante ne serait que la première que nous perdrions. Les habitants avaient peur. J'allais faire de mon mieux pour être forte pour eux. D'une manière ou d'une autre.

Rowen se leva après le départ des autres, et il ne resta plus que notre petit groupe.

— Viens avec moi à la boutique de magie. Nous pourrons manger, parler, ensuite nous retrouverons le reste de la ville pour la veillée.

— Tu es sûre que tu ne veux pas faire une sieste ou autre chose ? me demanda Rome, et je fronçai les sourcils en le regardant.

— Tu me crois si faible que j'ai besoin de dormir maintenant ? demandai-je avant de secouer la tête. Désolée, je suis fatiguée, mais il faut que je fasse quelque chose. Il faut que *nous* fassions quelque chose.

Je croisai le regard de Rowen, qui m'adressa un petit signe de tête.

— C'est ce dont nous allons discuter. Avant de retrouver les autres et de faire notre deuil avec notre ville, avec notre peuple, nous déciderons de ce que nous devons faire.

— Ça ressemble à un plan pour moi.

Trace tendit la main à Laurel.

— Viens. Je vais t'accompagner.

— Je peux marcher toute seule, protesta-t-elle, mais elle lui prit quand même la main.

Elle la serra légèrement, et je vis le sourire sur ses lèvres. Il essayait de la faire sourire, de la faire rire ou de lui faire ressentir au moins un peu de joie, et je lui en étais reconnaissante. Jaxton les suivit, chuchotant quelque chose à Laurel qui la fit sourire, elle aussi. Ash emboîta le pas à sa sœur après avoir jeté un long regard à Rowen. Elle ne marcha pas avec lui, mais plutôt avec Rome et moi. Nous suivîmes tous les trois le groupe en direction de la boutique de magie.

À peine entrés dans le bâtiment, j'inspirai les douces odeurs des plantes et de la magie. Elles me réchauffèrent, se posèrent sur ma peau en m'apaisant. J'ignorais comment protéger notre ville et ceux que nous aimions, surtout après avoir perdu ma tante. Mais il était clair que nous devions essayer.

— Je sais que nous sommes ici pour protéger la ville, mais nous devons faire quelque chose d'autre avant, dit Rowen en s'éclaircissant la gorge.

Je levai les yeux vers elle.

— Que veux-tu dire ?

— Nous devons dire au revoir à quelqu'un.

Je me figeai, les poils de la nuque hérissés. Je me retournai et vis cette forme, ce doux sourire. Elle n'était qu'une ombre, mais pas du genre que Faith pourrait élever. Je connaissais cette femme. Je connaissais cet esprit.

— Tante Penelope, chuchotai-je.

Laurel hoqueta, surprise, et tendit la main.

— Non, tu ne peux pas être ici. Ils vont se servir d'elle.

Elle se rua sur Rowen.

— Qu'as-tu fait ?

Rowen secoua la tête.

— Ce n'était pas moi, dit-elle alors qu'une seule larme coulait. Ce n'était pas moi.

— Ce n'est aucun de vous, mes enfants, dit tante Penelope, sa voix paraissant lointaine, distante. Je me suis attardée un moment parce que je voulais m'assurer que vous saviez ce qui doit être fait. Je vous aime tous. Vous étiez tous forts, ensemble. Ne l'oubliez pas. Sachez que vous devez être ensemble. Je vous aime. Soyez forts et battez-vous. Rappelez-vous qui vous êtes. D'où vous venez. Et gardez à l'esprit que vous pouvez compter les uns sur les autres.

Elle me fit face alors que les larmes coulaient librement sur mes joues, à présent.

— Je t'aime, fille de mon cœur. Je t'aime tellement !

La douleur me brisa, et s'il n'y avait pas eu mon lien avec Rome, je serais sûrement tombée au sol, sans force.

— Je t'aime tellement ! Comment peux-tu être ici ?

— Comme je l'ai dit, je me suis attardée. À présent, je dois partir.

Elle regarda Rowen.

— Je dois partir avant qu'ils ne me trouvent.

Des frissons m'envahirent.

— Faith pourrait-elle se servir d'elle ? De son esprit ?

— Peut-être pas Faith, mais celui qu'elle nomme Oriel, répondit Rowen d'une voix emplie de colère. Nous devons être prudents. Je peux dire quelque chose pour la faire partir, ajouta-t-elle en se tournant vers ma tante. Ça signifie que tu ne pourras pas revenir. Jamais. Il ne faut pas que la nécromancienne t'attrape.

Penelope hocha la tête.

— Je comprends. Je me suis simplement attardée à cause de la magie ici. Je ne veux pas rester. Ce n'est plus chez moi. C'est chez toi. Je vous aime tous. Battez-vous. Rappelez-vous qui vous êtes.

— Viens avec moi, Laurel, dit Rowen. Il faut qu'on rassemble le reste des plantes. J'en ai fait un peu avant les funérailles, mais maintenant, il est temps de faire le reste.

Laurel sembla figée pendant un moment avant de se secouer et d'aller aider.

— Je ne peux pas me servir de la magie.

— Tu peux faire ce sort. Ça ne te fera pas mal.

— Tu dis ça, et pourtant, j'ai l'impression du contraire.

Mon regard passa de l'une à l'autre, puis je fis un signe de tête à Rowen et les suivis.

— Laisse-moi aider, dis-je, me plaçant entre elles pour qu'elles cessent de se chamailler et d'avoir l'air de vouloir mutuellement se blesser à cause de leur douleur.

Rowen me fit un signe de tête ferme.

— Venez, nous allons travailler toutes les trois comme une.

— Je vais aider, affirma Laurel. Pour Penelope.

Rowen saisit la main de son amie.

— Je sais. Si je pouvais prendre toute ta douleur, je le ferais.

Les deux femmes échangèrent un regard.

— Je le sais aussi, répondit Laurel, et je baissai la tête et rassemblai ce que Rowen me disait de prendre.

Nous attrapâmes les plantes, les mélangeâmes dans le chaudron au milieu de la boutique sous le regard des hommes. Je devinai qu'Ash avait envie de dire quelque chose, je vis sa bouche s'ouvrir de temps à autre, mais il se retint, comme s'il savait que ce n'était pas son rôle. Ce n'était pas son heure.

Rome, Jaxton, et Trace se tenaient là comme des protecteurs. Et j'étais heureuse. Je n'étais pas certaine que j'aurais pu le faire sans la présence de Rome.

Les larmes coulaient librement sur les joues de Rowen, à présent.

— Répétez après moi.

Elle prit une inspiration.

— *Esprit bien-aimé, notre sœur, il est temps pour toi de faire honneur aux étoiles. Pars dans la lumière pour revivre, car nous savons tous que ce n'est pas la fin. Ton temps ici est révolu, mais pas ton souvenir. Sois heureuse et bénie.*

Je regardai ma tante. Elle sourit, puis s'évanouit. Des larmes glissèrent à nouveau sur mes joues, et je laissai échapper un sanglot étouffé. La magie m'envahit, et je vis Laurel pliée en deux, repoussant tout le monde.

— Je vais bien. Je vais bien, lâcha-t-elle.

— Bon sang, tu ne devrais pas avoir mal ! s'exclama Rowen, les mains tremblantes. Je suis vraiment désolée. Ça n'aurait pas dû te blesser, pas avec l'intention et les protections que j'ai mises en place.

— C'est la malédiction. Elle se fout de ce que tu penses ou des protections que tu places. Elle se renforce, murmura Ash, et Rowen se figea.

— Laisse-moi t'aider, dit Jaxton en avançant.

Laurel le repoussa.

— J'ai dit : je vais bien. Maintenant, aidez-moi à attraper cette pétasse. Parce que Faith mérite de mourir pour ce qu'elle a fait.

Laurel se redressa, essuya le sang de son nez, et je me

laissai aller contre Rome, la tension rendant sa poitrine raide, mais réconfortante malgré tout.

— Laurel... chuchotai-je.

— Ce n'est pas ton problème. Je l'ai fait pour Penelope.

Rowen avait le menton relevé, mais je voyais sa douleur. Elle ne voulait pas blesser Laurel ni lui causer de douleur, mais elle savait ce qui devait être fait. J'aurais voulu savoir ce que je devais faire ou comment je pouvais aider. J'avais le pouvoir en moi. Je le savais bien. Avec un peu de chance, je pourrais m'en servir contre Faith.

— Donc, nous sommes les sept, commença Rowen.

— Les sept qui travaillent ensemble pour faire tomber Faith. Parce qu'elle va faire du mal à cette ville, et je ne veux pas que quelqu'un d'autre meure comme ma tante, ajoutai-je.

Rowen hocha la tête.

— Exactement.

— Que savons-nous ? demanda Rome derrière moi dans un grognement.

— Nous savons que c'est une nécromancienne. Et qu'elle doit être dans les parages, dit Ash. Nous savons aussi qu'elle travaille avec un dénommé Oriel.

— Sait-on quelque chose sur lui ? s'enquit Rowen.

— Non, répondit Ash. Du moins, pas encore. Je vais en savoir plus.

— Comment ? voulut savoir Rowen.

— J'ai mes méthodes, insista Ash.

Je me plaçai entre eux, retardant l'inévitable dispute.

— Vous allez tous les deux trouver un terrain d'entente. Pour l'instant, il s'agit de Faith. Elle est l'ennemie que nous connaissons. C'est elle qu'on peut essayer de battre avant que tout ne soit perdu. Il faut qu'on la trouve.

Je devais y croire, sinon il ne me resterait plus beaucoup d'espoir.

— Nous le ferons. Nous allons la chercher. Mais préparer la potion que je pensais utiliser prend jusqu'à la pleine lune. Ce sera long, dit Rowen.

— Tu ne peux pas utiliser la méthode normale de vision ? demanda Jaxton, sourcils froncés.

Rowen secoua la tête.

— J'ai essayé, mais Faith est trop forte. La magie noire qu'ils utilisent me bloque.

Je me renfrognai.

— Tu as fait ça toute seule ? Tu la cherches sans nous ? Et si tu es blessée ? lui demandai-je.

Laurel se renfrogna.

— Tu ne fais pas de magie dans ton coin qui ait un rapport avec cette femme, compris ?

— Je suis un cercle d'une seule et l'ai été pendant longtemps. Tu ne peux pas utiliser la magie sans que ça te tue. Sage n'en sait pas encore assez pour aider. J'ai toujours fait les choses par moi-même.

— Plus maintenant, lançai-je d'un ton sec. Je me fiche que tu aies l'habitude d'être un cercle d'une seule. Nous sommes sept ici, maintenant, et apparemment, nous sommes au moins un cercle de trois. Nous ne serons peut-être pas le meilleur cercle ni le plus fort, mais nous serons ce que nous sommes capables d'être. Alors tu ne tentes plus rien seule qui concerne Faith.

Rowen inclina la tête, un sourire triste sur le visage.

— Regarde-toi, petite sorcière. Si forte.

— Je n'aime pas trop les moqueries, grognai-je, et Rome fit écho dans mon dos.

Rowen grimaça.

— Je suis désolée. Je te taquinais seulement parce que je

277

dois faire *quelque chose* ou je vais me briser sur place. Et je ne m'autoriserai pas à le faire. Tu as raison. En ce qui concerne Faith, je ne peux pas agir seule. Je te le promets. Je vais changer.

— On va faire une recherche, dit Rome derrière moi. Et ensuite, nos sorcières, la meute, les faë et tous ceux qui ont du pouvoir se lanceront à sa poursuite. Pour protéger la ville. Nous devons être ensemble pour que ça marche.

Je hochai la tête en même temps que les autres.

— Nous le serons. Nous sommes plus forts ensemble que nous ne l'avons jamais été séparément.

Rowen fit rouler ses épaules, mais je remarquai qu'elle n'avait pas regardé Ash pendant qu'elle le disait.

Je soupirai, me rapprochai de Rome et écoutai Rowen exposer ses plans et le sort qu'il fallait utiliser pour la prédiction. Nous étions sur le point de passer à la veillée quand la porte s'ouvrit à la volée et qu'Ariel entra en courant.

— Je suis désolée, mais il faut que tu viennes, dit-elle en s'adressant à Rome.

— Que se passe-t-il ? demanda-t-il, son ours dans la voix.

— Alden est au repaire, il appelle à un cercle de meute. Il te défie. Tu dois venir. Maintenant !

Je me figeai alors que tout le monde échangeait des regards, les yeux écarquillés.

— Quoi ? interrogea Trace alors que Rome se tenait à côté de moi, tremblant de tous ses membres.

— Alden essaie de prendre la meute. Et il a des gens de son côté. Si nous n'y prenons pas garde, il va s'en emparer. Et je ne sais pas ce que ça signifierait pour la ville. Il faut qu'on y aille, dit Ariel.

— Tu as raison, on y va, déclara Rome après un moment. Il est temps que je m'occupe de mon frère.

Je saisis les mains de mon compagnon en le regardant dans les yeux, sentant la glace et l'ancre le long de notre lien. Je savais que, quoi qu'il advienne, je serais à ses côtés.

Même si c'était le pire moment possible pour un défi.

Au fond de moi, je me demandai si c'était effectivement le cas, ou si le *timing* était parfait avec ce qui allait arriver.

CHAPITRE 22
ROME

MON OURS me griffa quand je pénétrai dans la zone du cercle de meute. Je n'arrivais pas à croire qu'Alden ait pu faire ça, et pourtant, pourquoi m'en étonner ? Pourquoi n'avais-je pas pensé que le frère qui s'était lentement éloigné de nous pendant tout ce temps pourrait faire une chose pareille ? Il voulait le pouvoir, pas le changement qui allait de pair avec un monde en constante évolution. Il ne voulait que le titre. Il n'avait pas voulu que Sage soit ma compagne. Je n'aurais pas dû être surpris qu'Alden s'abaisse à ça.

Un défi de meute ? Pour la place d'*alpha* ?

Je ne pouvais me détourner du chemin qui s'offrait à moi, mais compte tenu de la façon dont Alden avait enclenché les choses, seul l'un d'entre nous sortirait du cercle ce soir-là.

Mon ours était ravi, la colère nous irradiant tous les deux.

Sage me saisit la main avant que je n'entre dans le cercle, et je la regardai.

— Que va-t-il se passer ? me demanda-t-elle.

Je serrai sa main.

— Je vais te présenter à la meute, et ensuite, on verra ce que veut Alden.

Elle écarquilla les yeux et releva le menton.

— Tout ce qu'il te faudra. Je suis là pour toi. Mais, Rome, tu devras te battre contre lui ?

Je savais que les autres ours proches de nous pouvaient entendre, mais je ne baissai pas la voix.

— Si Alden m'y oblige, oui. Voyons d'abord ce que nous pouvons faire.

Je me penchai, saisis sa nuque et l'embrassai fort sur la bouche. Sage se hissa sur la pointe des pieds pour répondre à mon baiser. Je l'intensifiai, la revendiquai comme mienne devant toute la meute.

— Sois prudente.

— Toi aussi et sois avec moi, murmura-t-elle en retour.

Je hochai la tête et croisai le regard de Trace. Mon frère leva le menton et se plaça d'un côté d'elle, Jaxton de l'autre. Rowen, Ash et Laurel étaient également avec nous, tous les six à mes côtés. Ariel était partie devant pour retrouver les autres et les anciens, et j'espérais qu'elle n'aurait pas d'ennuis pour m'avoir prévenu. Alden aurait dû attendre que je sois là avant de convoquer le cercle de meute. Comme il ne l'avait pas fait, il tentait de se dispenser de certaines formalités, et le fait qu'Ariel quitte son poste comme elle l'avait fait pouvait être considéré comme une trahison.

Tout ça parce qu'il voulait le pouvoir. Et s'il gagnait, il tuerait Ariel, et peut-être les autres aussi. Je ne laisserais pas cela se produire. Je ne laisserais pas tout ça arriver.

— Tu es enfin arrivé.

Alden sourit comme si c'était lui qui m'avait invité.

— Je vois que tu as convoqué un cercle de meute sans moi. Tu veux m'expliquer ? demandai-je dans un grognement.

— Il est temps que la meute revienne à son meilleur niveau. Il faut que notre meute redevienne ce qu'elle a été, et retrouve sa qualité et sa droiture.

Je plissai les yeux sur lui. Mon ancre glissa sur ma peau, elle voulait du sang. Je n'en voulais pas à mon ours.

— Notre meute est forte. Nous sommes compatissants. Nous avons la force du nombre, de nos liens et de notre objectif contre un ennemi commun. Pourquoi lances-tu un défi de meute maintenant en particulier ? En ce jour où nous avons enterré une amie. Un jour où nous élaborons des plans pour protéger notre ville. Pourquoi fais-tu ça ?

Alden plissa les yeux, juste un instant, puis reprit son apparence d'homme d'affaires parfait. Il joua avec les poignets de sa chemise à manches longues et secoua la tête.

— Tu ne vois pas ? C'est pour *ça* que nous sommes ici. Tu as passé tellement de temps avec ta sorcière et ce cercle que tu en as oublié ce dont notre meute a besoin.

— Je suis *alpha*, cher frère. Je sais précisément ce dont cette meute a besoin. Et c'est de force et de protection. De toutes sortes.

Alden inclina la tête en me regardant fixement.

— Des forces de toutes sortes ? Et pourtant, tu passes tout ton temps à protéger le cercle, et pas toi-même. Où étais-tu quand j'ai lancé ce défi ? Tu étais avec les sorcières et les faucons. Tu étais avec d'autres. Pas avec les tiens.

— J'étais avec lui, mon frère. La ville et la plus grande partie de notre repaire étaient avec lui quand on a enterré Penelope. Où étais-tu ? lui demanda Trace.

J'eus du mal à retenir un grognement. Trace était autorisé à prendre la parole puisque nous n'étions pas encore dans un défi *alpha* complet, mais je ne voulais pas que l'attention d'Alden se reporte sur lui. Je ne faisais pas confiance à cet homme que j'appelais mon frère.

— Tu étais là pour une sorcière, et pourtant tu n'es pas venu pour ta meute. Tu étais *alpha*. Tu étais censé faire passer ta meute avant tout le reste.

— Non, il est censé faire passer sa compagne en premier. Ensemble, ils règnent en tant que couple *alpha* pour assurer la sécurité de notre meute, s'écria Ariel.

— Personne ne t'a rien demandé, *quatrième*, grogna Alden.

— Nous ne sommes pas encore un cercle de meute complet, car je ne l'ai pas convoqué. Par conséquent, Ariel peut parler comme et quand elle l'entend, assénai-je.

— J'ai convoqué le cercle de meute à ton sujet, cher frère. Par conséquent, je suis le responsable, ici.

Il y eut des murmures tout autour, et je secouai la tête. J'étais reconnaissant que ceux qui étaient venus n'aient pas amené les petits. Les triplés n'étaient pas là, ni les autres oursons du repaire. Ils n'avaient pas besoin d'être témoins de ce qui pourrait se passer ensuite. Ce qui *allait se passer* ensuite.

— Tu te trompes. Je suis là, je suis l'*alpha*. Et en tant que tel, puisque nous réunissons un cercle de meute, que je suis arrivé et que je l'ai autorisé, laissez-moi vous présenter ma compagne. Votre *alpha*.

Je tendis la main. Comme si nous l'avions répété, Sage s'avança et glissa sa paume dans la mienne.

— Sage est ma compagne. C'est une sorcière. Et elle appartient au cercle. Elle fait partie de cette ville, Ravenwood. *Nous* sommes Ravenwood. Elle nous protégera, comme je vous protégerai, elle et vous.

— Je te protégerai aussi, dit Sage en me regardant.

Je lui adressai un clin d'œil, même si mon ours était en alerte, car je savais qu'Alden avait forcément un autre plan.

Il allait se passer quelque chose, il fallait juste que je découvre de quoi il s'agissait.

— Vous voyez ? s'exclama Alden avec un geste des mains vers le centre du cercle. Il l'amène ici, dans notre cercle de meute. Nous n'avons pas besoin du cercle, dit-il en me fixant.

J'inclinai la tête, le scrutant, en alerte.

— Oh ? Le cercle a fondé cette ville. Sans lui et la magie de ses membres pour tenir nos protections, nous ne pourrions pas nous réunir en masse comme nous le faisons. Nous sommes la plus grande meute du pays grâce à Ravenwood. Bien sûr, il y a d'autres villes semblables, mais elles ne sont pas aussi grandes que la nôtre, et leurs meutes ne sont pas aussi considérables. Nous sommes en symbiose avec le cercle et les êtres de nature magique. Nous travaillons avec eux. Pourtant, tu dis que nous devrions rompre nos liens ?

— Le cercle n'a fait que nuire à cette ville. Regarde ce que font les sorcières aujourd'hui. Regarde leurs nécromanciennes. Ce sont aussi des sorcières, ne l'oublie pas. Et elles apportent la mort et la destruction. Elles effraient nos oursons et nuisent à notre avenir.

Il y eut des murmures, des conciliabules à propos des nécromanciennes, et j'entendis Rowen et les autres chuchoter entre eux. Ils ne pouvaient pas s'impliquer, et je savais qu'ils comprendraient. Sage était la seule susceptible d'être perdue, mais elle garda le silence, debout à mes côtés. Je sentais sa magie palpiter en elle. Elle serait prête à me défendre si j'en avais besoin, mais elle comprenait aussi que c'était à moi de parler.

Elle avait tant de force en elle, elle me surprenait à chaque fois.

Le jour où elle avait montré son vrai visage, où elle

s'était battue pour elle-même et pour les autres, j'étais tombé amoureux d'elle.

Elle était ma compagne, maintenant. Mon *alpha*, aussi.

Il faudrait que le reste de la meute soit d'accord avec ça.

— Les nécromanciennes sont un problème, oui. Tout comme il y a des métamorphes dévoyés, il existe des sorcières corrompues. Et lorsque nous avons dû combattre notre dernier scélérat, Rowen et Laurel étaient à nos côtés pour nous aider. Les faë et les faucons étaient avec nous et n'ont pas jugé le tout d'après ses parties. Penelope était à nos côtés pour aider à soigner nos blessés. Elle est partie à présent, et nous devons la venger. Nous devons protéger cette ville. Nous n'avons pas de temps à perdre avec tes petits jeux de domination, Alden.

— Si tu ne te libères pas du cercle et de cette sorcière, tu vas me forcer la main, mon frère, grogna Alden.

Je ne comprenais rien à tout cela. Mon triplé avait toujours voulu le pouvoir, mais il y avait quelque chose d'autre que je ne voyais pas, et cela m'inquiétait. Il y avait quelque chose derrière, ou en dessous. Je ne savais pas ce que c'était.

— Je ne quitterai pas ma compagne. Tu sais que tu n'as aucun droit de me dire de défier le destin. Nous sommes liés, désormais.

— Et je protégerai cette meute de ma vie, annonça Sage d'une voix calme, posée et ferme. Tout ceci est peut-être nouveau pour moi, mais je veux apprendre à vous connaître. Une force extérieure m'a tenue éloignée du monde de la magie. Faith, les autres nécromanciens et ceux qui travaillent avec elle voulaient me tenir à l'écart de Ravenwood. Mais je suis là, maintenant. Je vais me rattraper. Je vous promets de vous protéger. J'apprends ma magie, et je m'en servirai pour vous protéger, vous et cette ville. Vous n'avez pas besoin de repousser Rome. Je promets que je ne ferai rien pour l'éloigner de vous. Je me servirai de mon pouvoir pour assurer votre sécurité.

Mon ours se réjouit de ses paroles et je vis d'autres personnes hocher la tête comme si elles percevaient sa force et sentaient la passion dans ses mots, sa magie. Elles sentaient sans doute son pouvoir, mais elle ne pouvait rien faire de plus pour le moment.

Elle ne pouvait qu'attendre. Mais avec un peu de chance, ils verraient sa force et sentiraient la vérité de ses mots.

— Ça ne veut rien dire, grogna Alden. J'appelle à un défi *alpha*. À mort.

Je cillai quand quelqu'un hoqueta, et Sage s'agrippa à mon bras. Il y eut d'autres murmures, des cris, des mots. Je n'écoutais pas. Au lieu de ça, je dévisageais mon triplé, mon frère, mon sang. Et je savais que j'allais devoir le tuer.

Parce qu'il n'y avait pas de retour en arrière possible. La magie opéra en moi, et ce défi m'appela.

Une fois entré dans un cercle de meute, si un membre lançait un défi *alpha* à mort, il n'y avait pas de retour en arrière possible. L'un de nous quitterait le cercle vivant, l'autre serait parti pour toujours.

Même dans mes plus sombres cauchemars, je n'avais pas envisagé qu'Alden puisse faire quelque chose comme ça. Je m'étais trompé. Totalement.

— Qu'il en soit ainsi, grogna mon ours à travers ma voix.

— Rome, chuchota Sage.

— Je n'ai pas le choix. Tu ressens la magie, n'est-ce pas ? Par le biais du lien ?

— C'est comme un étau. C'est tellement serré !

— C'est la manière de faire de notre peuple. Je suis navré que ce soit ta présentation à la meute.

Je me penchai pour l'embrasser, et elle s'agrippa à mes épaules, me tirant plus près.

— Sois prudent. Il n'y a rien que nous puissions faire ? m'interrogea-t-elle.

— Rien.

Et je sentis à travers le lien qu'elle comprenait. Si je ne mourais pas ici aujourd'hui, si ce n'étaient pas mes dernières paroles, je devrais tuer mon frère.

Et je ne savais pas qui je deviendrais ensuite.

Alden retira sa chemise et se glissa lentement au centre du cercle. Quatre hommes se tenaient près de lui, tous de son côté. C'étaient les traîtres dont je devrais m'occuper. Je regardai Trace et Ariel, qui hochèrent la tête. Trace resta près des sorcières, et Jaxton ne pouvait rien faire puisqu'il n'était pas un ours, mais un métamorphe d'un autre groupe. Ariel se rapprocha de mes autres pisteurs et des anciens, et je sus qu'ils protégeraient les plus faibles.

Parce que si je battais Alden maintenant, ça n'éradiquerait pas toute la pourriture. Ce n'était que le début.

— Que dois-je faire ? demanda Sage.

— Va te mettre à côté de Trace. Faites sortir les autres si ça se passe mal.

Elle secoua la tête, les yeux plissés.

— Tu veux dire si tu meurs ?

— Oui. Si Alden devient *alpha*, il te tuera, toi et tous ceux qu'il pourra. Protégez les faibles, les oursons. Attrapez Faith. Faites tout ce que vous pouvez. Je dois m'occuper de mon frère.

Je l'embrassai encore, alors que la rage envahissait son expression. Je la sentais danser sur le lien, mais elle se contenta de me faire un signe de tête ferme avant de se diriger vers Trace. Ash et Rowen observaient, prêts. Jaxton et Laurel passèrent de l'autre côté du cercle, et je sus qu'ils protégeraient aussi ceux de leur côté.

Nous n'avions pas besoin de parler. Nous nous connaissions si bien qu'il était entendu que nous ferions tout notre possible pour aider ceux qui ne pouvaient pas s'aider eux-mêmes. Cependant, je devais chasser cela de mon esprit et me concentrer sur ce qui se trouvait devant moi.

Alden, mon frère. Mon *challenger*.

— Tu es prêt ?

— Tu n'avais pas à faire ça, lui dis-je. Je ne comprends pas pourquoi tu fais ça.

— On t'a tout donné. Tu étais *alpha*, et Trace était *bêta*. Que me restait-il ? Rien. Tu ne m'as jamais donné une chance. Tu ne m'as jamais écouté. Au lieu de ça, tu es allé voir les sorcières, les faucons. Tu as écouté tous les autres et tu m'as ignoré. Et pour finir, tu as fait du mal à ta meute. Nous avions besoin de toi, et tu n'as rien fait. À présent, tu dois récolter ce que tu as semé.

Je secouai la tête et retirai mon t-shirt.

— Non, cher frère. C'est à toi de le faire.

— Jusqu'à la mort, grogna Alden, son ours dans les yeux.

— Jusqu'à la mort.

Nous nous transformâmes. C'était ours contre ours, et j'entendis Sage pousser un petit cri dans mon dos. Mes os craquèrent, ma magie s'enflamma, et je retombai à quatre pattes en rugissant. Le sol trembla sous mes pieds, les arbres se dressèrent en frémissant.

Je n'avais pas envie de le faire, mais il le fallait. Je tuerais Alden pour protéger mon peuple. Protéger ma compagne. Une partie de moi mourrait dans le processus.

Mon frère frappa le premier et j'esquivai. Son ours était

légèrement plus petit que le mien, c'était la seule différence entre nos moitiés humaines presque identiques. Alden mordit et griffa, et je me redressai, fendant l'air. Je lui arrachai une partie du flanc, mais il revint à la charge, griffes et crocs en avant. Il rugit encore, et cette fois, il poussa avec quelque chose qui ne venait pas de lui.

Ç'avait un goût de magie. De sorcière.

Je savais qui était derrière. C'est alors que je remarquai que même si Alden était sous forme d'ours, il portait toujours une amulette autour du cou.

Faith.

Le froid m'envahit, et je compris. Le cercle était une diversion, une partie parmi d'autres. Alden était celui qui aidait Faith à entrer dans la ville. Alors que je travaillais avec des sorcières au sein du cercle, mon triplé utilisait une magie bien plus sinistre.

Il nous avait tous trahis.

J'explosai, le cœur déchiré et déchiqueté alors que la magie me transperçait, creusant des trous dans mon corps. J'entendis Sage crier, et Rowen jurer à mi-voix.

— Alden s'est servi de magie ! s'écria Rowen. Il triche.

— Menteuse ! cracha l'un des hommes de mon frère.

— Non, votre soi-disant ours est un traître, cria Ariel.

Des gens criaient, hurlaient, tandis que du sang s'écoulait de ma blessure magique au flanc, causée par l'amulette que Faith avait donnée à Alden.

J'ignorai la douleur, la brûlure, et je bondis. Les yeux de mon adversaire s'écarquillèrent un instant, et j'y vis le jeune garçon qu'il avait été. Celui qui avait souri, ri et roulé partout sur le sol avec Trace et moi. Celui qui faisait partie de notre bande, avec Ash et Jaxton. Un gentil, bien qu'un peu calme. Qui s'était toujours tenu à l'écart parce qu'il ne savait pas comment jouer avec les autres. Mais il essayait malgré tout. Quand étais-je passé à côté du changement ? Pourquoi avais-je oublié qu'il n'était plus ce garçon, mais un homme qui ne parvenait pas à s'intégrer ni à se battre pour ce qu'il voulait dans les coutumes de notre peuple ?

Quand avais-je perdu mon frère ?

Mes crocs s'enfoncèrent dans le cou d'Alden, et je mordis. Ce fut rapide, un bref instant, puis il reprit sa forme humaine, du sang s'écoulant de sa gorge, la respiration haletante. Je me transformai également et attrapai mon frère avant qu'il ne tombe.

Je ne pleurai pas, mais à l'intérieur, mon ours rugit, et je serrai les poings en serrant fort mon frère.

— Pourquoi ? m'écriai-je d'une voix rauque.

— Ça valait le coup, dit Alden, du sang sur les lèvres.

Je fronçai les sourcils et cherchai à voir où son regard se dirigeait, mais j'arrivai trop tard. Je ne pus rien dire.

Un pouvoir emprunté, qui n'était pas celui de la sorcière que j'avais vue auparavant, emplit le cercle, puis Faith apparut, une dague sombre à la main. Elle attrapa Trace par l'épaule, et il s'élança, essayant de l'attraper avec ses griffes alors qu'il repoussait Sage pour la protéger.

Mais c'était trop tard.

Faith poignarda Trace en plein cœur avec sa dague et tourna le poignet. Les arbres tremblèrent, la meute hurla, grogna, glapit, et tous les autres métamorphes autour de nous firent un vacarme qui résonnerait pour toujours dans mes rêves et me hanterait.

Trace tomba à genoux, du sang s'écoulant de la blessure et de sa bouche alors que d'autres arrivaient à travers les bois, avec une grâce trébuchante qui n'avait rien d'humain. Des revenants.

Trace me fixa, la bouche ouverte, mais la lumière dans ses yeux s'affaiblit.

Alden gisait à mes pieds tandis que je hurlais, et Trace était étendu devant Sage, qui criait aussi.

Faith souriait.

Je rejetai la tête en arrière et rugis, et la ville répondit à mon appel.

CHAPITRE 23
SAGE

ROME ÉTAIT de l'autre côté du cercle, et je hurlai, du sang coulant à mes pieds et m'éclaboussant le visage. J'étais tombée à quatre pattes après que Trace m'eut poussée hors du chemin. Je criai, le lien en moi presque brisé, mais il tenait bon. Trace était mort. Alden était mort.

Rome était toujours dans le cercle, en train de hurler. Il était peut-être sous sa forme humaine, mais il rugissait quand même. Faith avait fait tout ça. D'une manière ou d'une autre, elle avait tout orchestré.

Je criai et me levai d'un bond alors qu'Ash m'éloignait de Faith. Il marmonna un sort à mi-voix et tendit les mains. Un mur de roche s'éleva entre la nécromancienne et nous, et je me retrouvai à côté de Rowen, essayant de reprendre mon souffle.

Rome avança, enfilant le pantalon de survêtement qu'Ariel lui avait jeté avant de passer à mes côtés, tirant sur mon bras.

— Protégez les jeunes.

— Non, nous avons besoin d'elle ici, dit Rowen. Nous avons besoin de la force du cercle.

293

— Je ne veux pas qu'elle soit blessée. Les oursons la suivront, grogna Rome.

Je tirai sur son bras, et je savais qu'il était en train de se briser à l'intérieur. Il existait des liens entre les triplés, et voilà qu'ils étaient tous brisés, déchirés dans la douleur et la terreur. Dans la vengeance et la trahison.

Nous aurions le temps de passer tout cela en revue bientôt et de faire notre deuil, mais d'abord, il fallait qu'il comprenne.

— Le cercle a besoin de moi, et toi aussi. Ton peuple protège les jeunes. Ils ne sont pas ici au cercle ?

Nous n'avions que quelques instants, et il fallait que je m'assure que je prenais les bonnes décisions.

Il plissa les yeux.

— Non. Ils sont en sécurité ailleurs.

— Bien. Maintenant, protège ceux qui sont ici. Le cercle a besoin de moi. Et ta meute a besoin de toi.

— Notre meute.

Sa voix était celle de son ours, elle n'avait plus rien d'humain. Je hochai la tête, les mains tremblantes.

— D'accord. Laisse-moi faire ce que je peux. Et ça, c'est avec le cercle que je pourrai le faire. Fais ce que tu peux. Avec tes ours.

Je voulais te dire que j'étais désolée. J'avais envie de le prendre dans mes bras et de lui dire *quelque chose*, mais je n'en eus pas le temps. Nous n'avions que quelques secondes. Ash ne pouvait pas résister plus longtemps à Faith et aux autres. Et la nécromancienne n'était pas seule. Elle avait amené ses revenants. Il en affluait plus que je ne l'aurais jamais imaginé. Elle avait dû rassembler les morts de tout le pays, peut-être même du monde entier, au fil du temps. Elle les gardait peut-être enfermés. Ils étaient très nombreux, et nous devions protéger notre peuple.

Je déglutis difficilement, et mes pieds s'enfoncèrent dans le sol sous moi alors que je cherchais ma force.

— Protège-toi. Si tu es blessé, je ne te le pardonnerai jamais.

Je le regardai alors et agitai mes mains sur sa blessure au flanc où suintait encore du sang.

— Pareil pour toi. Maintenant, battez-vous.

Alors, il n'y eut plus de temps pour les mots. Faith se servait d'un pouvoir emprunté. Je ne savais pas exactement ce qui me faisait dire ça, mais la sensation était différente. Elle ne ressemblait pas à sa magie. Ça ne ressemblait pas à ce que j'avais ressenti quand elle nous avait combattus avant. Était-ce le travail d'Oriel ? Ou une autre magie noire que je ne connaissais ou ne comprenais pas encore ?

Je n'étais pas sûre, mais dans tous les cas, je devais combattre Faith.

Jaxton et Laurel furent là en un instant. Laurel tremblait, le regard sombre, et j'aurais juré y avoir vu des flammes pendant un instant. Elle cilla et soudain, son épée apparut dans ses mains.

— Allons-y.

— Je me débrouillerai mieux sous ma forme de faucon, dit Jaxton avant de se débarrasser de ses vêtements.

Avec ses serres et son bec, j'étais d'accord avec lui. Il se transforma et décolla avant de commencer à bombarder en piqué les revenants qui venaient vers nous.

Ash et Rowen se déplaçaient comme un seul homme, comme s'ils l'avaient fait toute leur vie. Et c'était peut-être le cas d'une certaine façon, mais ils l'avaient oublié au cours des derniers mois. Ils se servirent de l'air et de la terre pour faire reculer Faith et ébranler ses fondations. La nécromancienne était forte, bien trop puissante, et elle n'arrêtait pas de nous repousser.

Dans sa forme humaine, Rome se servait de ses griffes pour frapper les revenants, mettant fin à leur calvaire en nous protégeant. Ariel était là aussi, à se battre, se servant de ses griffes, tout comme le reste des traqueurs de Rome. Les faë et les autres habitants de la ville que je savais capables de se battre avancèrent à travers les arbres comme s'ils avaient entendu le rugissement de mon compagnon. Ils se jetèrent dans la mêlée aussi. C'était griffe contre magie, épée contre épée, mais nous combattions tous. J'étais aux côtés de Laurel, et elle se servait de sa lame contre eux tandis que je creusais en moi pour faire sortir ma magie. Je tirai de l'eau de l'étang à côté de nous et plongeai. J'y poussai les revenants, mettant fin à leur peine et à leurs cris. Et je fis de mon mieux pour créer des poignards d'eau et les projeter vers Faith. Elle les fit tomber un par un, mais je faisais diversion, et c'était le but. Parce que Rowen et Ash étaient de plus en plus proches, leurs mains se joignant tandis que leur magie tourbillonnait.

— Il faut que je m'occupe de quelque chose, grogna Rome, et il se dirigea vers les quatre ours qui s'étaient tenus aux côtés d'Alden. Je le regardai, et Laurel hocha la tête.

— Je suis juste à côté de toi. Comme ça, il n'est pas seul.

Je hochai la tête et suivis Rome, me servant de ma magie de l'eau pour fabriquer d'autres dagues, les lançant sur les quatre ours qui l'avaient blessé et avaient trahi leur meute.

— Tu ne seras jamais notre *alpha*, grogna l'un d'eux.

— C'est parfait. Parce que si vous n'abandonnez pas maintenant, je vais vous tuer.

— Alors tue-nous. On s'en fiche. Tu n'auras jamais tout ce que tu veux.

— Qu'il en soit ainsi.

— Alden a toujours été meilleur que toi.

— Ça suffit, dis-je en lançant une dague de glace vers celui qui avait parlé en dernier.

Il serra son cou à l'endroit où la lame avait rencontré la chair, les yeux écarquillés. Il tomba à genoux, et les trois autres se tournèrent vers moi. Rome me jeta un regard, un regard plein de cœur et de fierté, puis il frappa. Laurel utilisa son épée contre le dernier, et les quatre traîtres furent éliminés. On tremblait, mais ce n'était pas encore fini. Des dizaines et des dizaines de revenants arrivaient encore, et nous continuâmes à combattre, mais il fallait rejoindre Ash et Rowen. Ils avaient besoin de nous. Nous devions éliminer Faith.

Aussitôt que nous les eûmes trouvés, mon cœur balbutia, et je criai. Je ne voulais pas, je ne voulais pas attirer l'attention de Rome, mais il les vit quand même.

Faith se tenait à l'autre bout de la clairière, où elle avait reculé pour se mettre à l'abri des coups. Derrière elle, deux silhouettes sombres se dessinaient, le corps solide. Deux revenants au visage familier fixaient le centre du cercle. Mon cœur se brisa. Trace nous regardait, les yeux vides, du sang recouvrant encore sa poitrine. Alden avait le regard fixe, le cou dégoulinant de sang et le regard sombre, également vide.

Elle avait transformé les frères de Rome en revenants. Je n'arrivais plus à respirer. Je criai et mon compagnon rugit. Nous avions l'impression que tout se fragmentait autour de nous. Je n'arrivais pas à croire que cela se produisait vraiment.

— Elle ne s'en tirera pas comme ça, pas avec ce genre d'atrocités. Elle meurt. Ce soir !

J'espérais que les paroles de Rome étaient réelles.

Nous nous déplaçâmes, Jaxton d'abord au-dessus de nos têtes jusqu'à ce qu'il reprenne sa forme humaine. Il se tenait là, nu, ramassa une dague tombée au sol, et nous nous atta-quâmes tous à Faith. La nécromancienne leva les mains, et les revenants avancèrent, certains avec des épées, d'autres avec des lames plus courtes. Elle tira l'eau du sol et de l'étang, créant au moins une centaine de dagues, peut-être plus.

— Tu es tellement faible. Si seulement tu avais mon pouvoir, si tu comprenais ce que je fais, tu gagnerais. Tu n'es rien. Et à présent, tu vas le comprendre.

Elle lança beaucoup de dagues vers l'avant. Pas toutes, mais assez. Des gens crièrent quand les lames atteignirent leur cible. J'esquivai l'une d'elles et poussai un cri quand Rome en retira une deuxième de son bras, la jeta au sol et continua.

Une autre dizaine de dagues de glace surgirent de nulle part, et nous nous déplaçâmes, Laurel se servant de son épée pour les dévier.

— Il faut qu'on arrête Faith. Si on l'arrête, on met fin à tout ça, dit Rowen.

— Dis-moi ce que je dois faire, lui répondis-je.

Ash releva le menton.

— Joins les mains et sers-toi de la magie. Répète après moi.

Avant que je ne puisse le faire, un autre poignard appa-rut, et Rome poussa un cri en se jetant devant moi. La lame lui entailla la clavicule, une autre se ficha dans sa poitrine. Je criai, usant de ma magie de l'eau pour faire fondre la glace et la retirer de sa chair. Il gémit, le sang coula, mais il se secoua.

— Je vais bien.

— Non, tu ne vas pas bien, lui dis-je.

Puis les revenants Trace et Alden arrivèrent et plus rien n'eut de sens.

— Laisse-moi m'en occuper, dit Laurel.

Rome secoua la tête.

— Non, je vais le faire.

J'avançai, et je sus que c'était aussi ma responsabilité. Je n'allais pas laisser mon compagnon faire ça tout seul. À n'importe quel prix, et quelle que soit la douleur. Quand Alden s'avança, je me servis de ma glace et de mon eau, faisant glisser une dague dans son cou. Il tomba à genoux, parti une fois de plus.

Rome grogna et me regarda, tendant la main. Je crus qu'il allait me serrer dans ses bras ou faire quelque chose, mais au contraire, il me poussa hors du chemin quand Trace s'élança. L'une des griffes de celui-ci m'entailla le bras, et je criai de douleur. Je baissai les yeux, vis le sang couler, puis je me tournai vers mon compagnon. J'avais envie de faire quelque chose, de crier, mais je ne *pouvais* rien faire. Au lieu de cela, je regardai mon compagnon, l'homme que j'aimais, placer ses mains autour du cou de son frère et le tordre. Trace tomba à genoux, la bouche ouverte, et j'aurais juré y voir quelque chose, l'espace d'une seconde. De l'espoir ? Un remerciement ?

Je ne savais pas, mais je saignais, Rome aussi, et Trace et Alden étaient partis une fois encore.

J'avais du mal à suivre.

Laurel me tira vers elle, et nous nous dirigeâmes vers les autres. Faith était là, lançant d'autres dagues de glace et menant ses revenants.

Elle était si puissante ! Elle sacrifiait quelque chose, mais aucun de nous ne pouvait s'en approcher.

— Le sort. Il nous faut le sort.

Rome se jeta à nouveau devant moi, encaissant un nouveau coup, et je grognai.

— Arrête ! Je peux prendre soin de moi.

— Sers-toi du sort. Laisse-moi te protéger.

Je savais qu'il avait raison. Je devais le faire. Je devais le laisser faire. Parce que je le protégerais. J'allais sauver tout le monde. Je saisis les mains de Laurel et de Rowen. Rowen s'empara de celle d'Ash. Et nous chantâmes.

— *Terre, air, eau, feu, cherchez celui que nous désirons. Arrêtez ce mal, purgez ce fléau, bannissez cette sorcière dans la nuit la plus sombre. Seigneur et Dame, ancêtres aussi, prêtez-nous votre force pour ce que nous devons accomplir. Prenez cette sorcière afin de nous libérer. C'est notre volonté, qu'il en soit ainsi !*

Je criai : l'eau, le feu, la terre et l'air me transpercèrent alors que je rejetais la tête en arrière, la magie se déversant de ma bouche. Le sang se mit à couler de mon nez, mais je ne levai pas la main pour l'essuyer. La puissance était immense, bien plus que ce que j'avais jamais ressenti ou utilisé auparavant. C'était presque trop. Je ne savais pas ce que je devais faire. Instinctivement, je la poussai vers Faith, et je sus que les autres faisaient de même. Il fallait que je fasse confiance à mon cercle.

Parce que je ne *pouvais* rien faire de plus.

Ash poussa un cri guttural qui résonna dans ma tête. Laurel tint, en dépit du sang qui coulait de son oreille.

C'était elle qui me faisait le plus peur. Ma main me brûlait, mais je ne renonçai pas. Elle brûlait de l'intérieur, tremblant de tous ses membres. Je savais que c'était trop pour elle. Nous lui en avions trop demandé. Mais je ne pouvais pas mettre fin au sort plus tôt. Il fallait que nous arrêtions Faith.

Je levai les yeux vers la nécromancienne, dont les cheveux blonds flottaient au vent, le sang s'écoulant de ses yeux, de son nez et de sa bouche. Pourtant, elle continuait de bouger, de chanter. Une nouvelle dague arriva et me perfora l'estomac, une autre s'enfonça dans mon épaule, mais je tins bon.

Je ne pouvais pas tomber. Je ne faiblirais pas. Rome, Ariel et les autres métamorphes s'occupaient du reste des revenants, car Faith était encore en vie et que son pouvoir de nécromancienne était encore trop fort.

Alors, j'entendis un cri et poussai ma magie vers l'avant. Quelque chose se brisa en moi. Je tombai à genoux, mes mains retombèrent devant moi et je lâchai Laurel et Rowen. Rowen tomba à côté de moi, se tenant la tête en hurlant. Ash demeura debout, titubant en arrière alors que tout son corps tremblait. Mes vêtements étaient imbibés de sang et mes blessures me donnaient l'impression d'avoir été poignardée encore et encore.

Faith brûla, son corps se réduisit en cendres et fuma tandis qu'elle nous fixait en hurlant. Elle cria, glapit, et les revenants tombèrent sur place, alors que la magie qui nous entourait éclatait comme un ballon.

Les cris de Faith cessèrent subitement, puis il n'y eut plus rien.

Je regardai sur ma gauche et appelai Laurel. Elle se leva, son épée échappant soudainement à sa main alors que son corps entier brûlait. Ce n'était pas seulement la magie du feu, mais le feu en lui-même. Elle n'était que braise, une flamme vivante alors que sa magie la consumait. Je savais que c'était trop. Rowen se leva et chancela jusqu'à moi, les mains tendues, des larmes ruisselant de ses yeux. Ash était à côté d'elle, le regard sombre en regardant sa sœur. Je savais qu'il cherchait sans doute un sort capable d'empêcher ce qui lui arrivait, mais pour moi, nous ne pouvions rien faire.

Elle était en train de brûler, de mourir, et nous ne pouvions rien faire. Je toussai, du sang jaillit de ma bouche, et je sus que ce qui s'était brisé à l'intérieur de moi avait profondément entaillé quelque chose. Je sentais la vie s'échapper de mon corps. Puis Rome fut là, me serrant fort pendant que je regardais Laurel.

Je n'arrivais plus à respirer. Je ne pouvais pas arrêter l'hémorragie. Nous avions stoppé Faith. Mais cela avait-il été suffisant ?

Jaxton, le seul d'entre nous capable de bouger, bondit et se jeta sur Laurel. J'entendis le sifflement de sa peau alors que les flammes brûlaient sa chair, et ils tombèrent ensemble au sol. Laurel se pelotonna dans ses bras, et leur magie ensemble éteignit les flammes.

Je levai les yeux vers Rome et voulus parler, mais le sang se déversait de ma bouche.

Mon compagnon me serra contre lui et rugit.

Je baissai le regard vers la dague dentelée encore enfoncée dans ma chair et compris que c'était du métal, et non de la magie, qui m'avait empalée. Le dernier projectile que Faith avait lancé n'était pas de la glace, mais de l'acier.

Je ne savais pas si c'était un au revoir. Je voulus parler au cas où, essayer de faire quelque chose.

Nous avions gagné, d'une manière ou d'une autre. Nous avions vaincu Faith. Pourtant, alors que je tentai de parler, je sus que la mort arrivait. Et je ne savais pas si nous avions perdu tout le reste aussi.

CHAPITRE 24

ROME

DES LOUPS HURLÈRENT, et des faucons crièrent dans le ciel alors que je baissais la tête et pleurais. Nous avions perdu dix-sept membres de la meute à cause de la trahison d'Alden. Mais nous avions perdu plus que des chiffres. J'avais perdu mes deux triplés. J'avais perdu ma famille. Et j'avais perdu quelque chose en moi que je n'étais pas certain de retrouver un jour.

Sage posa sa main dans mon dos et je la regardai, conscient que j'avais failli la perdre, elle aussi. Elle s'était presque vidée de son sang dans mes bras. C'est grâce à la rapidité d'esprit de Rowen et à la guérisseuse de notre meute qu'elle avait été sauvée. D'après ce que je savais, Laurel était encore en train de guérir, mais elle était figée, et je sentais l'odeur de la chair brûlée sur son corps. Personne n'en parlait. Il n'y avait rien à dire. Rien à faire.

Nous avions tous assez perdu à la suite de la trahison envers notre meute et notre ville. À présent, nous devions faire face à la suite.

Faith était partie, mais quelqu'un lui avait donné le pouvoir qu'elle exerçait.

Cet Oriel, qui qu'il soit, devait être arrêté.

— Je crois que tes parents arrivent, dit Sage au bout d'un moment, une fois que le chant de notre peuple eut pris fin et que les bûchers eurent brûlé.

Un nécromancien n'aurait plus rien à prendre. Nous ne le permettrions jamais. Rowen, Sage, Ash et peut-être Laurel lanceraient un sort pour éloigner des nécromanciens les esprits de ceux que nous avions perdus. Il nous fallait espérer que ce serait suffisant. Penelope avait été enterrée, comme on le faisait pour les sorcières de sa lignée. Ses os seraient en sécurité, et son esprit avait été envoyé là où allaient les âmes des sorcières dans l'au-delà.

C'était étrange de penser que nous devions protéger notre vie après la mort, mais c'était le cas. Nous pleurions tout ce que nous avions perdu, et je n'étais toujours pas convaincu que nous avions envisagé ce qui ne viendrait jamais.

— Rome, chuchota de nouveau Sage.

Je secouai la tête.

— Je suis désolé, je les vois.

Mes parents se dirigèrent vers moi et se tinrent de l'autre côté du cercle. C'était traditionnellement la manière dont deux *alpha* se rencontraient. C'était mon père, mon *alpha*, et j'avais l'impression de l'avoir laissé tomber. Je baissai la tête à son approche, chose que je n'avais pas faite depuis des années. Quand il s'agissait de lui, je n'avais pas besoin de baisser les yeux. Les autres *alpha* du pays comprenaient que j'avais le pouvoir de le défier, mais que jamais je ne le ferais. C'était mon père. Et je lui faisais confiance.

— Rome, dit-il doucement en posant sa main sur ma nuque. Ne t'incline pas devant moi. Regarde-moi, mon fils. Tu es un *alpha* aussi. Tu es fort. Et ton peuple a besoin de toi.

— Tout comme ta compagne, ajouta ma mère d'une voix ferme.

Elle était grande, avec des épaules larges. C'était une ourse qui avait élevé des triplés qui étaient devenus trois des ours les plus puissants du pays. Elle régnait au côté de mon père, et assurait la sécurité de notre peuple. Ma mère n'était pas faible. Et à cet instant, j'avais envie qu'elle me serre dans ses bras et me dise que tout irait bien. Mais je n'étais plus un jeune enfant. Je ne pouvais pas penser de cette manière.

— Je suis heureuse de vous rencontrer, dit Sage au bout d'un moment. Je suis simplement navrée que ce soit en de telles circonstances.

Ma mère tendit les bras et l'attira contre elle pour l'étreindre.

— C'est un honneur de rencontrer la compagne de notre fils, l'*alpha* de la meute de Ravenwood. Je suis heureuse que nous vous ayons trouvée. Que nous soyons ici. Et je suis ravie que vous soyez avec Rome pendant cette période. Il aura besoin de vous plus que jamais.

— Je serai toujours là, affirma Sage avec douceur. Pour lui et pour notre peuple. Toujours.

Elle n'aurait pu trouver de paroles plus appropriées. Mon père sourit doucement et l'attira contre lui dans une grande étreinte d'ours. Sage laissa échapper un petit « ouf » et j'affichai un léger sourire. Elle était si petite comparée aux ours géants qui l'entouraient, mais elle ne lâchait rien. Au lieu de cela, elle l'étreignit à son tour, et mon père embrassa le sommet de sa tête.

— Nous ferons le deuil de nos fils et des choix qu'ils ont faits. À la fin, Trace a protégé. Il a fait tant de choses. Je ressens dans mon cœur qu'il n'y a plus d'espoir, mais je dois m'accrocher au fait que mon fils est mort en protégeant ceux qu'il aimait.

La voix de ma mère se brisa, et mon ours sanglota.

Nous ne parlâmes pas d'Alden. Il n'y avait rien d'autre à dire. Il avait emprunté la mauvaise voie, et nous ne pouvions rien y changer.

Je glissai ma main dans celle de Sage et hochai la tête quand Ash, Jaxton et Aspen arrivèrent. Aspen, en tant que chef des faë, semblait calme et distant en saluant mon père d'un signe de tête.

— Nous sommes navrés que vous soyez ici pour une telle occasion. Mais sachez que nous restons aux côtés de votre fils et des métamorphes. Nous nous dresserons contre les nécromanciens.

— Nous tous, murmura Ash.

— Nous nous battrons et nous vengerons vos fils, ajouta Jaxton, et il n'échappa à aucun d'entre nous qu'il avait mentionné à la fois Trace et Alden.

Mon cœur garderait à jamais une crevasse béante après la perte de mes triplés, mais Sage était là et m'aiderait à guérir. Je la sentais dans notre lien, qui s'enroulait autour de mon ours, de mon ancre et de mon cœur.

Elle me guérissait, et je n'étais même pas certain qu'elle soit consciente de le faire.

Nous discutions avec mes parents et les autres quand Ariel arriva avec un air solennel. Elle était mon *bêta* à présent. Peut-être pas aussi puissante que Trace, mais elle le serait suffisamment. Elle protégerait notre meute. Pour être honnête, elle aurait dû être notre troisième dès le départ. Mais nous n'avions pas de temps à perdre en regrets.

— C'est mon tour de garde, à présent, sur le périmètre. Je voulais juste passer et vous présenter mes condoléances.

Ariel adressa un signe de tête à mes parents.

— On se retrouve bientôt ?

Je levai le menton en signe d'affirmation. Deux jours

seulement s'étaient écoulés depuis cette attaque au sein du cercle de meute qui avait tout changé. Il avait fallu ces deux jours pour prendre des dispositions, faire venir mes parents, et pour que nos blessures guérissent. Et même alors, elles n'étaient pas entièrement cicatrisées, pas sur le plan physique, et certainement pas sur le plan émotionnel.

— On se parle bientôt.

Ariel croisa mon regard un bref instant avant que son ourse ne l'oblige à baisser le menton.

— *Alpha,* me salua-t-elle avant de se tourner vers Sage. *Alpha.*

Mon *bêta* s'éloigna juste au moment où les oursons triplés accouraient. Ils étaient dans leurs corps d'ours, bien plus confortable pour eux en présence d'autant d'étrangers. Sage se mit immédiatement à genoux, et tous trois la serrèrent très fort dans leurs bras en rampant sur elle. Elle laissa échapper un doux rire, et mon ours ronronna, se détendant légèrement au son de sa voix.

Mon père se racla la gorge.

— Elle sera une bonne compagne. Et malgré ce que pensait Alden, ce sera bien d'avoir un lien avec le cercle.

— Il a toujours existé un lien avec le cercle, intervint Ash pour corriger mon père.

Celui-ci lui jeta un regard. Et voilà, encore ces non-dits. Nous ne parlions pas de la raison pour laquelle Ash était parti ni de celle qui l'avait fait revenir. Du moins, pas encore.

Je savais que nous aurions à le faire bientôt.

— Il a toujours existé un lien avec le cercle, mais ma compagne fait partie de son cœur et de son âme, il est donc renforcé aujourd'hui.

— Ramène ta compagne à la maison et serre-la dans tes

bras. Demain, vous ferez des projets et vous nous en ferez part, ordonna ma mère, à qui je souris doucement.

— Nous te dirons ce que nous savons, mais vous devez vous aussi protéger votre repaire. Nous ne savons pas où ce nécromancien pourrait aller ensuite.

— Compris, dit mon père, nous protégerons les nôtres, mais toi aussi, tu es des nôtres. Ne l'oublie pas.

Nous discutâmes encore un peu, et je vis ensuite Laurel s'éloigner en boitant. J'étais conscient que nous aurions une conversation plus tard. Si l'on n'y prenait pas garde, elle se tuerait, et je savais qu'aucun d'entre nous ne pourrait le supporter. Elle avait perdu Trace, tout comme moi. Il fallait que nous parlions, mais d'abord, j'avais besoin de ma compagne. Nous nous rendîmes chez les anciens et les autres ours qui avaient besoin de nous, mais bientôt, nous nous retrouvâmes dans ma maison, *notre maison*, où je serrai Sage contre moi.

— Nous n'avons même pas eu le temps de discuter, en dehors de quelques allusions au fait que nous sommes accouplés.

Elle leva les yeux vers moi pendant que je parlais et sourit doucement.

— Je sais que nous devons envisager des questions logistiques et des discussions sur ce qui va se passer ensuite et qui nous serons. Mais c'est notre maison. C'est la plus proche du repaire, et je suis seulement locataire de ce *cottage*. Ce sera bon d'être avec toi, au sein de la meute, pour quand elle aura besoin de toi. Tous sont brisés. Je le sens à travers les liens. J'espère que je pourrai aider.

Je l'embrassai. Ma compagne était très forte, et mon ours approuvait.

— Je sais que nous devons parler avec les autres, mais

puis-je t'avoir ? Es-tu suffisamment guérie ? Mon ours a besoin de toi. Et moi aussi.

En guise de réponse, elle tira sur mon t-shirt. Je l'embrassai encore. Nous nous déshabillâmes lentement l'un l'autre, et je la menai à la chambre, l'allongeant sur le lit. Je l'embrassai, et elle fit de même en retour, avec ses lèvres douces et ses caresses tendres. Elle garderait une cicatrice sur le flanc, tout comme moi. Nous avions tous deux failli mourir d'une magie pervertie qui ne nous appartenait pas. Il nous faudrait du temps pour guérir, mais ces cicatrices ne s'estomperaient jamais. Après avoir embrassé les bords de l'une d'elles, je revins à la marque d'accouplement avant de me tenir au-dessus de Sage et de me glisser lentement au fond d'elle.

Elle m'entoura de ses bras, et nous remuâmes à l'unisson, nous chevauchant mutuellement. Nous avions besoin l'un de l'autre.

Je ne savais pas où je finissais et où elle commençait, mais mon ours gémit. Quand je roulai sur le dos, elle me chevaucha. Mes mains se posèrent sur ses seins, ses mamelons durs contre mes paumes. Elle me regarda, ses cheveux flottant autour d'elle en vagues brun miel. Elle était magnifique, et elle était à moi.

L'eau dans le vase près du lit se mit à monter en spirale, et je souris, sachant que c'était sa magie, celle de la chaleur et du foyer. Et quand elle jouit, l'eau rejaillit comme de la pluie, retombant dans le vase en laissant une brume glisser sur nos visages.

Elle sourit, et je la suivis dans la félicité, en la serrant contre moi.

La meute aurait besoin de temps pour guérir, et nos amis encore davantage, et je ne savais pas ce que l'avenir nous réservait.

Peu importait, j'avais ma compagne.

Nous avions vaincu Faith, mais perdu quelque chose en chemin. Mais j'avais trouvé Sage, la personne dont j'ignorais que je la cherchais.

Et finalement, je devais en tenir compte. Peut-être comme de tout.

Ma sorcière, ma Sage, mon avenir.

Ma compagne.

CHAPITRE 25

ORIEL

ORIEL BALAYA du regard la grande maison qu'il s'était construite dans les montagnes, bien avant que les autres ne pensent savoir qui il était. Personne ne savait précisément qui il était ni d'où il venait. Et c'était le but. Ils l'avaient oublié. L'avaient ignoré.

Pour les autres, cette chère Rowen était la sorcière parfaite, la dernière de son espèce. Ils ne savaient rien. Il était là. Et c'était tout ce qui comptait.

Il allait enfin prendre son dû, ce qui aurait dû lui revenir de droit. Les autres allaient comprendre ce qu'ils lui avaient pris et ce qu'il méritait.

Il baissa les yeux sur la photo qu'il tenait dans ses mains et grogna avant de la jeter dans les flammes, où le verre se fracassa contre l'âtre. Il baissa la tête, soupira. Il ferait le deuil de Faith. Il allait regretter de perdre ce qu'ils avaient et ce qu'ils avaient construit. Mais il savait que sa mort était nécessaire. Elle n'avait pas forcément compris quel était son rôle, mais lui en avait conscience.

Il lui avait fallu quelqu'un pour partir en éclaireur à Ravenwood et faire savoir à ses habitants que quelqu'un les observait, prêt à prendre leur place. Le voyage d'Oriel ne faisait que commencer, tandis que celui de Faith était arrivé à son terme.

Oui, il la pleurerait. Il l'avait aimée à sa manière. Après tout, un être tel qu'Oriel ne pouvait aimer comme cette sorcière de la terre, qui se disait fondatrice et puissante. Il *était* le côté d'une pièce dont les autres n'avaient même pas encore conscience. Bientôt, ils connaîtraient son véritable but.

Il était temps de se battre pour la suite.

Et ce qui lui appartenait.

Parce que Ravenwood serait enfin à lui. Rowen Ravenwood n'était pas la dernière de son espèce, et bientôt, la ville avec tous ses secrets le comprendrait. Bientôt, tout lui appartiendrait, et ce pouvoir que Rowen négligeait et ignorait lui reviendrait aussi.

Si seulement elle savait ce qui se trouvait sous ses pieds ! Si seulement elle comprenait ce qu'elle était sur le point de perdre !

CHAPITRE 26

SAGE

ROWEN, Laurel et moi étions dans la clairière derrière la maison de Rowen, nous tenant toutes les trois par la main autour d'un petit feu, la tête renversée en arrière.

— *Gardiens, Veilleurs, ancêtres, amis, nous nous réunissons en présence de nos Seigneur et Dame pour demander la paix. Amenez cette ville et ses habitants dans la lumière et tenez-les dans votre étreinte. Mettez-les à l'abri du mal qui rôde et laissez-nous trouver notre chemin. Dès aujourd'hui et à l'avenir, laissez-nous récolter en abondance tout ce dont nous avons besoin, et apportez-nous le bonheur même dans nos heures les plus sombres. Avec nos remerciements et nos bénédictions aux trois grands divins, telle est notre volonté, qu'il en soit ainsi.*

La magie m'envahit, m'enveloppant de ses bras, et je sentis l'eau dans l'air, l'étang, la terre, le ruisseau... partout.

Rowen expira tandis que l'air glissait dans ses cheveux et autour des miens. La main de Laurel s'échauffa et je la serrai avant d'oser la regarder. Elle m'adressa un sourire crispé et hocha la tête, et je sus qu'elle essayait.

Elle essayait tellement fort ! Nous le faisions tous.

— Ça suffit pour le moment, annonça Rowen, qui recula d'un pas et s'essuya les mains. À présent, nous devons fermer le cercle. Et, Laurel, travaillons sur ces brûlures.

— Je vais bien, dit celle-ci en baissant ses manches. Ce n'était rien, je me mettais en route.

— Laisse-moi t'aider, lui dis-je en prenant la pochette à côté de mon sac. J'ai regardé dans les affaires de ma tante, et j'ai trouvé un livre entier sur la guérison.

— Les Prince ont toujours eu un don pour la guérison, lança Rowen, un petit sourire aux lèvres.

J'eus mal au cœur en y songeant, mais je ravalai la boule coincée dans ma gorge.

— Vraiment, laisse-moi t'aider, murmurai-je.

Laurel pinça les lèvres.

— Peut-être. Mais il me faut une minute.

Rowen secoua la tête en entendant notre amie.

— Les gars regardent. Je suppose que nous devrions les laisser se joindre à nous.

Je sentais Rome à travers notre lien, je regardai par-dessus mon épaule et lui souris. Il arriva entre les arbres, laissant les ténèbres disparaître. Jaxton était à côté de lui, Ash derrière.

Celui-ci nous salua toutes les trois d'un signe de tête, et son regard s'attarda sur Rowen.

— Tu sais que ce sort de bénédiction fonctionne mieux avec les quatre.

Rowen plissa les yeux.

— Nous sommes les trois, et c'est nous qui devons faire ce travail. Une autre fois, nous aurons peut-être besoin de la terre, mais pour l'instant, tu sais pourquoi tu ne peux pas participer à ce sort.

Ash hocha la tête.

— Tu cherches les ténèbres, et elles ne peuvent pas en faire partie.

Je savais maintenant pourquoi Ash était parti. Rome me l'avait dit une nuit dans le noir, quand nous n'étions que tous les deux. Nous ne cacherions plus le passé, comme nous ne pouvions pas le modifier. Pas encore. Mais il faudrait que ça arrive bientôt. De nombreux changements devaient avoir lieu. Alors que Rome glissait son bras autour de ma taille et parlait de notre recherche d'Oriel, je me demandai quelle serait la prochaine faille dans notre armure, quelle serait la prochaine pièce à bouger sur l'échiquier et comment elle le ferait. Nous avions déjà tellement perdu ! Mais pas tout.

Nous étions le cercle Ravenwood, et alors que j'apprenais encore mon art, je sentais la magie couler en moi. Le voile du secret d'Oriel, ou qui que soit la personne avec qui il travaillait ou pour qui il agissait, ne me couvrait plus. Plus rien ne me retenait. Certes, Rupert et la vie que nous avions eue me manquaient, mais ce n'était pas ma vérité. Ce n'était pas la vie que j'étais destinée à vivre. Et alors que je serais toujours reconnaissante pour les moments partagés avec lui, je savais que j'étais là où je devais être maintenant. Là où avait toujours été ma place.

Dans les bras de Rome, avec mon cercle et ma ville.

Nous allions nous battre, protéger Ravenwood, et à mesure que les changements se multiplieraient, nous encaisserions les coups et apprendrions.

Nous chercherions Oriel, et je trouverais mes pouvoirs.

Je protégerais tous ceux que je pourrais.

Je n'étais plus la même Sage que j'étais à mon arrivée à Ravenwood. Et j'avais trouvé tellement plus que ce que je cherchais !

J'étais l'*alpha* de la meute Ravenwood. Membre du

cercle Ravenwood. La compagne de Rome. La sœur de Rowen et Laurel.

J'étais une sorcière.

Je faisais partie de Ravenwood.

Et je protégerais mon foyer à tout prix.

CHAPITRE 27

LAUREL

JE ME REGARDAI dans le miroir en grimaçant. Mon corps était douloureux et me donnait l'impression qu'il brûlait de l'intérieur. D'un autre côté, c'était peut-être le cas.

J'étais en train de mourir.

Je le savais. Je savais qu'il suffirait d'un autre sort comme celui que nous avions jeté sur le champ de bataille pour que ce soit la fin. Évidemment, si ne n'y faisais pas attention, *n'importe quel* sort ou utilisation de ma magie pourrait être mon dernier.

Cette satanée malédiction nous avait tout pris, à moi et à ceux que j'aimais. Aujourd'hui, elle me coûterait la vie. Je pouvais dire que je ne souhaitais pas que ce soit le cas, et c'était la vérité, mais je savais ce qui se produirait ensuite, et rien ne pourrait l'arrêter. Je m'agrippai au bord du lavabo et me contraignis à ne pas laisser couler mes larmes.

Trace n'était plus. Il était censé être le bon pour moi. D'une certaine manière, il aurait dû être à moi. Nous nous étions tournés autour si longtemps, prenant notre temps pour découvrir qui nous étions... Mais maintenant, il était parti avant même que nous ayons eu la chance d'être ensemble et de surmonter nos erreurs. Bientôt, je le rejoindrais. Je le rejoindrais de l'autre côté parce qu'il n'y avait pas de retour possible.

Je me regardai dans le miroir : je ne portais qu'un soutien-gorge et un jean qui descendait bas sur mes hanches. Une fois de plus, je réprimai un cri de rage et de douleur. Si je continuais à faire ça, j'allais mourir. J'expirai et ramassai lentement ma sacoche afin de frotter mes brûlures avec la pommade et les plantes que Rowen et Sage m'avaient données.

Rowen avait fait de son mieux pour m'aider à me libérer de la malédiction, en vain. Celle-ci était peut-être en cause, ou peut-être était-ce parce que Rowen détestait que je ne puisse pas l'aider. Elle m'avait toujours aidée à soigner mes brûlures. Simplement, à mes yeux, elle ne réalisait pas à quel point elles étaient graves. Je n'avais laissé personne s'en rendre compte.

Pas même mon frère.

Surtout pas Ash.

Je nettoyai lentement les brûlures, laissant couler mes larmes. Chaque pression sur une blessure me donnait l'impression de mourir. La situation était injuste, mais au moins, c'était moi et pas Sage. Sage était bien trop nouvelle dans ce monde pour supporter une telle douleur. Dans sa vie, elle avait déjà reçu de nombreux coups, et je ne voulais pas qu'elle ait à affronter ce genre de souffrance. Tout me faisait mal, et j'avais littéralement l'impression de mourir.

Je regardai dans le miroir et déglutis difficilement. Chaque fois que j'utilisais ma magie, que je faisais appel à mon feu interne, cela me laissait des cicatrices à l'intérieur. Je *brûlais* de l'intérieur. Cette fois-ci, j'étais passée trop près de m'enflammer complètement dans un abîme de feu et de cendres.

Mes yeux flamboyaient. Un feu pur, bleu, rouge, orange et violet. Tout ce que le feu pouvait être, même dans sa forme la plus dangereuse et la plus belle.

Je jetai un coup d'œil par-dessus mon épaule et pinçai les lèvres.

Jaxton était là. Il n'était pas appuyé contre l'encadrement de la porte. Il ne paraissait pas détendu comme à son habitude.

Il me fixait, la mâchoire serrée.

— C'est l'heure.

Je secouai la tête alors même que les larmes coulaient plus vite, car la douleur était trop forte. Je brûlais vraiment de l'intérieur, et je ne pouvais rien y faire. Il n'était pas possible d'éteindre cette flamme. Ce qui se préparait nécessitait qu'on soit tous à bloc, mais je ne pouvais pas l'être. Je n'étais rien. Bien sûr, j'avais une épée, mais je ne pouvais pas me servir de la magie, car je manquais de mourir chaque fois que j'essayais. La prochaine signerait mon arrêt de mort. J'en étais persuadée.

— Ce n'est pas possible.

Le son de ma voix donnait l'impression que j'avais inhalé de la fumée. D'un autre côté, c'était le cas, d'une certaine manière.

Il secoua la tête.

— Tu ne peux pas continuer à faire ça.

Je l'observai dans le miroir, puis les cicatrices qui ne s'effaceraient jamais de mon corps, et reportai mon regard sur lui.

— Il le faut.

Même si ça me tuait.

Envie d'en savoir plus sur les sorcières de Ravenwood ?
L'histoire de Laurel et Jaxton vous attend dans *Révélations au crépuscule.*

NOTE DE CARRIE ANN RYAN

Merci d'avoir lu Mystères de l'aube !

J'adore écrire des romances paranormales et quelques amis ont tout misé sur l'univers des sorcières, des rassemblements mystiques et du pouvoir féminin. C'est ce qui m'a donné l'idée de la ville de Ravenwood. Je suis impatiente de vous faire découvrir un peu plus ce monde magique !

Le prochain tome de la série est Révélations au crépuscule. J'ai hâte de vous révéler les secrets de Laurel et Jaxton.

Sorcellerie à Ravenwood
    Tome 1 : Mystères de l'aube
    Tome 2 : Révélations au crépuscule
    Tome 3 : Clarté nocturne

DE LA MÊME AUTRICE

Montgomery Ink:
Tome 0.5: À l'encre de ton cœur
Tome 0.6: À l'encre du destin
Tome 1 : À l'encre déliée
Tome 1.5: À l'encre de ton âme
Tome 2 : À dessein prémédité
Tome 3 : D'encre et de chair
Tome 4 : Attrait pour trait
Tome 4.5: À l'encre des secrets
Tome 5: Entre les lignes
Tome 6: En pointillé
Tome 6.5: À l'encre de nos rêves
Tome 7: Nos desseins ravivés
Tome 8: Motifs troubles
Tome 9: Point à la ligne

Les Frères Gallagher:
Tome 1: Un amour nouveau
Tome 2: Une passion nouvelle
Tome 3: Un nouvel espoir

Sorcellerie à Ravenwood
    Tome 1 : Mystères de l'aube
    Tome 2 : Révélations au crépuscule
    Tome 3 : Clarté nocturne

Redwood:
    1. Jasper
    2. Reed
    3. Adam
    4. Maddox
    5. North
    6. Logan
    7. Quinn

Griffes
    1. Gideon

Pour plus d'informations, abonnez-vous à la LISTE DE DIFFUSION de Carrie Ann Ryan.